读客悬疑文库

认准读客读悬疑,本本都是大师级。

Z的悲剧

[美]埃勒里·奎因 著　百里 译

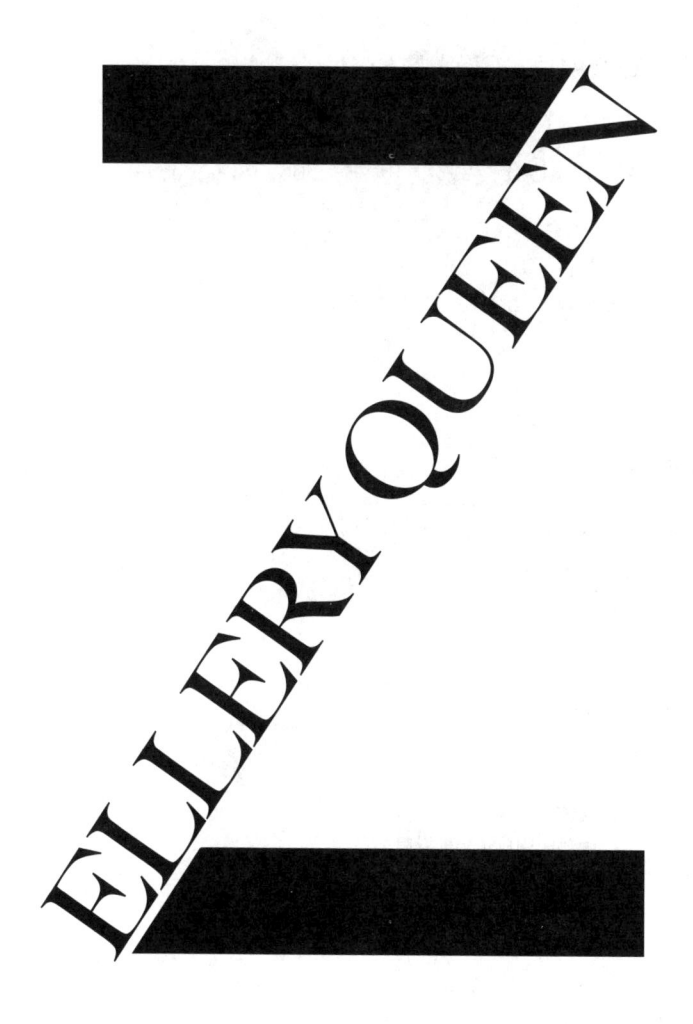

ELLERY QUEEN

河南文艺出版社
·郑州·

THE TRAGEDY OF Z
copyright © 1933 BY BARNABY ROSS, COPYRIGHT RENEWED BY ELLERY QUEEN
This edition arranged with JABberwocky Literary Agency, Inc.
Through Big Apple Agency, Inc.
Simplified Chinese edition copyright © 2024 Dook Media Group Limited
All rights reserved.

中文版权 © 2024 读客文化股份有限公司
经授权，读客文化股份有限公司拥有本书的中文（简体）版权
豫著许可备字-2024-A-0048

图书在版编目（CIP）数据

Z的悲剧 /（美）埃勒里·奎因著；百里译.
郑州：河南文艺出版社，2024. 10. — ISBN 978-7-5559-1688-8

Ⅰ. I712. 45

中国国家版本馆CIP数据核字第2024DK7017号

Z的悲剧

著　　者	［美］埃勒里·奎因
译　　者	百　里
责任编辑	王战省
责任校对	赵红宙
特约编辑	顾珍奇　沈　聿
策　　划	读客文化
版　　权	读客文化
封面设计	陈绮清
出版发行	河南文艺出版社
印　　刷	河北中科印刷科技发展有限公司
开　　本	880mm × 1230mm 1/32
印　　张	9
字　　数	215 千
版　　次	2024 年 10 月第 1 版　2024 年 10 月第 1 次印刷
定　　价	59.90 元

如有印刷、装订质量问题，请致电 010-87681002（免费更换，邮寄到付）
版权所有，侵权必究

THE TRAGEDY OF Z

作者的话

"哲瑞·雷恩三部曲"的第三部小说要出版了,因此有必要做一个简短的说明。

《X的悲剧》和《Y的悲剧》中描述的案件,发生的时间间隔非常接近,而《Z的悲剧》发生在十年之后。我的意思是,整整十年过去了,哲瑞·雷恩才遇到这么一桩案子,可以给它起一个与前两桩案子风格一致的名字。

在这十年里,哲瑞·雷恩解决了许多令人费解的奇案,其中最有趣的一桩将在未来某个时候被记录下来。

埃勒里·奎因

剧中人物

佩兴丝·萨姆　　　　萨姆探长的女儿；本书的叙述者，见多识广的姑娘，有探案天分

萨姆探长　　　　　　纽约警察局前探长；曾负责谋杀案调查，现为私家侦探

伊莱休·克莱　　　　蒂尔登县利兹市的承包商；声称自己没有犯多大的罪，却受了很大的冤屈

沃尔特·布鲁诺　　　纽约州州长；纽约县前地方检察官，萨姆探长的朋友

哲瑞·雷恩　　　　　著名莎士比亚戏剧演员（现已退休）；他的精彩探案事迹在《X的悲剧》和《Y的悲剧》中已有记录

乔尔·福西特　　　　州参议员；贪污受贿，他从未想过自己会遭到谋杀，但所有人都对他的死感到毫不意外

艾拉·福西特医生	乔尔的哥哥,伊莱休·克莱的合伙人;他的离世和他弟弟一样突然,一样富有戏剧性,一样罪有应得
杰里米·克莱	伊莱休·克莱的儿子;爱上了佩兴丝
地方检察官约翰·休姆	一个并非无可指摘的司法斗士
布尔医生	法医兼警医
凯尼恩局长	利兹市警察局局长;十足的坏蛋
卡迈克尔	乔尔·福西特的秘书;此外还有其他身份
鲁弗斯·科顿	政坛大佬;坚决不让任何事情干扰约翰·休姆的政治前途
范妮·凯泽	在福西特兄弟的庇护下,大发不义之财
马格努斯典狱长	位于利兹市的阿尔贡金监狱典狱长;阿伦·道是他的囚犯,但他滥权渎职
缪尔神父	阿尔贡金监狱的神父;这个世界对他而言负担太重
阿伦·道	两次被判谋杀罪成立,两次未受刑罚
马克·柯里尔	阿伦·道的律师;愿意为高价替阿伦·道这个可怜虫辩护
帕克、卡拉汉	失职的狱警
塔布	模范囚犯;监狱里的助理图书管理员

第一章
会见哲瑞·雷恩先生

下面即将讲述的历史事件我也参与其中，但那些关注哲瑞·雷恩先生命运的人只会出于礼貌，短暂关心一下我的经历。因此，我将尽可能简单地介绍自己，只要能稍稍满足女人的虚荣心就好。

我很年轻，这一点，即使最严厉的批评者也无法否认。我有一双水汪汪的蓝色大眼睛，许多想象力丰富的绅士告诉我，我的眼睛像星星一样明亮高贵，像苍穹一样蔚蓝深邃。我在海德堡[1]的时候，一名年轻英俊的高中生曾把我的头发比作蜂蜜。我在昂蒂布[2]的时候，一个同我争吵过的美国女士尖酸刻薄地说，我的头发就是一堆易碎的稻草。最近，我站在巴黎克拉丽斯时装店最受宠的标准模特身边，发现我的形体比例确实与那位身材无可挑剔的高傲女性不相上下。事实上，我有手有脚，身上什么零部件也不缺。

---

[1] 德国西南部城市。——译者注（如无特别说明，本书中注释均为译者注）
[2] 法国东南部戛纳和尼斯之间的一个度假小镇。

而且——下面这一点连最权威的哲瑞·雷恩先生本人也赞同——我的大脑极其灵活。也有人说，我的主要魅力之一是"毫不掩饰的自大"，但我相信，通过我写作的这个故事，这一谣言将被彻底粉碎。

我的外貌就大体说到这里吧。至于其他方面，我觉得自己称得上"流浪的北欧人"。可以说，从梳着马尾辫、穿着水手服的年纪开始，我就一直在东奔西跑。旅行途中，我偶尔会在某地停留相当长的时间。例如，我在伦敦一所令人不寒而栗的女子精修学校[1]待了两年，又在左岸[2]停留了十四个月，直到我确信"佩兴丝·萨姆"的名字永远不会同高更[3]和马蒂斯[4]相提并论。我像马可·波罗一样造访过东方，也像汉尼拔[5]一样冲进罗马的城门。此外，我还富有科学精神：我在突尼斯品尝过苦艾酒，在里昂享受过伏旧园干红葡萄酒，在里斯本挑战过土酿白兰地[6]。在攀登雅典卫城的时候，我的脚趾撞到了石头。在萨福[7]住过的岛屿上，我贪婪地呼吸过令人陶醉的空气。

---

1 训练少女进入上流社交界的私立学校。
2 泛指巴黎塞纳河以南地区，长期以来以其浓郁的文学和艺术气氛而闻名于世。
3 保罗·高更（Paul Gauguin，1848—1903），法国后印象派画家。
4 亨利·马蒂斯（Henri Matisse，1869—1954），法国画家，野兽派的创始人及主要代表人物。
5 汉尼拔·巴卡（Hannibal Barca，前247—约前183），迦太基将军，在第二次布匿战争中，取道阿尔卑斯山，多次击败罗马军队，但未能攻下罗马城。作者在这里说汉尼拔曾进入罗马，应为笔误。
6 用甘蔗酿成的烧酒。
7 萨福（Sappho，约前630—约前560），古希腊抒情诗人，出生和居住于莱斯沃斯岛。

不用说，这一切都是因为我有一笔可观的零花钱，还有一位极其难得的同伴——这位年长女伴幽默感十足，而且经常对我的放肆行为视而不见。

旅行可以拓宽人的见识，正如生奶油可以增加食物的风味一样。你还想吃下一口。但不论什么东西，吃多了都会令人作呕。所以，旅行者也会像老饕一样，在厌倦山珍海味之后满怀感激地重拾粗茶淡饭。于是，怀着少女的坚定决心，我在阿尔及尔[1]告别了那位亲爱的年长女伴，坐船回家。父亲亲自来接我，我顿时不再烦躁不安，就像饱餐了烤牛肉一样心满意足。老实说，父亲被我吓了一大跳，因为我企图将一本翻得破破烂烂但依然赏心悦目的法文版《查泰莱夫人的情人》偷偷带进纽约[2]。念女子精修学校的时候，有许多个夜晚，我都把自己关在房里，享受这本小说带给我的无比美好的审美愉悦。我们圆满解决这个小问题之后，父亲推着我赶紧通关。然后，我们就像两只对彼此无比陌生的信鸽，安安静静地飞回了父亲城中的住所。

如今，读过《X的悲剧》和《Y的悲剧》，我发现，在那些令人热血沸腾的探案故事中，我这位伟大、壮硕、丑陋的老父亲，萨姆探长，一次也没提过他四处游历的女儿。这并不是因为他无情——从他在码头吻我时眼中流露出的饱含惊讶的赞美之情，我就知道这一点——他只不过是没有陪伴我长大罢了。在我年纪太小，还不懂得反抗的时候，母亲就把我打发到欧洲大陆去了，由一个年

---

[1] 阿尔及利亚首都和北非地中海重要港口之一。
[2] 《查泰莱夫人的情人》当时在美国还是禁书。

长女伴照管。我猜，亲爱的母亲总是易动感情，通过阅读我信中介绍的点点滴滴，她也沉浸在对充满优雅气息的欧陆生活的想象之中。虽然可怜的父亲从没有机会与我亲近，但我们渐行渐远并不能完全归咎于母亲。我依稀记得，小时候，我整天缠着父亲，央求他向我透露正在侦办的案件中最血腥的细节。我还兴致勃勃地翻阅所有的犯罪新闻，非要闯进他在中央大街的办公室，提出荒诞不经的建议。尽管父亲不愿承认，但我相信，他看到我被送去欧洲时一定松了口气。

不管怎么说，我回来后，我们花了好几星期才培养出正常的父女关系。在欧洲漫游期间，我每次回美国都来去匆匆，所以父亲对如何与我相处几乎毫无准备。现在，他不得不每天都与一个姑娘共进午餐，还要吻她，跟她道晚安，时时惺惺作态地扮演父亲的角色，体验其中的快乐。有一阵子，他真的非常憔悴。比起他警探生涯中追捕过的无数亡命之徒，我反倒令他更加畏惧。

接下来，我将讲述哲瑞·雷恩先生的故事，以及阿尔贡金监狱的囚犯阿伦·道的离奇案件。而上面这些话，是讲述之前必须交代清楚的，因为这样才能解释佩兴丝·萨姆这个离经叛道的女孩是如何卷入这桩神秘谋杀案的。

在远离家乡那些年——尤其是在母亲去世后——父亲在给我的信中，常常满心钦佩地提到那位古怪的天才老演员：哲瑞·雷恩。此人在父亲的生活中上演了一幕幕令人惊叹的推理好戏，引起了我的强烈兴趣。当然，这位老绅士的名字之所以对我来说如雷贯耳，一方面是因为我是侦探故事的狂热读者，无论是真实的案件，还是虚构的传奇，我都爱不释手，另一方面是因为这位退休的戏剧元老在欧洲大陆和美国新闻界经常被视为超人。他不幸失聪，因此离开戏剧舞台，后来成了一名犯罪调查人员，其光辉事迹妇孺皆知，广为传扬，我在欧洲也屡有耳闻。

回国途中，我突然意识到，没有什么比见到这位非凡人物更令我渴望了。他就住在一座令人着迷的奇幻城堡里，可以俯瞰哈得孙河，过着国王一般的生活。

但我发现父亲一直埋首工作，无暇他顾。从纽约警察局退休以后，父亲自然觉得闲散的生活无聊透顶。在他这辈子的大部分时间里，犯罪调查就像肉和水一样不可或缺。因此，他不可避免地进入了私人侦探行业，而他的个人声誉保证了他在这一冒险中从一开始就顺风顺水。

至于我，由于无事可做，加上深感自己在国外的生活和受到的教育让我很难适应循规蹈矩的生活，我觉得自己也许只能重操旧业，继续干多年前干过的那种事。我开始长时间泡在父亲的办公室里，像从前那样缠着他不放，对他的抱怨和反对充耳不闻。父亲似乎认为，女儿应该像胸花一样好看但无用。但我天生和父亲一样性格倔强，在我的不懈坚持下，他最后只好屈服。有几次，他甚至允许我自己进行基本调查。就这样，我学到了一些现代犯罪学术语和犯罪心理知识——这种粗略的训练，对我后来分析阿伦·道的案子颇有助益。

不过，还发生了一些更有益的事。令父亲和我自己都备感惊讶的是，我发现我在观察和推理方面具有非凡的直觉。我突然意识到，我拥有一种非常特殊的才能，这大概是我早年的生活环境和我对犯罪[1]持续不减的兴趣所培养出来的吧。

父亲感叹说:"帕蒂[2],有你这丫头在我身边,我看上去就笨头笨脑的。你把你老爹搞得很丢脸呀。老天,当年哲瑞·雷恩也让我有这种感觉!"

而我说:"亲爱的探长,你这话是对我莫大的恭维。你打算什么时候把我介绍给雷恩先生呀?"

我回国三个月后,与雷恩先生见面的机会意外地出现了。事情一开始平淡无奇,但后来——就像雷恩先生身上发生过的许多事情一样——竟然演变成令人瞠目结舌的冒险,就连我这个热衷破解疑案的女人也觉得不可思议。

一天,一个身材高大、头发花白、衣着优雅的男人来到父亲办公室,脸上写满忧虑。这样的神情,在所有来寻求父亲帮助的人脸上都看得到。他名片上印的名字是:伊莱休·克莱。他用锐利的眼神瞥了我一眼,坐下来,双手紧握手杖把手,用法国银行家一般干脆严谨的口吻做了自我介绍。

他是克莱大理石开采公司的老板——采石场大部分位于纽约州北部的蒂尔登县,办公室和住所则在纽约州利兹市。他来请父亲调查的事非常敏感、机密,这也是他远道而来委托私人侦探的主要原因。他千叮咛万嘱咐,要父亲务必小心……

"我懂你的意思,"父亲咧嘴一笑,"抽支雪茄吧。是保险箱

---

1 原文为拉丁语。——编者注
2 佩兴丝的昵称。

里的钱被偷了?"

"不,当然不是!我有……呃……一个隐名合伙人[1]。"

"哈,"父亲说,"说来听听。"

这个隐名合伙人——隐名这一点,如今看来十分反常——是艾拉·福西特医生。福西特医生的弟弟,是从蒂尔登县来的纽约州参议员乔尔·福西特阁下。听到这个名字,父亲不禁皱起了眉。由此可见,这个参议员并非正直纯洁之士。克莱毫不犹豫地把自己描述为"老派的诚实商人",而他现在似乎很后悔与福西特医生合作。福西特医生应该是个相当阴险的角色,克莱怀疑他为公司签了些触犯法律的合同。公司生意兴隆——兴隆得叫人不禁担心——大把大把的合同从各个州县飞来,要跟克莱大理石开采公司做生意。克莱觉得必须针对这一情况,进行一次不动声色却细致严格的调查。

"没有证据吗?"父亲问。

"一点儿也没有,探长。他太聪明了,从不露马脚。我有的只是怀疑。你愿意接这桩案子吗?"说着,伊莱休·克莱把三张大额钞票放在桌上。

父亲看了我一眼:"我们能接这桩案子吗,帕蒂?"

我有些犹疑不定:"我们很忙。接了这桩案子,就意味着放下其他一切……"

伊莱休·克莱盯了我一会儿,突然说道:"我有个主意。我不想让福西特医生怀疑你,探长。但你还得同我一道进行调查。既

---

[1] 指在企业中投入资金却不参与经营的人。——编者注

然如此，你和萨姆小姐来我利兹家里做客怎么样？萨姆小姐也许会——恕我冒昧——派上用场。"我推断，艾拉·福西特医生并不是对女性魅力无动于衷的男人。不用说，我的好奇心立刻就被点燃了。

"我们可以应付，父亲。"我轻快地说。事情就这样定了下来。

接下来的两天，我们差不多处理完手头杂事，星期天晚上收拾好行李，准备前往利兹。伊莱休·克莱比我们先走一步，在造访纽约市当天就返回了纽约州北部。

我记得，那份电报送到时，我正伸腿坐在壁炉前，喝着桃子白兰地——这瓶酒也是我从那名和蔼可亲的年轻海关官员眼皮子底下偷偷带进来的[1]。电报是布鲁诺州长发来的——父亲在纽约警察局担任探长时，沃尔特·泽维尔·布鲁诺是纽约县地方检察官，而现在，他是广受爱戴、斗志昂扬的纽约州州长。

父亲拍了下大腿，轻笑道："布鲁诺还是老样子！嘿，帕蒂，你期待已久的机会来了。我想我们可以去，对吧？"

他把电报扔给我。上面写着：

> 你好，身经百战的老兵。我打算明天前往雷恩城堡，为那位年迈的大师庆祝七十寿辰，并在那儿短暂地待一段时间。我知道雷恩病了，需要别人给他鼓鼓劲儿。如果我

---

[1] 故事发生在美国禁酒时期（1920—1933）。

这个忙碌的州长能去，你当然也可以。期待在那里与你见面。

布鲁诺

"噢，太好了！"我喜极而泣，把白兰地打翻在最心爱的帕图睡衣上，"你……你认为他会喜欢我吗？"

"哲瑞·雷恩那个人啊，"父亲粗声粗气地说，"有点儿……有点儿……有点儿讨厌女人。但我想我得带你一起走。去睡觉吧。"他露齿一笑。"听着，帕蒂，我希望你明天能以最美的面目示人。我们要让那个老坏蛋对你一见倾心。还有……呃……帕特[1]，你非喝酒不可吗？先声明，"他连忙补充道，"我不是那种守旧的父亲，可是——"

我吻了吻他丑陋的塌鼻子的鼻尖。可怜的父亲，他已经在非常努力地与我沟通了。

哲瑞·雷恩先生居住的哈姆雷特山庄坐落于哈得孙河畔的丘陵之中。我曾根据父亲的描述想象过那里的模样，而一路上的风景竟然与我的想象一模一样——甚至超乎想象。我参观过欧洲大陆的主要名胜，但这里才是令我叹为观止的所在。茂密温暖的树林、一尘不染的道路、天上的乌云、下方蜿蜒流淌着的宁静的蓝色河流……一切都是那样精致，那样平和，那样优美。遍数欧洲，即便在莱茵河上，都找不到可以与这里媲美的景致。还有那座城堡本身！它巨

---

[1] 佩兴丝的另一个昵称。

大、庄严、美丽，散发着浓郁的中世纪气息，或许真是用魔毯从英国古老的山丘上运来的。

我们走过一座古色古香的木桥，穿过一片仿佛舍伍德森林[1]的私人树林——我还以为会看到塔克修士[2]从树后突然出现在我们面前——然后经过城堡大门，进入庭园。到处都是面带微笑的人，其中大多是老人，他们靠哲瑞·雷恩的慷慨施舍生活。雷恩先生为那些被时代淘汰的老艺术家敞开了城堡大门，将这里建成他们的避难所。父亲十分肯定地告诉我，有难以计数的人赞美哲瑞·雷恩这个名字和他慷慨解囊的义举。

布鲁诺州长在花园里迎接我们。他没有去跟那位老绅士打招呼，而是选择等待我们到来。他看上去非常快活——方方的脸庞、矮壮的身材、高高的额头，明亮的眼睛透着聪敏，突出的下巴颇有好斗的意味。一队州警充当护卫随从，在他身后警惕地走来走去。

但我太兴奋了，根本顾不上理会州长，因为一位老人正穿过一片被紫杉包围的女贞向我们走来——他多么苍老啊，我不禁在心里惊叹。听父亲的描述，我总以为雷恩先生是一名体形修长、正值盛年的年轻男子。现在我才意识到，过去十年的时光对他是多么无情。他宽阔的肩膀弯曲了，浓密的白发稀疏了，脸上的皱纹增多了，双手的皮肤起皱了，轻快的脚步也变僵硬了。但他的眼睛依然年轻，闪烁着清澈、智慧和幽默的光芒，令人隐隐感到不安。他脸

---

[1] 英国中部旧时皇家森林，传为侠盗罗宾汉出没之处。
[2] 传说中罗宾汉团体的一分子，是一个肥胖的修士，喜欢吃喝。

颊红润，一开始似乎没有注意到我，只是紧紧地抓住父亲和布鲁诺州长的手，嘴里嘟囔道："噢，你们能来真是太好了，太好了！"我一向认为自己是个不怎么多愁善感的姑娘，但那一刻，我竟然傻兮兮地哽咽了，眼中噙满泪水……

父亲擤了擤鼻子，用低沉沙哑的声音说："雷恩先生，我想让您见见我的……我的女儿。"

老人用那双干枯的手握住我的手，看着我的眼睛。"亲爱的，"他无比庄重地说，"亲爱的，欢迎来到哈姆雷特山庄。"

然后，我说了些日后回想起来总让我羞愧不已的话。老实说，我只是想炫耀一下，显摆我是多么聪明过人。我猜，这或许是女人的天性使然。不可否认，我期待这次会面已经很久了，而且潜意识里一直在为这次考验做准备。当然，所谓的"考验"，完全是我的臆想。

总而言之，我胡乱说道："我太高兴了，雷恩先生。您不知道我有多想……我真的……"然后那句话就从我嘴里蹦出来了。我抛了个媚眼——我肯定那是个媚眼——脱口而出："我看，您正在考虑写回忆录！"

当然，这话一出口我就后悔了：太荒唐了。我羞愧地咬住嘴唇。我听见父亲倒抽一口凉气，布鲁诺州长则惊得目瞪口呆。至于雷恩先生，他扬起白眉，目光一凛，端详了我好一阵子，然后才呵呵一笑，搓着手回应道："孩子，你真的让我大吃一惊呀。探长，你居然把这姑娘藏了这么多年，我永远也不会原谅你。孩子，你叫什么名字？"

"佩兴丝。"我喃喃道。

"哈，清教徒的味道[1]。探长！我敢说这名字是你取的，而不是你妻子。"他又轻笑起来，用惊人的力量抓住我的胳膊，"走吧，你们两个老古董。我们可以稍后再叙旧。不可思议，不可思议呀！"他一路都在笑，把我们领到一个可爱的凉亭里，然后便忙碌起来，先是打发几个面色红润的小老头儿去拿茶点，然后又亲自倒茶招待我们。在此期间，他一直在偷偷打量我。我陷入了极度混乱之中，一个劲儿痛骂自己狂妄自大，竟然说出那番愚昧可笑的话来。

"好了，"见我们用过茶点，恢复了精神，老人开口道，"现在，佩兴丝，我们来研究一下你刚才那句惊人之语吧。"他的声音让人不由自主地平静下来，那音色非凡，极其深沉、醇厚、饱满，如同珍藏多年的摩泽尔白葡萄酒："你说我在考虑写回忆录，是吗？没错！亲爱的，你那双漂亮的眼睛还看见了什么？"

"噢，真的，"我结结巴巴地说，"我真的很抱歉说了那些话……我的意思是……这不是……我不想霸占您的谈话时间，雷恩先生。您已经很久没有见过州长和我父亲了。"

"没那回事，孩子。我相信，我们这些老家伙已经练就了耐心的美德。"他又轻笑起来，"这是另一个衰老的迹象。你还看到了些什么，佩兴丝？"

"嗯，"我说，深吸一口气，"您正在学习打字，雷恩先生。"

"呃！"他大惊失色。父亲瞪着我，好像从不认识我一样。

"而且，"我谦卑地继续道，"您是在自学，雷恩先生。您正

---

[1] Patience（佩兴丝）有"忍耐""容忍"的意思，而这正是清教徒提倡的美德。

在学习盲打,而不是看着键盘一个个敲字。"

"天哪!你这下报仇雪恨了。"雷恩先生微笑着转向父亲,"探长,你培养了一个真正的思维巨人。不过话说回来,你是不是一直在给佩兴丝讲我的事?"

"怎么会!我和您一样惊讶。我怎么跟她讲?这些事我自己都不知道。她说的是真的吗?"

布鲁诺州长揉了揉下巴:"萨姆小姐,我想我在奥尔巴尼[1]需要一个像你这样的姑娘——"

"嘿!别扯不相干的事。"哲瑞·雷恩喃喃道,眼睛熠熠生辉。"这是给我发出的挑战。你是推理出来的,对吧?既然佩兴丝能做到,那我们显然也能推理出来。让我想想……自从我们见面以来,究竟发生了什么事?我先穿过林子,然后我跟你打了招呼,探长,还有你,布鲁诺。接着,佩兴丝和我见面,并且——握手。老天!惊人的推理……哈!当然是手!"他立刻仔细检查自己的双手,然后微笑着点点头,"亲爱的,这真是太神奇了。没错,没错!当然如此!学打字,嗯?探长,你好好看看我的手,有什么发现?"

他把青筋暴起的白皙双手举到父亲面前。父亲眨了眨眼。

"告诉我,这双手到底能告诉我什么?非常干净,仅此而已!"

我们都笑了。

"探长先生,这再次证明了我一再重申的信念,即对侦探来

---

[1] 纽约州首府。

说，观察细节是极其重要的。我每只手上有四根手指的指甲都裂开了，拇指指甲却完好无缺，而且修剪得整整齐齐。很明显，唯一会损伤拇指指甲之外所有指甲的手工活儿就是打字——学习打字，因为指甲还不习惯指尖在键盘上的撞击，裂开的部分尚未愈合。精彩啊，佩兴丝！"

"可是——"父亲暴躁地说。

"噢，得了吧，探长，"老绅士咧嘴笑道，"你总是个怀疑论者。没错，没错，佩兴丝，你的推理太棒了！对了，还有盲打这件事。真是个精明的推论。在食指打字法中，初学者只会用到两根手指，因此只有两个指甲会裂开。相反，盲打时用到了拇指以外的所有手指[1]。"他闭上眼睛："还有，我正在考虑写回忆录！亲爱的，这是根据观察到的现象做出的大胆猜测，但这说明你不仅有观察和推理的天赋，还有极佳的直觉。布鲁诺，你知道这位迷人的年轻侦探是怎么得出这个结论的吗？"

"完全不明白。"州长坦白道。

"这是个该死的把戏。"父亲嗓音低沉地说，但我注意到他的雪茄已经灭了，手指在微微颤抖。

雷恩先生又轻笑起来："非常简单！佩兴丝问自己：为什么一个七十岁的怪老头儿会突然学习打字呢？这当然是一种反常行为，因为在过去五十年里，他显然从未想过这个问题！对吧，佩兴丝？"

---

[1] 其实盲打时也要用到拇指，只是拇指敲击空格键时不是用指尖敲击，所以指甲不会受损。

"没错,雷恩先生。您似乎一下子就识破了——"

"于是,你告诉自己,一个像他这样的老人,竟然干起了那种毫无意义的事,原因只可能是,他意识到自己盛年不再,打算在生命结束前,洋洋洒洒地写一大部记录个人事迹的回忆录!了不起的推理啊。"他的眼神暗淡起来,"但我不明白,佩兴丝,你是如何推断出我在自学的。这一点没错,但我无论如何也……"

"这个嘛,"我用几不可闻的声音说,"只是个技术问题。我认为,我的推论建立在下面这个相当可靠的假设上:如果有人教您的话,他肯定会用教导所有初学打字者的方法教您——盲打。但为了让学生记住每个字母的位置,防止他们偷看键盘,老师会在键盘上放置小橡胶垫来遮盖字母。可是,如果您的按键上放了橡胶垫,雷恩先生,您的指甲就不会裂开了!所以,您十有八九是在自学。"

父亲说:"见鬼。"他看着我,就好像把什么"鸟女"[1]"毛孩"之类的怪胎带到了这个世界似的。但我炫耀小聪明的表演令雷恩先生心花怒放,从那一刻起,他就把我当成了一位十分特殊的同事。我有点担心这会惹恼父亲,因为在调查方式的问题上,他的观点历来与这位老绅士尖锐对立。

我们整个下午都在静谧的花园里漫步,探访雷恩先生为他的演员同行建造的、街道铺着鹅卵石的小村庄,在他自己的美人鱼酒馆喝黑啤,参观他的私人剧院、庞大的图书馆,以及举世无双、令人

---

1 西方传说中人头鸟身的怪物。——编者注

惊叹的莎士比亚藏品。我从未有过如此激动人心的经历，可惜那天下午很快就过去了。

晚上，在中世纪风格的宴会厅举行了一场贵族盛宴。哈姆雷特山庄的全体居民都参加了这场热闹豪华的宴会，为雷恩先生庆祝七十寿辰。晚宴结束后，我们四人退到老绅士的私人房间，坐下来品尝土耳其咖啡和利口酒。一个矮小的男人突然在房间里进进出出，服侍我们用餐，看样子就像驼背的地精[1]，把我们吓了一跳。他似乎老得不可思议，雷恩先生向我保证，他已经一百多岁了。这就是令人钦佩的奎西，被雷恩先生称为"凯列班"[2]的老仆人。他的名字，我早就听过，也在许多关于雷恩先生的迷人故事里读到过。

楼下大厅人声鼎沸的宴会过后，我在这个橡木墙壁的房间，望着壁炉里跳跃的火焰，享受着难得的宁静，不由得放松下来。我筋疲力尽又满怀感激地瘫坐在一张都铎时代[3]风格的华丽椅子里，倾听他们谈话。父亲身材魁梧，头发灰白，面孔粗犷，肩膀宽阔；布鲁诺州长下巴突出，隐隐透着不逊和挑衅的意味；那位老演员则长着一副贵族面孔……

能在这里真是太好了。

雷恩先生兴致勃勃。他向州长和父亲提了一大堆问题，对自己的情况却不肯细说。

---

1 欧洲传说中的妖怪，身材短小。——编者注
2 莎士比亚戏剧《暴风雨》中半兽半人的怪物。雷恩有以莎士比亚戏剧中角色的名字给用人起外号的习惯。
3 始自1485年英国国王亨利七世登基，终至1603年伊丽莎白一世女王驾崩。

"我快走到人生尽头了。"他漫不经心地说,"'我的生命已经日就枯萎,像一片凋谢的黄叶。'[1]正如莎士比亚所说,我应该'收拾起我的老皮囊来归天去'[2]。唉,我的医生正努力把我完好无损地送到造物主那里。我老了。"然后他大笑起来,挥挥手,仿佛要把映在墙上的影子拂开一样:"别谈我这个步履蹒跚的老头子了。探长,你刚才不是说你和佩兴丝要去内陆地区吗?"

"帕蒂和我要去纽约州北部办案。"

"啊,"雷恩先生说,鼻翼微微翕动,"去办案。我多想……多想和你们一起去啊。那到底是什么案子?"

父亲耸耸肩:"目前知道的不多,反正您不会感兴趣的。倒是可以吸引你的关注,布鲁诺。我觉得,你在蒂尔登县的老朋友乔尔·福西特跟这桩案子有牵连。"

"别开玩笑了。"州长严厉地说,"乔尔·福西特才不是我的朋友呢。一想到他跟我同属一个政党,我就火冒三丈。他是个骗子,在蒂尔登县建立了一个黑帮。"

"很高兴听你这么说,"父亲露齿一笑,"看来我又可以大展身手了。你对他的哥哥艾拉·福西特医生了解多少?"

我觉得布鲁诺州长吓了一跳。他眨眨眼,注视着炉火:"福西特参议员是那种最坏的骗子政客,但他的哥哥艾拉才是那个团体真正的老大。艾拉没有担任公职,但我敢说艾拉在幕后操控着福西特参议员。"

---

[1] 出自莎士比亚戏剧《麦克白》第五幕第三场。本书莎翁戏剧译文均出自人民文学出版社2014年版《莎士比亚全集》,朱生豪译。
[2] 出自莎士比亚戏剧《亨利四世》(下)第二幕第四场。

"这就说得通了。"父亲皱着眉说,"是这样的,这位福西特医生是利兹一个大理石大亨的隐名合伙人,他最近为公司签了许多合同,而克莱——就是那个大理石商人——怀疑这些合同不干净,想让我调查一下。这案子对我来说司空见惯,但要找出证据就另当别论了。"

"幸好不是我去破案。福西特医生可是个老滑头。委托人姓克莱,对吧?我认识他。人好像不错,没什么问题……我对这案子特别感兴趣,因为福西特兄弟打算加入今年秋天的选战。"

雷恩先生闭眼坐在那里,脸上挂着一抹微笑。我猛然意识到,他现在什么也听不见。父亲经常跟我说,这位老演员尽管耳聋,却拥有惊人的读唇能力。但他此刻闭着眼,也就把世界隔绝在外了。

我不耐烦地摇摇头,驱散心中的杂念,专心听州长和父亲谈话。州长用他特有的铿锵有力的语调,大致描述了利兹市和蒂尔登县的政治局势。照他的说法,在接下来的几个月里,一场激烈的选战在所难免。该县活力四射的年轻地方检察官约翰·休姆已被反对党提名为参议员候选人。作为检察官,他廉洁坦率,声望卓著,受到当地选民的钦佩和喜爱,对福西特团伙的权力构成了严重挑战。在该州最精明的政治家之一鲁弗斯·科顿的支持下,年轻的约翰·休姆提出了主张州政改革的政治纲领。福西特参议员欺诈成性,臭名昭著,布鲁诺先生称其为"吞噬纽约州北部政府拨款的硕鼠"。而且,州立监狱——阿尔贡金监狱——也位于县政府所在地利兹市。考虑到以上两点,我认为休姆检察官提出的纲领可谓切中要害。

雷恩先生睁开眼睛，好奇而专注地盯了州长的嘴唇好一会儿。我不知道其中的原因。州长提到监狱时，我看到老人目光敏锐的眼睛突然一亮。

"阿尔贡金监狱，对吧？"他高声道，"这太有意思了。几年前——那时你还没有当选州长，布鲁诺——在莫顿副州长的安排下，我获得了马格努斯典狱长的允许，进入监狱参观。那是个相当有趣的地方。我在那里遇到了一位老朋友——监狱里的神父缪尔。我很久以前就认识他——我想是在认识你们之前。他是纽约鲍厄里街的守护神，那会儿鲍厄里街还到处都是醉鬼和流浪汉哩。探长，如果你见到神父，请代我向他致以最诚挚的问候。"

"我不大可能见到他。我现在已经没有权利视察监狱了……你要走了吗，布鲁诺？"

州长不情不愿地站起身："我必须走了。州议会那边叫我呢。我是偷偷溜出来的，还得继续去谈非常重要的事。"

雷恩先生的笑容消失了，岁月的痕迹又爬回他憔悴的脸上："噢，别这样，布鲁诺。你不能就这样抛弃我们。哎呀——我们才刚刚开始聊天呢，你知道……"

"对不起，老伙计，我真的必须走了。萨姆，你要留下来吗？"

父亲挠挠下巴。老绅士厉声道："探长和佩兴丝当然要在这儿过夜。他们应该不用急着走。"

"噢，好吧，反正福西特那家伙又不会逃走。"父亲叹了口气，舒舒服服地伸出腿。我也点了点头。

然而，如果那天晚上我们就去利兹，事情的结果或许会大不一样。至少，我们很可能会在福西特医生踏上神秘之旅前见到他，从而避免坠入随后的重重迷雾之中……但事实是，我们被哈姆雷特山庄的魔力所征服，满心感激地留下来了。

　　布鲁诺州长在州警的簇拥下不无遗憾地离开了。他走后不久，我就在疲惫带来的满足感中，躺进一张都铎时代风格的大床，钻到柔软的被子下面，沉入幸福的梦乡，完全不知道接下来会有怎样的命运等待着我。

第二章
见到死者

　　利兹是一个迷人而繁忙的小城，坐落在圆锥形的山丘下。蒂尔登县大部分是农村，利兹是该县的中心，四周环绕着连绵起伏的农场和雾气弥漫的蓝色高地。如果不是山顶矗立着那座阴森的堡垒，这里简直堪比天堂。然而，无论是遍布岗哨的厚重的灰色墙壁，还是直插天空的监狱工厂的丑陋烟囱，都属于那座巨大而坚固的监狱，而它无时无刻不让人备感压抑和威胁。它就像裹尸布一样，覆盖着整洁的乡村和城镇。山坡上绿树成荫，整个画面却没有因此柔和几分。我很想知道，那些被塞进铜墙铁壁之间的绝望囚犯当中，有多少人渴望着那片树林中的清凉——那里与监狱相去只有咫尺，却像火星一样遥远。

　　"你会克服这种感觉的，帕蒂。"我们叫了出租车，从火车站开出来，父亲跟我说，"那里的大多数人都很坏。咱们去的地方可不是主日学校[1]，孩子。别在他们身上浪费太多同情心。"

1　基督教新教仿照学校方式在星期日开设的儿童宗教班。

父亲与罪犯打了一辈子交道，也许这让他变得冷酷无情。但在我看来，把人关在牢笼里，剥夺他们享受绿色大地和蓝色天空的权利，这似乎并不公平。我想不出一个人要堕落到何种程度，才应该遭受如此残忍野蛮的对待。

前往伊莱休·克莱家的路途并不远，但我们一路上都沉默不语。

克莱家坐落在城郊的半山腰上，是一座带柱廊的白色房子，带有浓郁的殖民地时代风格。伊莱休·克莱本人在门廊上等我们。他是一位亲切体贴的主人。我们在某种意义上是他的雇员，但从他对我们的态度里根本体会不到这一点。他立刻让我们放松下来，吩咐管家给我们安排了舒适的卧室，然后整个下午都在谈论利兹和他自己——就好像我们是他的老朋友一样。我们得知他是个鳏夫。谈起过世的妻子，他不由得悲从中来，说他此生最大的遗憾，就是没有女儿来代替妻子给他安慰。来纽约寻求我们帮助的时候，他只是一个粗鲁的商人，而在自己家中，他给我的感觉就像是完全换了一个人。在随后平静的几天里，我渐渐喜欢上了他。

父亲和克莱在书房里密谈了好几小时，又在采石场待了整整一天。那里位于查塔哈里河畔，离利兹有好几英里[1]。父亲在侦察敌情。从他头几天没完没了的牢骚来看，他已经预料到这案子相当棘手，不仅会折腾很久，而且到头来八成会一无所获。

"一点儿书面证据都没有，帕蒂。"他抱怨道，"福西特这家伙太狡诈了，难怪克莱会跑来向我们求救。这件事啊，比我想象的

---

[1] 1英里约合1.6千米。

更难。"

虽然我很同情父亲,但在这桩案子的调查上,我无能为力。我们没有见到福西特医生。他刚好在我们来利兹的那天早上离开了——我们当时还在路上。没人知道他去哪儿了。我觉得这并不稀奇。他总是行事诡秘,行踪不定。其实如果碰到了他,我本可以对他施展美人计,但我怀疑父亲不会同意这个行动计划,我们肯定会因此爆发激烈的争吵。

另一个人物的出现让情况变得更复杂,但也更有趣了。克莱先生有一个儿子,也就是小克莱先生,他身材高大,笑容迷人,足以令当地的美女为之倾倒。这位先生名叫杰里米,这名字于他而言很合适,因为他有一头卷曲的栗发,总是无所顾忌地撇着嘴。有了这个名字,再穿上合适的服装,他活脱脱就是从法诺尔[1]的小说里走出来的主人公。杰里米刚从达特茅斯学院毕业,体重一百九十磅[2],曾在划船队里担任尾桨手,和五六个全美业余橄榄球明星称兄道弟,除了蔬菜什么都不吃,跳起舞来飘逸潇洒,无拘无束。我们在利兹逗留的第一天晚上,他在餐桌上严肃地向我保证,他要在美国掀起大理石热潮。他把毕业证书扔进碎石机,在父亲的利兹采石场与汗流浃背的意大利钻孔工并肩工作,到处安炸药搞爆破,头发上布满粉尘。他满腔热忱地说,他相信自己能学会造出质量更好的大理石……他的父亲听了,看上去很自豪,但又有些怀疑。

我发现杰里米是一个魅力非凡的小伙子。至少有那么几天我

---

[1] 杰弗里·法诺尔(Jeffrey Farnol,1878—1952),英国作家,以浪漫小说而闻名。
[2] 1磅约合0.454千克。

感觉到了这一点。他暂且搁置了要在美国掀起大理石热潮的雄心壮志,因为他父亲允许他不去上班,专心陪我。小杰里米有一个漂亮的小马厩,我们好几天下午都在骑马。我很快就发现,我在国外所受的教育有一个缺陷:我从来没有好好学习过如何抵抗美国大学生的调情。

有一天骑马的时候,他灵巧地把我领进一个狭窄得让人动弹不得的小溪谷,然后突如其来地想握住我的手。"别动手动脚的。"我厉声说。

"我们都动手动脚的不就成了?"他露齿一笑,从马鞍上探过身来。我的马鞭及时击中了他的鼻尖,阻止了一场小小的灾难。

"哎哟!"他叫道,身子往后一仰,"你也太无情了吧?帕特,你呼吸得好快呀。"

"我没有!"

"你有。你喜欢这样。"

"我不喜欢!"

"好吧,"他不怀好意地说,"我可以等。"回家的路上,他一直眉开眼笑。

不过,那次之后,杰里米·克莱先生就只能独自骑马了。但他仍然是一个很棒的小伙子,并因此而有些危险。事实上,我苦恼地发现,倘若我当时允许灾难发生,说不定真会乐在其中。

就在这田园牧歌般的日子里,发生了那桩令人震惊的惨案。

同所有这类事一样,那桩案子如同夏日雷雨一样突如其来,令人猝不及防。在平静慵懒的一天快要结束时,我们听到了那个消息。那天,杰里米一直闷闷不乐,而我愉快地度过了两小时,把他无比珍视的发型弄得乱七八糟,还借机取笑他。父亲独自出去了,没有带任何人。伊莱休·克莱整天都待在办公室里。他没来吃晚饭,父亲也没有。

杰里米对我弄乱他的头发大为光火,不再像以前那样叫我"帕蒂"了,而是左一句"萨姆小姐",右一句"萨姆小姐",生分得很。他明明态度冷淡,却装出关心我是否舒适的样子,坚持要给我拿靠垫,晚餐时特意向他家厨房点了爽口小菜,还为我点烟,给我倒鸡尾酒——总之,他就像一个深谙世故的人,带着痛苦而超然的神情,彬彬有礼地进行着社交活动,疲惫的大脑里却充斥着自杀的念头。

天黑以后,父亲气冲冲地回来了,满头大汗,一脸怒容。他把自己关在卧室里,扑通一声泡进浴缸,一小时后下楼来到门廊,安静地抽着雪茄。杰里米在那里痛苦地弹着吉他,而我在旁边柔声唱着一首从马赛咖啡馆学来的低俗小调。我想,幸亏父亲一点儿也不懂法语。就连伤心的杰里米也露出了震惊的表情。不过,撩人的月色,或者空气中弥漫的某种氛围,促使我继续唱下去。我记得那时自己在神情恍惚地思考着,我能在保持清白之身的情况下同杰里米·克莱先生携手走多远……

我刚开始唱第三段副歌,也是最露骨的一段时,伊莱休·克莱开车回来了,看起来十分疲惫,为他回来晚了嘟囔一句抱歉。似乎有什么事让他不得不在办公室里忙得不可开交。他坐下来,接过父亲的廉价雪茄。就在这一刻,书房里的电话响了。

"不用你接,玛莎。"他对女管家喊道,"我自己来。"然后他向我们告退，走进房子里。

他的书房在宅子前部，窗户对着门廊。此刻窗户是开着的，我们可以听到他和另一个人的谈话。那人的声音从话筒里传出来，急促而嘶哑。

克莱先生开口说的第一句话是："天哪。"他震惊的语气令父亲猛地抬起头，杰里米的手也停在了琴弦上。然后克莱先生说："可怕，可怕……我无法想象——不，我压根儿不知道他在哪儿。他说过几天就回来……天哪，伙计，我真……真不敢相信！"

杰里米跑进书房："怎么了，爸爸？"

克莱先生挥挥颤抖的手，叫他走开："你说什么？嗯，当然，我会按照你的指示行动……对了！这件事固然要保密，但我碰巧在招待一位客人，他或许能帮到你……没错，纽约市的萨姆探长……没错，就是他——几年前退休了，但你也听过他的大名吧……没错，没错！我非常遗憾，老兄。"

他挂了电话，慢慢走回门廊，擦了擦额上的汗。

"爸爸！出什么事了？"

在灰色墙壁的映衬下，伊莱休·克莱就像是戴上了一副白色面具。"探长，幸亏我把你请到这儿来了。发生了一件比我的……我的小麻烦严重得多的事。刚才那通电话，是我们这里的地方检察官约翰·休姆打来的。他想知道我的合伙人福西特医生在哪里。"他瘫坐在椅子上，无力地笑了笑，"刚刚有人在城市另一头的福西特参议员的家中书房里发现了参议员的尸体，他被人刺死了！"

约翰·休姆地方检察官似乎非常渴望父亲的协助，毕竟父亲毕生都在从事谋杀案调查的工作。克莱先生疲惫地告诉我们,一切都原封不动地留在那里,等待父亲查看。地方检察官要求探长尽快前往犯罪现场。

"我开车送你过去。"杰里米赶紧说,"马上就来。"说完,他消失在黑暗中,去把车开过来。

"我当然也要去。"我说,"你知道雷恩先生是怎么说的,父亲。"

"好吧,要是休姆把你赶出去,我可不会怪他。"父亲咕哝道,"谋杀现场可不是姑娘该去的地方。我不知道——"

"准备好了!"杰里米大喊,将车开上了车道。看到我和父亲一起钻进豪华轿车的后座,他似乎非常诧异,但没有表示反对。克莱先生向我们挥手告别。他紧张兮兮地说,他怕血,去不了。

杰里米驾车向山下疾驰,黑暗在我们驶上道路的那一刻就吞没了我们。我转过身,回头望去。远远的山丘上,阿尔贡金监狱的灯光在乌云下闪烁。我不明白,为什么我们飞速驶向犯罪现场时,我竟然会想到监狱。那样的罪行,明明不可能是身陷囹圄的人犯下的。但这种想法让我不由得沮丧起来,颤抖着依偎在父亲宽阔的肩膀上。杰里米一言不发,紧盯着路面。

我们应该只用了极短的时间就抵达了目的地,但对我来说,那是一段漫长的路程。对即将发生的事,我感到很不舒服……仿佛过了好几小时,车才冲过两扇铁门,伴随着刺耳的刹车声,在一座灯光照耀下富丽堂皇的豪宅前紧急停下。

到处都是汽车,黑黢黢的庭园里满是州警和其他警察。前门洞开，一个人默默地靠在门框上，双手插在口袋里。大家都很安静，和这个人一样安静。没有人交谈，就连正常人偶尔发出的噪声都听不见，只有蟋蟀在房子四周欢快地鸣叫。

时至今日，那天晚上的每个细节依然历历在目。对父亲来说，那只是一桩司空见惯的丑陋案件。但对我来说，那是赤裸裸的恐怖——我不得不承认——而我对那样的恐怖抱着病态般的好奇。死人会是什么样子？我从来没见过死人，除了我去世的母亲，但她看上去那么安详，脸上带着那么和蔼的微笑。我敢肯定，即将看到的那个死人一定非常可怕。他会因为恐惧而五官扭曲，那会是噩梦一般的血腥场面……

我发现自己站在一个大书房里，室内灯火通明，人满为患。我模模糊糊地记得，有人拿着相机，有人拿着小驼毛刷子，有人在翻查图书，有人则袖手旁观。但我清清楚楚地记得一个人，仿佛只有他才是真实存在的一样。在现场所有人当中，他最平静，也最无动于衷。他是一个高大粗壮的家伙，肥硕而丑陋。他只穿着衬衫，袖子卷到肘部以上，露出强壮多毛的前臂，脚上穿着破旧肥大的软拖鞋，宽大粗犷的面庞上凝固着一种恼怒但并不令人讨厌的表情。

有人用低沉的嗓音说："探长，看看他。"

透过眼前浮动的迷雾，我努力去看清房间里的一切，不由得感慨，这对死者、对一个惨遭谋杀的人来说，实在太不敬了。满世界的人似乎都在他房间里跑来跑去，侵犯他的隐私，亵渎他的图书，拍摄他的书桌，用铝粉[1]涂抹他的家具，野蛮地搜查他的文件，而

---

1 在犯罪现场勘查中，铝粉被用来显现留在物品上的指纹。

死者只能那样平静地、若无其事地坐着……这位死者就是参议员乔尔·福西特，或者准确地说，是已故的福西特参议员。

眼前的迷雾稍稍消散，我紧盯着死者白衬衫的前襟。福西特参议员坐在一张杂乱的书桌后面，粗壮的躯干紧贴着桌沿，脑袋微微歪向一边，好像在询问什么似的。就在他紧贴着的桌沿上方，从衬衫正中间到珍珠色纽扣的右侧，有一片扩散开的血渍。血渍的中心插着一把细长的裁纸刀，刀柄露在外面。那是血，我昏昏沉沉地想。那酷似红墨水的血已经凝固……然后，一个紧张兮兮的小个子男人悄悄进入我的视野，挡住了尸体。后来我才知道，他是蒂尔登县的法医布尔医生。我叹口气，摇摇头，甩掉了突然产生的眩晕。我感到父亲用力抓住了我的手肘。我全身僵硬，拼命恢复自制力。

有人在说话。我抬起头，看见一个非常年轻的男人的眼睛。父亲在大声说着什么——我听出了"休姆"这个名字。我意识到他正在向我介绍本县的地方检察官，也就是说——天哪！我暗自惊呼——在即将到来的竞选中，这位先生本是死者的竞争对手……约翰·休姆很高，几乎和杰里米一样高——咦，杰里米到哪儿去了？休姆还有一双美丽而睿智的黑眼睛。有那么一瞬，我被他吸引了。这个模糊的邪恶想法悄悄地掠过心头，但我立刻感到无比羞耻，打消了那个念头。我才不会喜欢这个男人呢。瞧他那样子，瘦骨嶙峋，满脸贪婪。他到底在渴望得到什么？是权力，还是真相？

"你好，萨姆小姐。"他干脆利落地说，声音浑厚而老练，"探长告诉我，你算是半个侦探。你确定要留下来吗？"

"非常确定。"我竭力用漫不经心的语气说，但我嘴唇发干，声音有些沙哑。休姆的眼神顿时锐利起来。

"噢，很好。"他耸耸肩，"你要检查尸体吗，探长？"

"这种事交给法医就可以了，他比我更在行。衣服都检查过了吗？"

"尸体上没什么值得注意的东西。"

"他不是在等女人，"父亲嘟囔道，"看样子也不像。如果在等女人，他应该刮胡子、修指甲才对。而且，他只穿着衬衫，没穿外套……他结婚了吗，休姆？"

"没有。"

"有女朋友吗？"

"事实上，有一大把，探长。他是个无可救药又演技拙劣的花花公子。我毫不怀疑，有很多女人都想捅他一刀。"

"有什么特定人选吗？"

地方检察官和父亲四目相对。"没有。"约翰·休姆说，然后转身走开。他猛地打了个手势，一个矮胖结实、长着一对招风耳的男人，从房间另一头无精打采地朝我们走来。休姆地方检察官介绍说，此人是当地警察局的凯尼恩局长。他瞪着一对黏糊糊的鱼眼，我看一眼就生厌。他看着父亲宽阔的后背，我仿佛从那道目光中读出了恶意。

那个紧张兮兮的小个子男人，布尔医生，用一支巨大的自来水笔在公务信笺簿上匆匆写了两下，然后直起身，把笔塞进口袋。

"怎么样，医生？"凯尼恩问，"有什么结论？"

"谋杀，"布尔医生立刻答道，"在我看来，毫无疑问是谋杀，而不是自杀。所有迹象都支持这个结论。撇开其他不谈，单说这个致命伤，便不可能是自己造成的。"

"这么说,不止捅了一下?"父亲问。

"是的。福西特的胸口被捅了两刀。如你们所见,两处伤口都大量出血。第一刀虽然也很严重,但没有要他的命,于是凶手又捅了一刀,这才结果了他。"

他指了指那把刚才还插在死者胸膛上的裁纸刀。他已经将刀从死者身上拔下来,放在了桌上。薄薄的刀刃毫无光泽,蒙着一层已经凝固的深红色的血。一名探员小心翼翼地把刀捡起来,朝上面刷浅灰色的铝粉。

"你确定这绝对不是自杀吗?"约翰·休姆厉声问道。

"非常确定。从两处伤口的角度和方向来看,只可能得出谋杀的结论。不过,还有些东西你们应该瞧瞧,非常有趣。"

布尔医生绕过书桌,站在尸体旁边,仿佛要讲解一件艺术品[1]。他不掺杂任何感情地举起死者已经僵直的右臂。那里的皮肤惨白一片,前臂上的长毛光滑浓密,令人毛骨悚然。看着看着,我竟然忘了那是一具尸体……

前臂上有两个奇特的印记。其中一个是手腕上方的一道细细的伤口,那里也有血渗出来;另一个印记在第一个上方四英寸[2]处,那是一道模糊而粗糙的奇怪划痕,我想不明白那是怎么造成的。

"瞧,"法医乐呵呵地说,"手腕上方的这个伤口,无疑是裁纸刀造成的。"他急忙补充道:"至少,是像裁纸刀一样锋利的东西造成的。"

---

[1] 原文为法语。——编者注
[2] 1英寸合2.54厘米。

"另一个伤口呢?"父亲皱着眉头问。

"这个嘛,我跟你一样想不明白。我能肯定的只有一点:那粗糙的划痕不是凶器造成的。"

我舔了舔嘴唇,一个念头掠过脑海:"医生,你能确定胳膊上的两处伤口是什么时候留下的吗?"

他们都猛然转头看着我。休姆欲言又止,父亲则思索起来。法医笑道:"这个问题问得好,小姐。是的,我能确定。两处划痕都非常新——都是在谋杀发生前后留下的,应该说,差不多是在同一时间。"

一直在检查沾血凶器的那个警探直起身,一脸嫌恶。"刀上没有指纹,"他报告说,"这下麻烦了。"

"好啦,"布尔医生愉快地说,"我的工作到此结束。当然,你们需要尸检报告,不过我敢肯定,就算做了解剖,也无法推翻我已经给你们的结论。你们可以去叫公共福利局的人来了,得把尸体运走。"

医生合上医疗箱。两个穿制服的人走进来,其中一个使劲咀嚼着什么东西,另一个在抽鼻子——他的鼻子又湿又红。这些细节一直清晰地刻在我脑海里。想忘记他们麻木不仁地搬运尸体的过程是不可能的。我微微转过身……那两个人走到桌旁,把一个有四个把手的大篮子似的东西放在地板上,抓住死者的腋窝,吭哧吭哧地把尸体从椅子上抬起来,扔进大篮子,盖上柳条盖,然后弯下腰——一个还在嚼口香糖,另一个还在抽鼻子——把尸体抬走了。

我觉得呼吸不那么困难了,轻松地舒了一口气。不过,我还是用了几分钟,才鼓起勇气走向那张桌子和那把空椅子。就在这时,我不无惊讶地注意到，杰里米·克莱的高大身影出现在走廊里。他和那个靠在门框上的警察站在一起，聚精会神地看着我。

"顺便问一下，"见法医拿起医疗箱，快步走向门口，父亲粗声粗气地说，"这家伙是什么时候被杀死的？"他眼里流露出不以为然的神情。我猜，这桩谋杀案的调查中一定有什么不严谨的地方。父亲在纽约警察局培养出一丝不苟的调查态度，自然看不惯凯尼恩和布尔医生的所作所为——前者对案情不闻不问，只是在书房里闲逛，后者则自顾自地吹着欢快的小调。

"噢！还有这事，我忘了。我可以非常准确地告诉你死亡时间。"布尔医生说，"应该是今晚十点二十分。十点二十分，是的。不早不晚。十点二十分……"他咂咂嘴，摇摇头，从门口消失了。

父亲哼了一声，看了眼表。此时是午夜十二点过五分。"他太自以为是了。"父亲嘀咕道。

约翰·休姆不耐烦地摇摇头，走向门口："把那个叫卡迈克尔的家伙叫过来。"

"谁是卡迈克尔？"

"福西特参议员的秘书。凯尼恩说他有很多宝贵的证据。嗯，我们马上就要听他说说了。"

"发现指纹了吗，凯尼恩？"父亲恶狠狠地问，向凯尼恩局长投去居高临下的轻蔑目光。

凯尼恩吓了一跳。他一直在用象牙牙签剔牙，眼神茫然，这会儿不得不把牙签从嘴里拿出来，眉头紧锁，问手下："发现指纹了吗？"

那人摇摇头:"没有发现外人的。有很多参议员的指纹,还有卡迈克尔的。不管这事是谁干的,肯定读过不少侦探小说。他戴了手套。"

"他戴了手套。"凯尼恩说,把牙签放回嘴里。

站在门口的约翰·休姆厉声道:"叫那个家伙快点,好不好?"父亲耸耸肩,点燃了雪茄。看得出来,父亲对这次现场勘查非常不满。

我感到什么硬物的边缘轻轻顶到了我的大腿后侧,立刻转过身。原来是杰里米·克莱,他面带微笑,手里拿着一把椅子。

"坐坐吧,夏洛克女士。"他说,"如果你坚持留在这里协助调查的话,最好在拼命转动脑筋的同时,歇歇你那双漂亮的小脚。"

"拜托!"我气鼓鼓地压低声音道。这可不是打情骂俏的地方。他龇牙一笑,把我硬按进椅子里。没有人注意到我们。于是,带着一点儿无助,我放弃了反抗……然后,我瞥见了父亲的脸。

他手里拿着雪茄,离嘴唇两英寸远,双眼紧盯着门口。

第三章
黑盒子

一个男人在门口停下脚步,看着书桌。他意识到椅子上的尸体已经不见了,瘦削的脸上浮现出惊讶的表情,然后他挪开视线,与地方检察官四目相对。他悲伤地笑了笑,点了点头,走进房间,站在地毯中央,一动也不动,看样子十分轻松。他跟我差不多高,身材结实,肌肉匀称,他肌肉运动的姿态让人隐约联想到某种动物。他的举止和身材相当奇怪,怎么看都不像是秘书。他可能有四十岁了,但不知为何,让人看不准他的年纪。

我又看了看父亲。他仔细打量着刚来的这个人,脸上带着毫不掩饰的震惊,雪茄依然举在离嘴唇两英寸的地方。

死者的秘书也在端详父亲。我聚精会神地寻找他认识我父亲的蛛丝马迹,却无法从他那双大胆的眼睛里觉察半点迹象。他挪开视线,落在我身上。我发现他有些惊讶。不过,无论是谁,看到竟然有女人出现在这种恐怖的杀人现场,都难免会讶异吧,而他的惊讶程度也不过如此。

我的目光又回到父亲身上。他叼着雪茄，平静地抽起来，再次面无表情。似乎没有人注意到他刚才短暂的惊慌失措。但是，我知道他认出了这个叫卡迈克尔的人。虽然卡迈克尔掩饰得很好，但我可以肯定，他也在刹那间受到了惊吓。我想，对拥有如此完美自制力的人，我必须关注。

"卡迈克尔，"约翰·休姆突然发话，"凯尼恩局长说你有重要的事情要告诉我们。"

秘书的眉毛微微一扬："这取决于你所说的'重要'是什么意思，休姆先生。当然，是我发现了尸体——"

"是的，是的。"地方检察官的声音完全不带感情。对方是地方检察官的政敌福西特参议员的秘书……我似乎感觉到了两人之间的微妙关系。"告诉我们今晚发生了什么事。"地方检察官说道。

"今天晚饭后，参议员把他的三个仆人——厨子、男管家和贴身男仆——叫到书房来，吩咐他们晚上不用上班了。他——"

"你怎么知道的？"休姆厉声问道。

卡迈克尔微笑道："当时我在场。"

凯尼恩无精打采地上前两步："没错，休姆。我和那些仆人聊过。他们去城里看电影了，大约半小时前才回来。"

"接着说，卡迈克尔。"

"参议员把仆人都打发走，又告诉我今晚我也可以休息。我为参议员写完几封信就离开了。"

"这个命令是不是有点儿不寻常？"

秘书耸耸肩。"一点儿也不。"他咧嘴一笑，露出白得发亮的牙齿，"他经常有……呃……私事要处理，把我们赶出去一点儿也不稀奇。不管怎样,我回来得比预期的要早。我发现前门大开——"

"等等。"父亲用低沉的声音说。那人神色一凝,然后又恢复了笑容,彬彬有礼、兴致勃勃地等着父亲提问。他的冷静应对堪称完美无缺,但我总觉得这说明了一些关键问题,因为我无法想象,在这种情况下,一个普通秘书对警方盘问的反应会如此从容。"你离开这座房子的时候,有没有把门关上?"父亲问。

"噢,关了!你多半已经注意到,不论如何,那扇门有弹簧锁。除了参议员和我,只有仆人有钥匙。所以我认为,无论今晚来这里的是谁,都是参议员亲自开门迎进来的。"

"拜托,不要胡乱猜测!"休姆断喝道,"你知道,可以用蜡模复制钥匙!你回来时发现前门开着,然后呢?"

"我觉得很可疑,惴惴不安地跑进房间,发现了参议员的尸体。尸体坐在椅子上,靠着桌子,跟凯尼恩局长到达时看到的一模一样。当然,我发现尸体后第一时间就打电话报警了。"

"你有没有碰尸体?"

"自然没有。"

"嗯。你是什么时候发现尸体的,卡迈克尔?"

"正好十点半。我一看到福西特参议员的尸体就立刻看了表。我知道,这种细节可能很重要。"

休姆看着我父亲:"很有趣,对吧?谋杀案发生十分钟后,这个人发现了尸体……你看见有人离开房子吗?"

"没有,我得承认,我沿小路走过来的时候有点儿分神,而且当时很暗,凶手听到我的脚步声,可以轻而易举地躲进灌木丛,等我进屋后再逃跑。"

"事情应该就是这样，休姆。"父亲出人意料地插话道，"卡迈克尔，你给警察打电话之后做了什么？"

"我一直在门口等着。凯尼恩局长很快就来了，距我报警不到十分钟。"

父亲迈着沉重的步子走到书房门口，向走廊里来回张望，然后折回来，点点头："这位置太好了，可以一直看着前门。你有没有看到或听到有人想出去？"

卡迈克尔坚定地摇摇头："没有人离开，也没有人试图离开。我发现书房的门开着，但我没关门，连打电话的时候也对着门，可以看到有没有人经过。我敢肯定，当时房子里只有我一个人。"

"恐怕我还是不太明白——"约翰·休姆恼怒地说。

鱼眼凯尼恩用刺耳的男中音打断休姆的话："不管这事是谁干的，他都在卡迈克尔来之前逃走了。我们来了之后，没有任何人试图逃跑。何况，我们还把这个破地方搜了个底朝天。"

"还有别的出口吗？"父亲问。

凯尼恩朝桌后的壁炉吐了口唾沫。"出不去。"他冷笑着答道，"我们发现，除了前门，所有的门都从里面上了锁，甚至窗户都锁上了。"

"噢，得了吧，"休姆说，"我们在浪费时间。"他走到书桌前，拿起那把上面的血已经凝固的裁纸刀："你见过这把刀吗，卡迈克尔？"

"是的，见过。这把刀是参议员的，一直放在他的书桌上，休姆先生。"卡迈克尔看了眼凶器，微微侧过身，"还有别的问题吗？我有点儿不舒服，你知道……"

不舒服！难道这个人也拥有神经吗？他简直就跟微生物一样无知无觉。

地方检察官把刀丢回桌上："关于这桩案子，你有什么头绪吗？能不能提供一点儿线索？"

那人看起来真的很伤心："我完全没有头绪，休姆先生。当然，想必你也知道，参议员在政治生涯中树敌无数……"

休姆缓缓地说："你这话是什么意思？"

卡迈克尔一脸苦涩："什么意思？就是我说的那个意思。众所周知，许多人对参议员恨之入骨。可怀疑的潜在凶手很可能有几十个——说实在的，这些人里不光有男人，也有女人……"

"我明白了。"休姆咕哝道，"好，就先到这里吧。请到外面等一下。"

卡迈克尔点点头，微笑着离开了房间。

父亲把地方检察官拉到一旁。我听到他压低嗓音，在休姆耳边提了一大堆问题，关于福西特参议员自己、他的密友、他的政治贪腐程度。他还提了一系列关于卡迈克尔的无关痛痒的问题。

凯尼恩局长呆呆地盯着天花板和墙壁，继续踱来踱去。

房间对面的书桌吸引了我。我很想——卡迈克尔接受审问的时候，我一直怀着这种冲动——壮着胆子从椅子上站起来，走到那张书桌前。在我看来，桌上有些东西仿佛在哭求我过去检查。我不明白，为什么父亲、地方检察官和凯尼恩没有一丝不苟地检查木质桌面上的各种物品，察看它们的细节。

我环顾四周，没有人注意我。

我悄悄离开座位，快步穿过房间，此时杰里米露齿一笑。我一秒也没浪费，连忙在桌边俯下身，生怕被人打断，或者遭到哪个男人的严厉反对。

桌上放着一张绿色吸墨纸，就在福西特参议员的尸体坐过的椅子正前方。吸墨纸覆盖了半个桌面，上面放着一本纸张较厚的淡黄色信笺簿。最上面那张纸干干净净的，什么也没写。我小心翼翼地拿起信笺簿，发现了一件怪事。

参议员一直挨着桌边坐在那里，胸部紧贴桌沿。血从他胸前的伤口喷出来，但我记得他的裤子上没有溅到血，此刻我也没有在椅子上看到血。只有吸墨纸染上了血。我拿起信笺簿，发现大量的血已经浸透绿色吸墨纸。但血迹看上去有点儿奇怪，上面留有信笺簿下方一角的形状。也就是说，从吸墨纸上拿起信笺簿，我看到崭新的绿色吸墨纸上有一团深色污渍，呈不规则的圆形。但刚才信笺簿下方一角所在的地方，吸墨纸上有一块长方形区域没有染血。

太明显了！我扫视众人：父亲和休姆仍在低声交谈，凯尼恩仍在机械地踱来踱去，杰里米和一些穿制服的家伙正冷冷地注视着我。我犹豫了片刻。也许这么做并不明智……但我忍不住想验证刚做出的推论。我下定决心，趴在桌子上，开始数信笺簿的张数。是全新的吗？乍看之下，似乎如此。然而……信笺簿总共有九十八张纸。如果我没弄错的话，信笺簿的封面上应该标明了张数才对……

果然如此！我猜对了。封面上写着，一本未经使用的信笺簿应该正好有一百张。

我把信笺簿放回原位，和发现时的位置一模一样。我的心怦怦狂跳，就像狗尾巴在猛拍地板。在检验和证实推论的过程中，我是不是偶然发现了什么极其重要的东西呢？说实话，现在这点发现还远不足以破案。然而，这条线索却让我想到了某些无法忽视的可能性……

我感到父亲在我肩上碰了一下。"你在偷偷摸摸翻什么，帕蒂？"他粗声粗气地问，将目光投向我刚放下的信笺簿，狐疑地眯起眼。休姆漫不经心地瞥了我一眼，微微一笑，转身走开了。我在心底说："够了吧，休姆先生！少摆出这副自命不凡的样子！"我决心一有机会就给他露一手，让他对我刮目相看。

"好了，我们来看看那个鬼东西，凯尼恩。"休姆轻快地说，"我想听听萨姆探长是怎么想的。"

凯尼恩哼了一声，手伸进口袋，掏出一个非常奇怪的东西。

那东西看起来像是玩具的一部分。一个盒子形状的玩具，用松木之类的软质廉价木材制成，又老又旧，外面涂着带有锈迹的黑漆，颜色斑驳，角上装饰着粗糙的小金属钉，看上去很像一个箱子的复制品，金属钉代表保护箱子四角的黄铜皮。然而，我觉得这并不是箱子的迷你复制品，倒更像是小盒子、小柜子，高度不超过三英寸。

这东西的显著特点是，它只是小盒子的一部分。盒子的右边已经被整整齐齐地锯掉了。凯尼恩那指甲又黑又脏的手指捏着的这个小东西，只有两英寸宽。我迅速计算了一下。根据高宽比推测，整个盒子大致有六英寸宽。而我们看到的这东西只有两英寸宽，因此只占整体的三分之一。

"放烟斗里抽一口试试。"凯尼恩咬牙切齿地对我父亲说，"大城市来的警官，你对这玩意儿有何高见？"

"在哪儿找到的?"

"那边的书桌上。我们冲进书房的时候,它就摆在书桌上,很显眼。就在信笺簿后面,尸体对面。"

"真奇怪。"父亲咕哝着,从凯尼恩手里拿过那东西,仔细检查。

盖子——或者更确切地说,是盖子剩下的部分,这部分盖在剩下的盒子上,其他部分已经被锯掉了——通过一个小铰链与盒子主体相连。盒子里什么也没有,内部没有上漆,光滑干净的木质表面一个污点都没有。

父亲手中盒子的正面,带有锈迹的黑漆上,精心勾勒着两个镀金字母:HE。

"嘿,这到底是什么意思?"父亲茫然地看着我,"'他'是谁?"

"很神秘,对吧?"休姆笑眯眯地说,仿佛只是提出了一个有趣的小问题。

"当然,"我沉吟道,"这十有八九根本不是'他'的意思。"

"你为什么这么说,萨姆小姐?"

"休姆先生,"我用无比甜美的声音说,"像您这样洞幽烛微、聪明睿达的人,应该一眼就看穿了此中玄机吧。我不过是一介女流,您知道——"

"我觉得这两个字母并不重要。"休姆突然说,脸上已全无笑容,"凯尼恩也是同样的看法。不过,我们也不想忽视任何可以提供线索的东西。你怎么看,探长?"

"我女儿提出了一种猜测。"父亲说,"这可能只是一个单词的一部分——前两个字母。如果是这样的话，这就不是'他'的意思了。或者，这是一个短句的第一个单词。"

凯尼恩发出响亮的嘲笑声。

"盒子上发现指纹了吗？"父亲问。

休姆点点头，看起来很苦恼："发现了福西特的指纹，但没有其他人的。"

"盒子是在书桌上找到的。"父亲嘀咕道，"今晚卡迈克尔离开房子的时候，这盒子在桌子上吗？"

休姆扬起眉毛："事实上，我认为这个问题没什么价值。不过，还是把卡迈克尔叫来问问吧。"

休姆派人去请参议员的秘书。秘书立刻进来，冷漠的脸上带着谦恭和疑惑。他目不转睛地盯着父亲手里的小木盒。

"看来你们已经找到了，"他嘟囔道，"有意思吧？"

休姆僵住了："你也这么觉得？关于这个东西，你知道些什么？"

"我有一个奇怪的小故事，休姆先生。我还没有机会告诉你或者凯尼恩先生——"

"等一下，"父亲慢条斯理地说，"今晚你离开书房的时候，这玩意儿放在参议员的书桌上吗？"

卡迈克尔平和地淡淡一笑："没有。"

"那我们可以说，"父亲继续道，"福西特，或者杀害他的凶手，有足够的理由将这玩意儿放在书桌上。休姆，你不觉得这很重要吗？"

"也许你是对的。我没有从这个角度看问题。"

"当然，我们不能断言，参议员独处的时候没有把这玩意儿拿出来偷看一眼。如果是这样的话，谋杀就八成与这玩意儿无关。不过，根据我的经验，在这种情况下——被害者将身边所有人都赶走，只剩自己一个人之后——倘若被害者做了什么事，那在大多数情况下，这些事都与他的遇害有关。不过，这个问题还是留给你自己判断吧。我只能说，这玩意儿需要好好调查一下。"

"各位，"卡迈克尔温和地建议道，"也许在得出任何结论之前，你们最好先听听我要说的话。那个不完整的木盒，已经在参议员的书桌里放了好几个星期，就放在这个抽屉里。"他绕到书桌后面，打开最上层的抽屉，里面的东西乱七八糟："有人翻过这里！"

"什么意思？"地方检察官马上问。

"福西特参议员有洁癖。他喜欢一切东西都收拾得干净整洁。我碰巧知道，昨天这个抽屉里还是整整齐齐的。现在文件全乱了。我敢肯定，他绝不会允许这种情况发生。我可以告诉你，一定有人翻过这个抽屉！"

凯尼恩对手下大吼道："你们这些笨蛋，有谁搜过这张桌子？"众人异口同声地否认。

"怪了，"他嘟囔道，"我明明吩咐他们不要碰桌子的。哪个浑蛋——"

"冷静点，凯尼恩，"父亲低吼道，"事情已经有眉目了。乍看之下，应该是凶手干的。好了，卡迈克尔，这鬼玩意儿背后到底隐藏着什么秘密？有什么含义？"

"我也想给你一个答案，探长。"秘书不无遗憾地答道。他们面无表情地望着彼此。"但我和你一样一头雾水。我甚至不知道这东西怎么会出现在这里。几个星期前——应该是三个星期吧——这东西……不,或许,这个故事还是从头说起更好。"秘书说。

"长话短说。"

卡迈克尔叹了口气:"休姆先生,参议员意识到,他将面临一场艰苦的选战——"

"哦,是吗?"休姆冷冷地点点头,"这跟眼前的案子有什么关系?"

"呃,福西特参议员认为,如果他将自己打扮成当地穷人的捍卫者——我用'打扮'这个词是经过深思熟虑的——就可以提升自己作为候选人的声望。于是,他想要举行一次义卖,贩售囚犯——当然是阿尔贡金监狱的囚犯——制造的产品,将义卖所得拿去救济蒂尔登县的失业者。"

"这件事《利兹观察报》已经详细报道过了。"休姆冷冷地插话道,"少说废话,这盒子跟义卖有什么关系?"

"呃,参议员得到了纽约州监狱委员会和马格努斯典狱长的同意,去视察了阿尔贡金监狱。"卡迈克尔继续道,"那是大约一个月前的事。他和典狱长商定,让典狱长将监狱制品的样品寄给他,就寄到这里,用来做提前宣传。"卡迈克尔停顿了一下,眼睛闪闪发光:"监狱木工车间做的玩具装在一个纸板箱里,其中就有这个小盒子!"

"原来如此。"父亲喃喃地说,"顺便问一下,你是怎么知道的?"

"纸板箱是我打开的。"

"这玩意儿同其他破烂儿一起塞在纸板箱里?"

"也不能这么说,探长。盒子虽然在纸板箱里,但外面包了一张脏兮兮的纸,上面用铅笔写着参议员的地址。纸包里还有一封信,也是写给参议员的。"

"信!"休姆尖叫起来,"哎呀,老天,这可是天大的事!你为什么不早点告诉我们呢?那封信在哪儿?你看过吗?上面写了什么?"

卡迈克尔面露忧伤:"很抱歉,休姆先生。小盒子和信都是给福西特参议员的,我不能……是这样,我一收到纸板箱就交给参议员了。我打开箱子的时候,他就在坐在桌边查看箱子里的东西。他拆开了我交给他的纸包之后,我才知道那里面有什么东西。我只瞥见了纸上的地址。我可以向你发誓,参议员一看到盒子就脸色煞白,拆信封的时候手都在颤抖。而且,他还让我出去——其他纸板箱都是他自己打开的。"

"太糟糕了,太糟糕了!"休姆厉声道,"这么说,你不知道那封信在哪里,也不知道福西特把它毁了没有,对吧?"

"把玩具和其他纸板箱转运到城里的义卖活动总部之后,我发现那个盒子不在装玩具的纸板箱里。后来,大约过了一个星期,我偶然在书桌最上层的抽屉里见到了那个盒子。至于那封信,我就再也没见过了。"

休姆说:"等一下,卡迈克尔。"他对凯尼恩耳语了几句,凯尼恩看上去很不耐烦,恶狠狠地向三个警察下了一道命令。其中一人立刻走到书桌前,蹲下来翻查抽屉。另外两个人则走了出去。

父亲若有所思地眯起眼,端详着雪茄烟头:"喂,卡迈克尔,那箱玩具是谁送来的？刚才你说过这件事吗？"

"我没说过吗？是监狱各个车间的模范囚犯。当然，我不认识那些人。"

"告诉我，你收到模范囚犯送来的装玩具的纸板箱时，箱子是密封的吗？"

卡迈克尔瞪大了眼睛："噢，我明白了。你认为，送箱子的人也许在来这里的路上打开纸板箱，把纸包塞了进去？我觉得不可能，探长。封条是完整的。如果有人动过手脚，我肯定早就发现了。"

"哈，"父亲咂着嘴说，"太棒了。这样嫌疑人的范围就锁定了，休姆。肯定是监狱里的人干的，我敢对天发誓。你刚才还说那个小破烂儿不重要！"

"我错了。"休姆承认道，黑眼睛里闪烁着男孩般的兴奋，"你呢，萨姆小姐——你也认为那个盒子很重要吗？"

他说话时面带微笑，语气却十分傲慢。我听了顿时气不打一处来。他又看不起我！我扬起下巴，恶声恶气地说："亲爱的休姆先生，无论我怎么想都无关紧要吧？"

"哦，少来了。我没有故意冒犯你。你对这个木盒到底是怎么看的？"

"我觉得，"我声色俱厉，"你们都是无可救药的瞎子！"

第四章
第五封信

　　从国外回纽约后的第一个盛夏,我花了相当多的时间来了解美国文化的现状。为此我读了许多流行杂志,特别感兴趣的是那些反映美国企业和发展的花花绿绿的广告。透过广告才能了解美国!我对一种广告套路尤其着迷,比如下面的广告词:"我在钢琴前面坐下时,他们大声嘲笑""我喊来法国侍者时,他们露出赞叹的微笑"。这些生活片段属于擅长审美的有抱负的人士,当他们突然展现出某种娴熟的才能时,显得特别有文化,亲朋好友就会瞠目结舌。因为在他们还是穷苦人的时候,没有人想到他们有朝一日竟会具备这样的才能。

　　现在,我反倒羡慕那些广告中虚构的新晋艺术爱好者[1]了。因为约翰·休姆在咯咯怪笑,可恶的凯尼恩在放声大笑,普通警察在掩嘴窃笑,就连杰里米·克莱听到我的判断都忍俊不禁……总而言

---
1 原文为法语。——编者注

之，我说他们瞎了，他们就全笑了。

不幸的是，此时此刻，我无法证明他们盲目得多么可怕，愚蠢得多么惊人。于是，我只好眉头紧锁，尽量装出淡漠自信的模样，苦涩地暗暗发誓，等会儿一定要满心欢喜地看着他们惊掉下巴。如今回想起来，当时这念头实在是幼稚可笑。小时候，我的年长女伴拒绝纵容我任性的想法——这种事发生过很多次！我经常会火冒三丈，想象如何用最恐怖的办法来惩罚那个可怜的老家伙。但此时此刻，我不是在发小姐脾气，而是在认认真真地发表观点。我按捺住心中的熊熊怒火，可怜巴巴地转身回到书桌前，耳边依然回荡着他们的嘲笑声。

可怜的父亲羞愧难当，脸红到耳根（他的耳朵受过伤，因而疤痕累累），狠狠瞪了我一眼。

为了掩饰慌乱，我开始仔细检查书桌的一角，那儿整齐地堆着许多封好的信封，没有盖邮戳，但已经用打字机打出了地址。过了好一会儿，我的怒火才渐渐平息，视野也清晰起来。等我好不容易看清了桌上的信封时，约翰·休姆——我猜他很后悔让我难堪——对卡迈克尔说："对了，那些信。很高兴你提醒了我们，萨姆小姐。这些信都是你打出来的吗，老兄？"

"嗯？"卡迈克尔一怔，仿佛刚才一直关在自己的精神堡垒里，"嗯，那些信，没错，是我打出来的。参议员今天晚饭后口授给我，我做了笔记，并在离开这里之前，遵照参议员的命令，用自己的打字机根据笔记把信打了出来。你知道，我的办公室就是书房旁的那个小房间。"

"信里有什么值得关注的东西吗？"

"我敢肯定，没什么可以帮你们找到凶手的线索。"卡迈克尔苦笑道，"事实上，在我看来，里面没有一封信与他等待的来访者有关。我这么说是因为，当我把打完的信放在他面前的时候，他的反应有点儿怪。他飞快地读了一遍，签了名，折起来，塞进信封里封好——一切都是匆匆完成的，他始终魂不守舍，手指不住地颤抖。我明显感觉，他当时唯一关心的就是把我打发走。"

休姆点点头："我想，这些信你都有副本吧。虽说信里几乎不可能有什么线索，但我们还是彻底调查一下吧。你说呢，探长？"

卡迈克尔走到书桌前，从桌旁铁丝文件筐的最上层拿出几张光滑的薄薄的粉红色复写纸。休姆漫不经心地翻了翻，摇摇头，递给父亲。我凑上去，同父亲一起查看。

我发现最上面那封信是给伊莱休·克莱的，不禁愕然。父亲和我面面相觑，然后俯下身读信。在常规的收件人姓名、地址之后，信是这样写的：

亲爱的伊莱[1]：

我要给你一个友情小提示。当然，我希望你不要向外人透露消息的内容或来源。这只是我们之间的小秘密，就像过去一样。

明年的预算中，多半会包括一笔百万美元的拨款，用于为蒂尔登县建造一座新的州法院。你知道，旧的那座已经破败不堪。我们预算委员会的几个人希望努力促成这笔

---

1 伊莱休的昵称。

拨款的通过。我决不会让我的选民说乔尔·福西特忽视了父老乡亲！

我们都认为，对这个项目应该予以充足的资金投入。也就是说，我们只能采用最好的大理石。

我觉得你可能会对这个消息"感兴趣"。

你永远的好友

乔[1]·福西特

"一个友情小提示，嗯？"父亲粗声粗气地说，"真够劲爆的，休姆。难怪你们这些家伙想揭他的老底。"他压低声音，小心翼翼地瞥了杰里米一眼。杰里米还像个岗哨般站在角落里，紧盯着他抽的第十五根香烟的烟头。"你觉得这是真的吗？"父亲问。

休姆冷冷一笑："不，我觉得不是真的。这不过是已故参议员惯用的那种宝贝伎俩罢了。老伊莱·克莱绝对没问题。不要被这封信骗了。别看信里口吻亲昵，其实克莱与参议员不怎么熟。"

"故意留下受贿行贿的书面证据，对吧？"

"是的。万一形势不利，这个副本就可以表明，伊莱休·克莱也是阴谋的积极参与者，企图为自己公司争取利润丰厚的大理石合同。他的好'朋友'福西特参议员是克莱搭档的弟弟，此人通过这封信，将内幕消息透露给克莱。字里行间还暗示，福西特参议员曾多次给克莱通风报信。如果丑事曝光，克莱也会和他们一样获罪。"

---

1 乔尔的昵称。

"好吧,总而言之,这个发现应该能让小克莱先生高兴。原来参议员这位大人物是个令人作呕的流氓……我们来看第二封信吧,帕蒂。情况正在变得明朗。"

第二份副本是写给《利兹观察报》总编辑的信。

"这是城里唯一敢于对抗福西特团伙的报纸。"地方检察官解释道。

这封措辞强硬的信是这样写的:

你们今天发表的社论故意扭曲了我政治生涯中的某些事实,可以说毫无根据,压根儿站不住脚。

我要求你们撤回社论,并详细地告知利兹市和蒂尔登县所有善良的人民,你们对我人格的卑鄙污蔑纯属凭空杜撰!

"老把戏。"父亲粗声粗气地说,把副本扔到一边,"我们来看下一封吧,帕蒂。"

第三张粉红色复写纸上,是写给阿尔贡金监狱马格努斯典狱长的信,这封信非常简短:

亲爱的典狱长:

关于明年阿尔贡金监狱的人事晋升名单,我已向州监狱委员会正式提出建议。随信附上一份该提议的副本。

你真诚的

乔尔·福西特

"天哪,这家伙竟然还插手监狱的事?"父亲惊呼道,"他把那里当什么地方?自家后院吗?"

约翰·休姆辛辣地评论道:"现在你明白这个'穷人的捍卫者'是多么无孔不入的恶棍了吧。他甚至试图控制监狱管理人员的任命权,为自己争取监狱里的选票。我不知道他向州监狱委员会提出的建议有多大分量,但即使那些建议毫无意义,他也能给人留下乐善好施的印象,就像哈伦·拉希德[1]一样。呸!"

父亲耸耸肩,拿起第四封信,这次他轻笑起来:"可怜的老笨蛋!他又在耍威胁恫吓这一招了,帕蒂。读读这封信吧。真够劲爆的。"我惊讶地发现,这封信是写给父亲的老朋友布鲁诺州长的。真不知道州长如果收到这封盛气凌人、傲慢无礼的信,会说些什么。

亲爱的布鲁诺:

　　州议会的一些朋友告诉我,你直言不讳地表达了对我在蒂尔登县连任州参议员的前景的看法。

　　好吧,我要警告你:倘若休姆从蒂尔登县当选——休姆的提名是肯定的——将产生严重的政治后果,很可能会影响你自己未来连任州长的机会。蒂尔登县是哈得孙河谷地区的战略中心,难道你忘了吗?

　　我劝你为自己的利益着想,三思而行,切勿诋毁党内

---

[1] 哈伦·拉希德(Harun al-Rashid,763—809),阿巴斯王朝第五代哈里发,在位时国力达到鼎盛,因《天方夜谭》中对他的描写而闻名。

一位杰出参议员的品格和功绩。

J. 福西特

"说实话，我都快哭出来了。"父亲把副本扔回铁丝文件筐，"上帝做证，休姆，我不想再追查这桩案子了。这个狗娘养的被刺穿胸膛是罪有应得……有什么问题吗，帕蒂？"

"问题有很多呀。"我缓缓地说，"这里有多少份副本来着，父亲？"

休姆严厉地看着我。

"呃，有四份。"父亲说。

"可是，桌子上有五个信封呀！"

地方检察官满脸惊愕，急切地抓起桌上那一小沓打好地址的信封。我看到这一幕，心情总算好了一点儿。

"萨姆小姐说得对！"他嚷道，"卡迈克尔，这是怎么回事？参议员口授了多少封信？"

秘书看起来十分震惊，不像是假装出来的："只有四封，休姆先生。你刚才读过了这四封信的副本。"

休姆匆匆翻看信封，看完后递给我们。最上面是给伊莱休·克莱的信的信封，溅上去的厚厚一层血迹已经凝固。下面是给《利兹观察报》总编辑的，信封一角打着"亲启"二字，还画着粗粗的下划线。再下面是给典狱长的，信封左右两端都有回形针从信封里顶出的凸痕，右下角注明：推荐信文件编号245，阿尔贡金监狱人事晋升名单。最下面是寄给州长的信封，用蓝色封蜡双重封缄，还盖上了参议员的私人印章，信封上也打着"亲启"二字，同样画着粗粗的下划线。

但是，在翻到第五个信封，也就是没留副本的那封信的信封时，休姆仔细检查了很久。他瞪大眼睛，像吹口哨一样噘起嘴，久久注视着收信人的名字。

"范妮·凯泽，"他说，"原来是这么回事啊。"然后他招呼我们走近些。地址不是用打字机打出来的。"纽约州利兹市"几个字、街道门牌号，以及姓名，都是用黑墨水写的，笔迹龙飞凤舞，明显出自大权在握的自大狂之手。

"谁是范妮·凯泽？"父亲问。

"啊，她是我们这里的一个头面人物。"地方检察官撕开信封，心不在焉地答道。我发现凯尼恩局长绷紧了身子，迈着僵硬的步伐赶过来，和我们一起看信。站在四周的几个警察亲密又色眯眯地互相挤了挤眼。听到声名狼藉的女人的名字时，男人往往会流露出这种暧昧的眼神。

信的内容和信封上的地址一样，都是手写的。同样是无拘无束的潦草笔迹……休姆开始大声朗读，但刚念一个字就停了下来，飞快地瞥了眼我视野之外的某个地方，然后改为默读，边读边两眼放光。读完之后，他把凯尼恩、父亲和我拉到一边，背对其他人，叫我们读那封信。他轻轻摇头，提醒我们不要读出声。

信的开头没有寒暄，一来便直奔主题，末尾也没有署名。

> 我怀疑电话被C窃听了。别打电话。我会写信通知艾拉，必须根据我们的谈话和你昨天的建议，对计划做

出调整。

　　要静观其变，沉着应对。我们还没输呢。叫麦齐过来。我有个主意可以对付我们的朋友H。

"是福西特的笔迹吗？"父亲问。

"毫无疑问。嗯，你们对这封信有什么看法？"

"C是谁？"凯尼恩喃喃自语，"天哪，他不会是指——"他那双小小的死鱼眼斜瞟着卡迈克尔[1]。后者正站在房间另一头，和杰里米·克莱低声交谈。

"我并不惊讶。"休姆嘟囔道，"哼！我从一开始就觉得我们的秘书朋友有点儿古怪。"他猛地把头转向门口的一个探员。那人慢悠悠地走过来，脸上写满无聊，仿佛第一百次进宫的公爵夫人。"带几个人去检查一下房里的线路，"休姆低声说，"电话线路。马上。"

探员点点头，慢悠悠地走开了。

"休姆先生，"我问道，"谁是麦齐？"

他撇撇嘴："我可以肯定的是，麦齐是一位在某方面才华卓著的年轻女士。"

"我明白了。休姆先生，为什么你就是不肯直说呢？我已经是成年人了。我猜，福西特参议员说的'朋友H'就是你吧？[2]"

他耸耸肩："看来是这样。我想，我那位慷慨大度的对手打算

---

[1] 卡迈克尔（Carmichael）的英文首字母为"C"。
[2] 休姆（Hume）的英文首字母为"H"。

施展众所周知的'诬陷'手段，证明约翰·休姆并非自己宣称的那样道德高尚、纤尘不染。毫无疑问，麦齐就是被派来勾引我，破坏我名誉的。你知道，这种事以前也有人干过。我毫不怀疑，会有很多人出面证明我是个……呃……好色之徒。"

"说得真好听，休姆先生！"我故作可爱地反驳道，"你结婚了吗？"

他笑了："嘿嘿——难道你要申请这个职位？"

这时，被派去调查电话线路的探员回来了，我得以不用回答这个尴尬的问题。

"线路没问题，休姆先生。至少这个房间外面的线路没问题。现在我要检查一下这里的线路——"

"等等。"休姆急忙说，提高了嗓门，"噢，卡迈克尔。"参议员秘书抬起头来。

"暂时没你的事了。请到外面等着吧。"

卡迈克尔平静地离开了书房。那名探员立刻检查了从书桌到电话接线盒的线路，并在电话接线盒那边摆弄了很长时间。

"不好说，"他站起身来报告，"看起来没问题。但如果我是你的话，休姆先生，我会请电话公司派专家过来检查。"

休姆点点头。我开口道："还有一件事，休姆先生。为什么不打开这些信封呢？万一，信上的内容和副本不一样呢。"

地方检察官用清澈的目光看着我，微微一笑，再次拿起信封。但信上的内容同我们看过的副本一模一样。他似乎对寄给阿尔贡金监狱的那封信的附件特别感兴趣，附件用回形针别在参议员信件原件的后边，上面列出了许多推荐晋升者的名字。他愤愤地看了看名单，然后扔到一边。

"没有不一样。别瞎猜了，萨姆小姐。"地方检察官拿起桌上的电话，我则在一旁陷入沉思。

"信息台吗？我是休姆地方检察官。请给我范妮·凯泽家的电话号码。她就住在本地。"休姆静静地等着。"谢谢。"他说，然后拨打了一个号码。他站在那里等待，我们可以听到电话另一头平稳的嘟嘟声。"没有应答。哼！"他挂回话筒，"我们的首要任务之一就是审问范妮·凯泽小姐。"他搓着双手，露出一种男孩般的兴奋神情，尽管有点儿冷酷。

我朝书桌挪了两步。在离死者坐过的椅子不到两英尺[1]的地方，有一张触手可及的咖啡桌。桌上放着一个电咖啡壶，旁边的托盘上有一副杯碟。我好奇地摸了摸咖啡壶的侧面，还是温的。我朝杯子里看了看，浑浊的底部沉淀着咖啡渣。

我的那个推论又从心底升起，就像印度苦行僧抛出的神秘绳索一样，越升越高！[2]我热切地希望这一推论不会像可疑的幻术那样轻易崩塌。因为如果这是真的……

我转过身去，眼里闪烁着显而易见的胜利光芒，休姆地方检察官怒气冲冲地看着我。我相信他正打算责备我，或者质问我。但就在这时，我有了一项改变整个调查进程的发现。

1　1英尺合30.48厘米。
2　传说中印度苦行僧的一项神秘表演。苦行僧从柳条篮子里拿出一段麻绳，扔向空中，绳子在越来越暗的空中向上飞，直到看不见顶端，然后奇迹般地停留在那里。一个瘦小的小男孩儿会爬上绳子，越爬越高，然后消失在稀薄的空气中。

第五章
第六封信

若不是有人突然来到，我本可以更早获得这项发现的。

从外面的走廊里传来一阵嗡嗡的说话声和沙沙的脚步声，紧接着，门口凯尼恩的一个手下咕哝了几句抱歉的话，然后闪到一旁，那卑躬屈膝的样子，如同在觐见君主一样。众人的谈话声戛然而止。我很纳闷，来者究竟是何方神圣，竟能让身着制服的冷漠警察让开一条路。

但是，不一会儿在门口现身的那个人看起来并不可怕。他是一个面色红润、完全秃顶的小老头儿，脸颊圆润如苹果，让人联想到溺爱孩子的祖父。他的大肚子松松垮垮地垂在大腿上，好像他的肚腩在折腰祈福。他的衣服并不合身，轻便大衣也破旧不堪。

然后我注意到他的眼睛，立刻改变了我对他的第一印象。这个人不管在什么样的圈子里，都是一个不可忽视的强大角色。他眉毛下细长的蓝眼睛仿佛两块寒冰，冷酷而无情。看着那对眼睛，你便知道这位智者通晓世间的一切罪恶——那不是简单的狡诈，而是像魔鬼一样无所不能。再加上他祖父般的脸上挂着愉快的微笑，粉红色的秃头上下左右晃个不停，故意显得老态龙钟，看上去就更加可怕了。

我惊讶地看着约翰·休姆——那位改革者——穿过房间，抓住老人那手背有肉窝的胖乎乎的小手，竭力表现出内心的尊敬和喜悦。他是在演戏吗？他似乎不可能没有觉察老人冷酷的眼神。不过，也许他自己的青春、活力和正气都是装出来的，就像老人的笑容一样……我瞥了父亲一眼，但在他那张毫无表情、丑陋诚实的脸上看不出任何批判的意味。

"我刚听到这个消息，"小老头儿用孩子似的高音说道，"太可怕了，约翰，太可怕了。我尽快赶了过来。调查有进展吗？"

"进展十分有限。"休姆羞愧地说。他领着老人穿过房间，来到我面前："萨姆小姐，请允许我介绍掌握着我政治前途的人——鲁弗斯·科顿。"休姆又把父亲指给老人："鲁夫[1]，这位是纽约的萨姆探长。"

鲁弗斯·科顿低下头，微微一笑，紧握住我的手，说："没想到能在这里见到你，亲爱的，我备感荣幸。"接着，他胖嘟嘟的面颊往下一沉，补充道："这真是太可怕了。"说完，他握着我的手不放，头转向父亲。我尽量不动声色地抽回手，他似乎没有注意到。"原来这就是伟大的萨姆探长！久仰大名啊，探长，久仰大名。我在纽约的老朋友，伯巴奇局长——你那时候的局长，对吧——他过去常常对你赞不绝口哩。"

---

[1] 鲁弗斯的昵称。

"哈,"父亲兴高采烈地说,"你就是那位休姆的支持者,对吧?我也早就听说过你的大名,科顿。"

"是的,"鲁弗斯·科顿尖声道,"约翰将成为下一任来自蒂尔登县的州参议员。我正在尽我所能帮助他赢得竞选。没想到竟然发生了这样的事——天哪,天哪!"他像老母鸡一样咯咯乱叫,全程眼睛眨也不眨,闪烁着恶毒的光芒。"好啦,探长,还有你,亲爱的,"他转向我,喜气洋洋地继续道,"请容我失陪一下,约翰和我要好好谈谈这件事。如我所说,这件事太可怕了,可能会对政局产生重大影响……"他含糊不清地唠叨着,把年轻的地方检察官拉到一边。他们把头凑在一起,压低声音,认认真真地交谈了几分钟。我注意到大部分时候都是休姆在说话,那位老政客不时剧烈地摇晃脑袋,奇异的眼睛紧盯着年轻门徒的脸……我对休姆这个充满正义感的青年政治家的看法发生了变化。我早就意识到,对休姆、科顿和他们所代表的政党来说,福西特参议员的意外死亡是天大的好事,但我从来没有像现在这样深切地感受到这一点。随着调查的进行,已故参议员福西特的真面目将暴露无遗,这位改革派候选人的当选已不可动摇。这场灾难将对福西特所属政党的威望带来毁灭性打击。在随后的混乱局势中,不论他们推选谁来竞选州参议员,都不可能赢得选民的信任。

这时候,我看到父亲向我使了个眼神,便迅速走到他身边,然后有了本章开头提到的那一发现……

我早该注意到的。看见父亲到底在全神贯注地研究什么之后,我不由得在心里狠狠骂了自己一句:"佩兴丝·萨姆,你真是个该死的大傻瓜！"

父亲跪在书桌后面的壁炉前，饶有兴趣地观察着某样东西。一个探员在低声说着什么，一个拿着照相机的人正忙着在一旁拍摄壁炉内部。一道蓝光闪过，低沉的爆炸声响起，房间里充满了烟雾。[1]摄影师让父亲站到一边，然后又拍了一张照。被拍的地方就在紧挨壁炉的那块地毯的边缘，正对着中间的炉栅。我瞅了瞅，发现那是一个男人左脚鞋尖的轮廓，非常完整清晰。一部分灰烬从壁炉里飞出来，散落在房间里。有人无意间踩了上去……摄影师咕哝了一声，开始收拾器材。我猜他的工作应该告一段落了，因为有人提过，在我们到达之前，房间其他部分和死者的照片都已经拍好了。

不过，父亲感兴趣的不是地毯上的脚印，而是炉栅里的什么东西。乍看上去，那并不起眼——在一层薄薄的浅色灰烬上，有一个相当模糊但依稀可辨的脚印。这层灰烬之下，是更久之前留下的颜色更深的灰烬，能清晰地看到两者的分层，上面那层显然是今晚炉火烧尽后留下的。

"你怎么看，帕蒂？"我从父亲的肩膀上探出头来，父亲高声问道，"你觉得像什么？"

"男人的右脚脚印。"

"对。"父亲说着站起来，"还有呢。看到印着脚印的上一层灰和下一层灰的深浅差别了吗？这表明烧掉的东西不一样，孩子。

---

[1] 早年照相机闪光灯使用镁粉，镁粉燃烧瞬间会造成轻微的爆炸。但镁粉燃烧发出的是白光而非蓝光，此处疑为作者笔误。——编者注

有人烧掉了什么东西，不久后又踩了上去。到底是谁烧的，烧的又是什么鬼东西？"

我有自己的想法，但什么也没说。

"现在来看看另一个脚印，那个鞋尖留下的印记。"父亲低头注视着地毯，喃喃地说，"结合起来看，那个人的动作就很清楚了。他正好站在壁炉前，左脚踩着地毯上的灰烬，然后他点燃了炉栅里的什么东西，用右脚踩了几下……我可以翻翻这里吗？"他粗声粗气地问摄影师，对方点点头。父亲再次跪下，开始小心翼翼地在浅色灰烬中挖什么东西。"哈！"他叫道，得意扬扬地直起腰，手里拿着一张小纸片。

纸片较厚，呈淡黄色，毫无疑问是刚烧剩的。父亲扯下一个小角，用火柴点燃。他得到的一撮灰烬的颜色，同炉栅里的浅色灰烬一模一样。

"嘿，"他搔着头说，"果然如此。不过，这东西到底是从哪儿来的呢？不好意思，帕蒂，你觉得这——"

"来自书桌上的信笺簿，"我平静地答道，"我一眼就看出来了，父亲。尽管做成了信笺簿，但参议员用的信纸非常高级，与众不同。"

"天哪，帕蒂，你说得对！"父亲连忙走到书桌前，把烧剩的纸片和信笺簿中的纸两相比较，立刻得出了结论。不出我所料，炉栅里烧掉的正是信笺簿中的纸。

父亲咕哝道："你又猜对了，但这并没有给我们多少帮助。我们怎么知道这张纸是什么时候烧的？也许是罪犯到这里之前几小时，也许是福西特自己……等等。"他跑回壁炉边，在灰烬里翻来翻去，然后又找到了什么东西——这次他从细碎的灰烬中捞出一条长长的黏着胶的亚麻线："太好了，这么一来就可以确定了。这条亚麻线是装订信笺簿的黏胶的一部分。本来黏在纸片上，纸被烧掉时，黏胶逃过了火焰。但我还是……"

父亲转过身，将自己的发现拿去给约翰·休姆和老鲁弗斯·科顿看。趁他们谈话的机会，我私自做了点调查。我往书桌底下一看，发现了我要找的东西——废纸篓。里面空空如也。然后，我把书桌的抽屉都翻了一遍，但一无所获。我想找到另一本信笺簿，用没用过都行。于是我溜出书房，悄悄去找卡迈克尔。我发现他在客厅里静静地读着报纸，一个探员正在监视他。探员竭力装出若无其事的样子，仿佛他心思纯洁得就像W. S. 吉尔伯特[1]笔下那只"刚下的蛋"。

"卡迈克尔先生，"我问道，"参议员桌子上的那种信笺簿——宅子里只有这一本吗？"

他一跃而起，把报纸都揉皱了："我——你说什么？信笺簿？噢，对，对！是唯一的一本。本来还有的，但都用完了。"

"上一本是什么时候用完的，卡迈克尔先生？"

"两天前。信笺簿下面的硬衬纸还是我扔的呢。"

我苦思冥想着回到书房。可能性实在太多，我都晕头转向了。但可以作为推理依据的事实又太少了。还有什么别的线索吗？我还能证明我现在的猜测吗？

---

[1] 威廉·施文克·吉尔伯特（William Schwenck Gilbert，1836—1911），英国剧作家、文学家、诗人。

我的思考突然被打断。

一个引人注目的女人忽然出现在书房门口——今晚早些时候，凶手、警察、我们自己，还有鲁弗斯·科顿，都曾穿过这道门。不管那女人是不是幻影，陪同她的探员都不敢掉以轻心，一只大手紧抓着她的上臂，紧绷着脸，一副凶神恶煞的样子。

她身材高大，肩膀宽阔，体格魁梧，活像希腊神话中好斗的亚马孙女战士。我一眼就看出她四十七岁，但这并不是因为我的观察力多么敏锐——她压根儿没打算隐瞒年龄。她那张男性化的阴郁脸庞上没有涂脂抹粉，厚嘴唇上方的浓密绒毛也没有漂白。她那难看的深红色头发上戴着一顶毡帽。我敢肯定，这顶帽子是从男装店而不是女帽店买的。她全身上下明显都是男人打扮，没有一点儿女人味：双排扣翻领西装外套、简单朴素的裙子、厚实的平底鞋、扣子扣到领口的白衬衫、松松地系在脖子上的男式领带……这个女人的装束，从头到脚都惊世骇俗。我惊奇地注意到，就连她的衬衣也像男款衬衫那样浆得十分挺括，从外套袖子里伸出来的衬衫袖口上装饰着大袖扣，上面镶着奇特的金丝图案，非常漂亮。

除了古怪的装扮，这个非比寻常的女人身上还有一些特别惹眼的地方：她的眼睛闪烁着钻石般锐利而热切的光芒；她说话的声音非常深沉柔和，带着一丝不惹人反感的沙哑；尽管外表怪诞，她仍是一个聪明的女人——不过那份聪明劲儿仿佛是天生的，透着一股子粗野味。

毋庸置疑，她就是范妮·凯泽。

一直无精打采的凯尼恩一见这女人就清醒过来，大喊道："你好呀，范妮！"他的语气听起来就像在跟好哥们儿打招呼，我不由得目瞪口呆。这个女人到底是何方神圣？

"你好，凯尼恩。"她嘟囔道，"该死，你们把我抓过来是什么意思？这里出了什么事？"

她就像在用望远镜观察星体一样，将我们逐一扫视了一遍——看到休姆，她冷淡地点点头；看到杰里米，她面无表情，完全无视；看到父亲，她略作沉吟；看到我，她有些惊奇地多瞅了两眼。审视结束后，她盯着地方检察官的眼睛问道："喂，你们都是哑巴吗？这是什么意思，守灵吗？乔·福西特在哪儿？谁出来说句话！"

"很高兴你能来，范妮。"休姆赶紧说，"我们正想跟你谈谈呢。这下我们用不着专程去找你了。呃——进来吧，进来！"

她依言大步走进房间，但动作迟缓，脚步沉重，仿佛弥尔顿[1]笔下那个"沉思的人"。她把粗大的手指伸进胸前的大口袋，掏出一支又大又粗的雪茄，若有所思地塞进厚厚的嘴唇中间。凯尼恩拿着火柴，笨拙地走上前去，为她点上。她喷了一大口烟，眯眼看着书桌，又大又白的牙齿把雪茄都快要咬碎了。

"谈什么？"她靠在书桌上，粗声粗气地说，"参议员大人出什么事啦？"

"你不知道吗？"休姆平静地问。

叼在女人嘴里的雪茄缓缓画出一道向上的弧线。"我？"雪茄

---

[1] 约翰·弥尔顿（John Milton，1608—1674），英国诗人、思想家。《沉思的人》是弥尔顿的一首诗，发表于1645年，是另一首诗《快乐的人》的姊妹篇，两者呈现了内敛、沉思的生活方式与欢乐、活泼的社交生活的对比。

又垂下去,"我怎么知道?"

休姆转向把女人带进来的探员:"这是怎么回事,派克?"

那人苦笑道:"她厚颜无耻、大摇大摆地走过来——到了前门,看到兄弟们站在那儿,到处亮着灯——哎呀,她好像有点儿吃惊,于是说:'这里出什么事啦?'我说:'你最好进来,范妮。地方检察官正在找你呢。'"

"她有没有企图逃走?"

"别装蒜了,休姆。"范妮·凯泽突然说,"我为什么要逃走?我还在等你给我一个解释呢。"

"好,我知道了。"休姆对探员低声说,那人出去了,"听着,范妮,说说你今晚为什么来这里。"

"这跟你有什么关系?"

"你是来这里见参议员的,对吗?"

她弹掉雪茄头上的一大团烟灰:"难不成我是来这儿见总统的?怎么,拜访参议员违法吗?"

"没有这回事,"休姆笑呵呵地说,"我只是有点儿想不通,范妮。这么说,你不知道你的参议员朋友出了什么事?"

她眼中腾起一团怒火,从嘴里一把抽出雪茄:"嘿,你这是什么话?我当然不知道!知道就不会问了,不是吗?你在开什么玩笑?"

"这不是玩笑,范妮。"休姆客客气气地说,"参议员今晚过世了。"

"喂,休姆,"凯尼恩粗声粗气地说,"你到底想干什么?范妮不——"

"他死了。"范妮·凯泽缓缓地说,"死了?唉,唉,人生苦短，说没就没——他就这样翘辫子了，对吧？"

她没有表现出丝毫惊讶。但我注意到，她粗大的下巴上肌肉紧绷，眼睛警惕地眯成了一条缝。

"不，范妮。他不是自然死亡的。"

她平静地抽着雪茄："噢！自杀？"

"不，范妮。谋杀。"

她又"噢！"了一声。我知道，别看她看上去镇定自若，其实她一直在强打精神，准备迎接这个答案的到来，恐怕她心中对这个答案还感到畏惧。

"范妮，"地方检察官用亲切友好的语气接着说，"这下你明白我们为什么要询问你了吧。你是不是约好了今晚和福西特见面？"

"要真是这样，对你可是很有利啊，休姆……你说我和参议员约好了见面？"她心不在焉地嘟囔道，"没有，我只是顺道来的。他不知道我要来——"她突然像是下定了决心似的，耸了耸宽阔的肩膀，把雪茄扔进了壁炉——我注意到，她是越过肩膀往后扔的，看都没看一眼。看起来，这位女士对福西特参议员的书房相当熟悉。父亲的表情更加茫然，他也看出了她这一举动的意义。"听着，孩子，"她对休姆严厉地说，"我知道你脑袋瓜里在琢磨什么。你是那种好孩子，可你骗不了小范妮·凯泽。如果我和这该死的谋杀案有关系，我还能这样趾高气扬地走进来吗？别闹了，孩子。我要走了。"

她噔噔噔地朝门口大步走去。

"等等，范妮。"休姆一动不动地说。范妮停下脚步。"为什么急着下结论？我又没有说你是凶手。但我对一件事很好奇。今晚你找福西特有何贵干？"休姆问。

她用威胁的语气说："你给我闪开。"

"你这样就太不明智了，范妮。"

"听着，孩子。"她停顿了一下，像教堂顶上的滴水兽一样咧嘴一笑，轻佻地瞥了鲁弗斯·科顿一眼，后者石化般站在她后面，脸上挂着狰狞的笑容。"我有许多商业伙伴，明白吗？在利兹城里有多少大人物跟我是朋友，你知道了准会大吃一惊。如果你想找我的碴儿，休姆先生，就得记住这一点。比如说，我的顾客可能不喜欢暴露身份。倘若你突然试图惹恼他们，他们会把你踩得粉碎，休姆先生，"她在地毯上狠狠地跺了跺右脚，"就像这样——"

休姆满脸通红地转过身，然后又突然朝着范妮转回来，把福西特参议员写给范妮的信猛地伸到她那桀骜不驯的鼻子底下。这是桌上那堆信中的第五封。

她冷静地读着信，眼睛眨也不眨，但我觉察到了她平静面具之下的恐慌。这封信已经证明是参议员亲笔所写，语气虽然神秘，却无疑非常亲密。她无法一笑置之，或者威胁两句糊弄过去。

"这是怎么回事？"休姆冷冷地说，"麦齐是谁？参议员担心有人窃听的神秘电话的内容是什么？他说的'朋友H'又是谁？"

"应该是你告诉我才对。"她的眼神仿佛冰冻住了，"你认识字的呀，先生。"

带着一副焦虑不安的滑稽表情，凯尼恩慢吞吞地走上前去，把休姆拉到一边，压低声音急切地说了些什么。我立刻意识到，地方检察官把参议员写的信给范妮·凯泽看，这犯了一个策略上的错误。范妮现在摸清了底细，神情越发冷酷坚定了。虽然她脸上流露着怪异的不安,但那绝不是心生恐惧,倒可能是一种威胁……见凯尼恩在休姆耳边尖声抗议,范妮摇摇头,深吸一口气,冷冷地盯着鲁弗斯·科顿,然后做了一个怪怪的皱眉表情,大步走出了书房。

休姆没有阻止她离开。看得出来,休姆很生气,但也无可奈何。他向凯尼恩简短地点了两下头,转身面对父亲。

"我们不能拘留她,"休姆嘟囔道,"但我们会派人监视她。"

"这娘儿们挺厉害啊。"父亲慢吞吞地说,"她是做什么生意的?"

地方检察官压低声音,父亲扬起蓬乱的粗眉。"原来是这样!"我听见父亲说,"早该想到的。我以前见过她这种人。很难对付。"

"就不能让我也听听这个秘密吗?"我对休姆尖刻地说,"她不是干正经营生的,对吧?"

休姆摇摇头。父亲冷冷一笑:"这不是你该听的事,帕蒂。你不觉得你现在该回克莱先生家了吗?小克莱会带你回去……"

"不!"我气冲冲地说,"我为什么不能听——你知道,我已经二十一岁了,亲爱的探长。那女人为什么势焰熏天?不可能是因为她妩媚动人吧……"

"快走,帕蒂!"

我去找杰里米,我确信他比他父亲更通情达理。我敢肯定,他很清楚那个女人是什么货色,以及她为何能在利兹横行霸道,作威作福。这可怜的孩子看起来很不安,徒劳地转移着话题。

"哎,"他终于开口道,避开我的目光,"她就是小报上常说的'邪恶女王'。"

"果然如此！"我厉声说，"父亲的观念实在太陈旧愚蠢了！他还把我当成刚从修道院出来的纯洁修女哩。凯泽夫人，对吧？天哪！为什么这些人都那么怕她？"

"这个嘛……凯尼恩，"杰里米耸耸肩，"他只是一台庞大犯罪机器上的小齿轮罢了。我猜，他拿了那女人的贿赂，保护她经营的场子。"

"她还抓住了鲁弗斯·科顿的把柄，对不对？"

杰里米的脸涨得通红："哎呀，帕特——我怎么可能知道这个？"

"噢，你是不可能知道的。"我狠狠地咬着嘴唇，"那个女人，太可怕了！我现在全明白了。她和那个宝贝参议员……我猜，这丑陋的女人同福西特也是一伙的？"

"嗯，有这样的流言。"杰里米怯生生地说，"走吧，帕特，我们离开这里。这里不适合你。"

"不适合个鬼！"我吼道，"你真不像男人。你们这些……你们这些衣冠楚楚的男人，所谓有公民自豪感的人。见鬼去吧——就这样！我不走，杰里米，我要待在这里——我一定要跟那个老鸨子斗到底！"

接着，出乎所有人的意料，突然发生了一件大事。到那时为止，经过几小时的调查，仍没有人怀疑那个可怜的家伙，可此人马上就会成为福西特谋杀案的焦点人物。如今回想起来，我不知道如果没有找到那封信会发生什么。我猜，归根结底，就算没找到它，也不会造成多么明显的差别。这个人与福西特参议员的关系仍会不可避免地暴露出来，而随后的一系列事件也顶多只是推迟发生而已。不过,倘若这个人来得及逃走的话……

一个探员冲进书房,手举在头顶,挥舞着一张揉得皱巴巴的纸。"嘿,休姆先生!"他喊道,"重大发现!我在楼上参议员卧室的保险箱里找到了那封跟木盒一起寄来的信。"

休姆抢过那张纸,就像快要淹死的人抓住了救生圈一样。我们围拢过来。就连无精打采的凯尼恩——这个人就是证明进化论的活标本,我看着他,就会联想到他的寒武纪祖先在海底软泥里打滚的景象——也因为这一发现激动起来,红润的下颌随粗重的呼吸不停地颤动。

房间里一片安静。

休姆慢慢念道:

亲爱的福西特参议员:

我送你的这个锯下来的小玩具有没有让你想起什么?那天在监狱木工车间,你没认出我,但我认出了你,你这该死的浑蛋。对小阿伦来说,这可是千载难逢的机会。

听着,恶棍。我很快会被放出来。出狱那天我就会给你打电话。那天晚上,你……你必须在你住处给我五万美元,参议员。别忘了,你是怎么出人头地的……如果你不照我说的做,我就会把你的丑事讲给利兹的警察听……

不过,你是聪明人。乖乖掏腰包吧,不然小阿伦会到处嚷嚷的。别耍花样。

阿伦·道

我盯着这些潦草的铅笔字,每个字母都是大写的印刷体——这封信脏兮兮的,不仅留着拇指印,还有许多拼写错误和粗俗用语,写信的想必是一个可鄙的绝望之人——我不禁打了个寒战。突然间,一个冰冷的黑影笼罩了整个房间,我知道那是山上监狱的影子。

休姆的嘴紧抿成一条无情的细线,他抬起鼻孔冷哼一声。

"好了,"他一边把这张纸塞进钱包,一边慢慢地说,"咱们总算有点儿成果了。接下来只需要……只需要……"他一时词穷,打住了话头。我忽然害怕起来。莫非调查的下一阶段是……

"别着急,休姆。"父亲平静地说。

"就交给我吧,探长。"

地方检察官来到电话前:"接线员,给我接阿尔贡金监狱的马格努斯典狱长……典狱长吗?我是休姆地方检察官。很抱歉这么晚了还把你从床上叫起来。你应该已经听到消息了吧?福西特参议员几小时前被谋杀了……是的,是的。不——对了,典狱长,你对阿伦·道这个名字有印象吗?"

我们在深深的沉默中等待。休姆把话筒紧贴在胸前,出神地盯着壁炉,一言不发。

整整五分钟,我们谁也没动。

然后,地方检察官眼睛一亮,边听边点头:"我们马上过去,马格努斯典狱长。"说完他就把电话放回桌上。

"怎么样?"凯尼恩用沙哑的声音问。

休姆微微一笑:"马格努斯已经调查过了。阿伦·道是他那里的犯人,以前在木工车间工作,今天下午被释放了!"

第六章
阿伦·道登场

在此之前，我只是觉得有一个遥远如梦的模糊影子笼罩在我们头顶。各种事实在我的脑海里盘旋环绕，让我无法看清即将发生的灾难。但现在，就像被人突然从背后捅了一刀，我猛然清醒，一切豁然开朗。阿伦·道……这个名字对我来说毫无意义，就像约翰·史密斯或者克努特·索伦森一样。我从来没有听说过这个名字，也没有见过这个人。然而，我仿佛拥有了未卜先知的能力——你可以称其为通灵，或者第六感，或者从尚未消化的数据中得到的下意识的推断。我立刻断定，这个家伙，这个前科犯，这个八成被社会扭曲了的可怜人，肯定会遭到更为可怕的伤害，而施害者把一片巨大真实又鲜活的阴影笼罩在我们所有人身上。

我几乎不记得那天晚上的细节了。我的脑袋昏昏沉沉，装满了半成形的想法，心脏的跳动也沉重得令人窒息。我感到一阵无助，虽然父亲坚如磐石地守候在我身边，给我慰藉，但我发现自己隐隐希望见到那位伟大的老绅士——前几天，在哈姆雷特山庄分别时，他还恋恋不舍地目送我们离开呢。

不过，有些琐事我还记得。休姆地方检察官和鲁弗斯·科顿又私下谈了一次，而凯尼恩突然活跃起来，一边走来走去，一边用刺耳的声音发号施令，仿佛一想到要和那个刚刚出狱、手无寸铁的坏蛋搏斗，他就变得生龙活虎了。一个接一个的电话、一道又一道大声喊出来的命令，我记得自己听着这些，不由得脊背发凉。我知道，那些猎狗——这只是比喻的说法，但在我眼里，他们跟狗没什么区别——已经开始追捕跟幻影一样捉摸不定的阿伦·道了。此人刚从阿尔贡金监狱放出来几小时，就再次沦为众矢之的……

我记得，杰里米·克莱用强壮有力的手臂扶我来到屋外，上了他的车。我还记得，呼吸到冷冽的夜风时，我顿觉神清气爽。地方检察官坐在杰里米旁边，我和父亲坐在后面。汽车疾驰而去。我头晕目眩；父亲沉默不语；休姆兴高采烈地凝视着前方黑暗的道路；杰里米紧闭双唇，握着方向盘。汽车沿着陡峭的山坡向上行驶，我宛如置身梦境，路上看到的一切都影影绰绰，转瞬即逝。

然后，一个巨大的身影从黑暗的景致中向我们猛扑过来，仿佛噩梦中的食肉怪兽……那就是阿尔贡金监狱。

由无生命的石头和钢铁组成的东西，竟然散发出活生生的邪恶气息，以前我从未相信过这样的场景是真的。那些关于阴森的黑屋、废弃的城堡和闹鬼的教堂的恐怖故事，曾经让孩提时代的我不寒而栗。但是，在我游览欧洲名胜古迹的这些年里，我从来没有遇到过一座人造建筑能让人毛骨悚然……现在，当杰里米在巨大的铁门前按响高音喇叭，喇叭声发出回响之时，我突然明白畏惧一座建筑是什么滋味了。监狱的大部分都隐没在黑暗之中，月亮早已不见踪影，风在呜呜哀鸣。这儿离监狱这么近，却听不到高墙背后的一丝人声，也看不见一点儿灯光。我蜷缩在座位上，伸手去抓父亲的手，他迅速握住我的手——亲爱的老父亲啊，他可真是缺乏想象力——喃喃地问道："怎么了，帕蒂？"他坦诚的低声询问将我拉回了现实。想象中的恶魔逃走了，我努力甩掉阴郁的情绪。

大门突然打开了，杰里米把车开了过去。炫目的车灯前站着几个人，身穿深色制服，头戴方檐帽，手握步枪，令人望而生畏。

"休姆地方检察官在车上！"杰里米吼道。

"喂，把灯关掉！"一个粗哑的声音厉声说。杰里米照做了，一道强光从我们脸上逐一扫过。监狱看守用冷漠的目光盯着我们，既没有充满怀疑，也不友好。

"没问题的，伙计们。"休姆急忙说，"我是休姆，这些是我的朋友。"

"休姆先生，马格努斯典狱长正等着你呢。"刚说话的那个人用更温和的语气说，"但其他的人——他们得在外面等。"

"我可以为他们担保。"休姆说，然后对杰里米低语道，"克莱，我想你和萨姆小姐最好把车停在外面等我们。"

休姆下了车。杰里米似乎犹豫不决，但那些面无表情、拿着步枪的看守显然吓到他了。他点点头，身子一软，靠回驾驶座后背。父亲迈着缓慢而沉重的步子朝那座混凝土建筑走去，我跟着他。他和地方检察官穿过那一小群看守，进入监狱大院。我敢肯定，他们俩都没有注意到我。至于看守，他们什么也没说，显然认为我跟着地方检察官和父亲是理所当然的。几分钟后，休姆转过身来，发现我老老实实地跟在后面，但他只是耸耸肩，就大步向前走去。

我们来到一片很大的空地——我在黑暗中看不出有多大，厚石板上回荡着我们空洞的脚步声。我们又走了几步，一名身穿蓝色制服的门卫迅速从里面打开了一扇巨大的铁门。我们穿过门，发现自己进入了一处显然是行政大楼的地方，里面空荡荡、静悄悄的，毫无生气。就连墙壁也在用不怀好意的目光注视着我，无声诉说着这里的恐怖故事。那不是牢房的墙壁，而是办公室的墙壁。我不知道周围的可怕建筑里，栖息着怎样龇牙尖叫的幽灵。

我跟跟跄跄地跟在父亲和休姆后面，进入大楼深处，走上一段石阶。我们站在一扇普普通通的门前，上面写着"马格努斯典狱长"，跟商业办公室一样。

休姆敲敲门，一个目光锐利、穿着便服的人来开门。他衣冠不整，显然刚被人从床上叫醒。他应该是办事员或者秘书什么的——我猜这家伙也是监狱工作人员，因为他没有笑容，没有温情，也没有慈悲。他哼了一声，领我们穿过大接待室和外间办公室，来到另一扇门前，为我们打开门，木然地站到一旁。我从他身边走过时，他用讨厌的目光冷冷地瞟了我一眼。

我突然意识到一件无关紧要的事：在我们来到这个房间的短暂行程中，我们看到的所有窗户都装着坚固的铁栅栏。

我们进入的房间整洁而安静，站起来迎接我们的人俨然一位银行家。他穿着素净的暗灰色衣服，打扮得一丝不苟，只是领带系得很匆忙。也许是常年与悲惨的囚犯打交道的缘故，他的面容严厉、阴沉、憔悴。他仿佛始终生活在危险之中，双眼充满警惕。他头发花白稀疏，衣服略显宽大。

"你好，典狱长，"地方检察官低声说，"很抱歉这么早把你从床上叫起来。不过,恐怕凶手不会选择我们方便的时间动手。哈哈……进来吧,探长,还有你,萨姆小姐。"

马格努斯典狱长匆匆一笑,指了指椅子。"我没想到会有这么多人来。"他语气温和地说。

"呃,萨姆小姐她——对了,先介绍一下,这位是马格努斯典狱长,萨姆小姐。这位是萨姆探长,马格努斯典狱长——萨姆小姐算半个侦探,典狱长。当然,萨姆探长在这方面是行家里手。"

"原来如此。"典狱长说,"不过,没什么大碍。"他陷入沉思:"这么说,福西特参议员死了。人哪,旦夕祸福,终归不由自己做主,对吧,休姆?"

"没错,报应到他头上了。"休姆平静地说。

我们坐下来,父亲突然说:"上帝保佑,我终于想起来了!典狱长,大概十五年前,你是不是参与过警察工作,就在纽约州北部的什么地方?"

马格努斯瞪大眼睛,然后笑了:"我现在想起来了……是的,在布法罗。这么说,你就是那个大名鼎鼎的萨姆探长?嘿,探长,我很高兴在这里见到你。我以为你已经退休了……"

他们喋喋不休地畅谈往事。我把疼痛的脑袋靠在椅子上,闭上眼睛。阿尔贡金监狱……在我现在所处的这个巨大而寂静的地方,狭窄的牢房只能勉强让囚犯伸展开伤痕累累的身体。但此时此刻,有一两千名囚犯正在牢房中睡觉,或者挣扎着想要入睡。还有一些穿制服的人在走廊里来回巡查。屋顶上方是黑沉沉的夜空,不远处是树叶沙沙作响的树林。在哈姆雷特山庄中,一位患病的老人正在熟睡。铁门之外,杰里米·克莱正在生闷气。利兹的停尸房里,躺着一个曾短暂地呼风唤雨过的男人经过解剖的尸体……他们为什么不直奔主题？我暗自纳闷儿。他们为什么不谈那个阿伦·道？

门嘎吱一声打开，我睁开了眼。目光锐利的办事员站在门口："典狱长，缪尔神父来了。"

"叫他进来。"

不一会儿，一个面色红润的小个子男人走进来，关上门。他一头银发，戴着厚厚的眼镜，满脸皱纹。我从未见过像他这样慈眉善目、和颜悦色的人。虽然他也流露出一丝忧虑痛苦的表情，却难掩与生俱来的高贵气质，让人发自本能地想与之亲近。我猜，哪怕是最残忍的罪犯，在这位圣徒般的老神父面前，也能敞开紧闭的心扉，虔诚忏悔吧。

他裹着破旧的黑色圣衣，在光线下不停地眨着近视的眼睛，右手抓着一本表皮锃亮的祈祷书，显然十分困惑，不明白为什么夜这么深了竟会有陌生人出现在典狱长办公室。

"请进，神父，请进，"马格努斯典狱长温和地说，"我想让你见一些人。"他把我们介绍给神父。

"好，好。"缪尔神父心不在焉、简单干脆地回应着，然后盯着我说，"你好啊，亲爱的。"说完他就快步走到典狱长桌前，大喊道："马格努斯，这太可怕了！简直难以置信！"

"别激动，神父，"典狱长和蔼地说，"他们那种人，迟早有一天会倒霉的。坐下来吧。我们正要把事情捋清楚呢。"

"但是阿伦，"缪尔神父用颤抖的声音说，"阿伦是个好人，他非常真诚。"

"好了，神父。休姆，你一定很想听听我的看法。不过，请

"稍等片刻,我要先给你看看这个人的全部档案。"马格努斯典狱长按了一下桌子上的按钮,那个办事员又打开门。"把道的档案拿过来,阿伦·道,今天下午出狱的那个。"办事员从门口消失,不一会儿就回来了,手里拿着一张大大的蓝色记录卡。

"就是这个。阿伦·道,罪犯编号是八三五三二。入狱年龄是四十七岁。"

"他坐了多久牢?"父亲问。

"十二年零几个月……身高五英尺六英寸,体重一百二十二磅,蓝眼睛,白头发,左胸有半圆形伤疤——"马格努斯典狱长若有所思地抬起头,"在这里的十二年里,他的容貌改变了许多,头发大部分都掉了,身体也变得相当虚弱——他现在快六十岁了。"

"他犯了什么罪?"地方检察官问。

"过失杀人罪,被纽约州的普罗克特法官判了十五年。他在纽约的一个码头酒馆杀了一个人,好像是喝多了廉价杜松子酒,醉得一塌糊涂,发狂杀了人。根据检察官的调查,他以前从未见过被害者。"

"他以前有犯罪记录吗?"父亲问。

马格努斯典狱长查看了记录卡:"检察官没查出来。当时根本没摸清道的身份。就连他的名字也可能是化名,但这一点无法证实。"

我努力想象那人的样子。他的形象在我脑海中逐渐浮现出来,但有的地方仍然模糊不清。肯定有什么地方不对劲。"典狱长,这个道是什么样的囚犯?很难管教吗?"我怯生生地问。

马格努斯笑了:"我看萨姆小姐问了一些切中要害的问题呀。

他不难管教，萨姆小姐，他是个模范囚犯——根据我们的分类制度，他是A级囚犯。所有犯人进入监狱后，都要先穿上囚服。经过一段适应期，以及去煤堆劳动的'学徒期'，他们就会得到一份由分配委员会分配的'狱内固定工作'。在此基础上，他们可以享受各种优待。习惯日常生活之后，囚犯在我们这个小社区里的地位——你知道，我们这里实际上就是一座城市——完全取决于他自己。如果一个人不惹麻烦，服从命令，遵守一切规章制度，就能赢回一些被社会剥夺的自尊。阿伦·道从来没给主管监狱纪律的看守队长惹过一点儿麻烦。因此，他被划为A级囚犯，享受许多优待，并且因为表现良好减刑三十多个月。"

缪尔神父用深沉温柔的眼睛看着我："我向你保证，萨姆小姐，阿伦是个非常温驯无害的人。我很了解他。虽然他不信仰我的宗教，但他开始有信仰了。亲爱的，他不可能干出那种暴行，完全不可能——"

"他以前杀过人，"休姆冷冷地说，"我得说，他是有前科的。"

"对了，"父亲说，"十二年前他在纽约是怎么杀人的？刺死的吗？"

马格努斯典狱长摇摇头："用一整瓶威士忌砸了对方的头，那人死于脑震荡。"

"这有什么区别吗？"地方检察官不耐烦地嘟囔着，"你还掌握了阿伦·道的什么情况，典狱长？"

"很少。当然，越是顽固不化的囚犯，狱中记录才会越多。"马格努斯又看了看蓝色记录卡，"有了！这里有一件你可能感兴趣的事情，虽然只是他的外貌特征。他入狱后的第二年遭遇了一次事故，导致他右眼失明，右臂瘫痪。那是一次可怕的不幸，但完全是他自己操作车床时粗心大意造成的——"

"哦，原来他只有一只眼睛！"休姆喊道，"这很重要。很高兴你提到这件事，典狱长。"

马格努斯典狱长叹了口气："我们自然对报纸记者隐瞒了事故。我们不愿意让这类消息泄露出去。你知道，就在不久以前，本州和其他州的监狱条件还十分恶劣——囚犯被当作牛马而不是病人对待，这恐怕与现代刑罚学提倡的精神背道而驰。公众——至少是部分公众——认为我们的刑罚机构仍像沙皇统治下的西伯利亚集中营，所以我们要尽力消除这种刻板印象。道出事故的时候——"

"很有意思。"地方检察官礼貌地低声插话道。

"嗯，是的。"马格努斯往后一靠。我觉得他看上去有点儿生气。他继续说："不管怎么说，有一段时间，他让我们伤透了脑筋。他的右臂瘫痪了，而他又是一个惯用右手的人，我们的分配委员会只好破例给他分配其他手工活儿。他没受过教育，虽然识字，但只能像孩子一样写印刷体。他的智力水平非常低。我刚才说过，事故发生时，他正在木工车间操作车床。最后，委员会决定把他送回原来的车间。根据这份记录，他虽然残疾了，但后来仍在木工手艺方面取得了相当大的进步……哦！你们似乎认为这一切都无关紧要，也许的确如此。不过，出于我自己的原因，我想让你们对这个人有一个完整的认识。"

"你是什么意思？"休姆坐直身体，厉声问。

马格努斯眉头紧锁："你很快就会明白的……听我把故事讲

完。道没有家人和朋友——或者至少看起来没有，因为在阿尔贡金监狱的十二年里，他从来没有收到过或者寄出过一封信，也没有人来探望他。"

"有趣。"父亲咕哝道，摩挲着长出胡楂的下巴。

"可不是吗？我得说，这太他妈的奇怪了，探长——请原谅我用词不雅，萨姆小姐！"

"完全没有必要道歉。"我不耐烦地回应道。我厌倦了别人每说一句"他妈的"或"该死的"都向我道歉。

"我之所以认为这很奇怪，"马格努斯典狱长继续道，"是因为我管理监狱这么多年，从没见过一个囚犯像道这样与外界断绝了所有联系。在监狱的高墙之外，似乎没有任何人关心这个人的生死。这实在太不正常了，我不得不心生怀疑。即使是这个监狱最凶残的囚犯，即使是那些十恶不赦的浑蛋，也都有一个关心他们的人——母亲、姐妹，或者恋人。哎，道不仅和外面的世界毫无往来，而且，除了入狱头一年跟所有新囚犯去外面修路，直到昨天，他都从未离开过监狱！他有很多机会出去，我们的许多模范囚犯——有完美记录的囚犯——都获准外出执行这样或那样的任务。不过，道表现良好与其说是由于他渴望改过自新，不如说是由于他懒得动坏脑筋。他只是太疲惫，太麻木，太绝望了，没有动机和气力为非作歹。"

"听起来不像会搞勒索呀，"父亲咕哝道，"也不像会杀人。"

"正是！"缪尔神父急切地嚷道，"我就是这么想的，探长。听我说，先生们——"

"对不起，"地方检察官厉声道，"说这些可不会帮我们破案。"我迷迷糊糊地听着休姆的话。我坐在这个支配着千百名囚犯命运的奇特办公室里,脑中突然灵光一闪。我觉得,现在该把我知道的一切,把我根据最严密的逻辑推理出的一切都讲出来了。我应该已经张开了嘴,但后来又闭上了。那些琐碎的细节——它们真的可以按照我猜想的那样去解释吗?我看了看休姆,看了看他那张棱角分明却带着孩子气的脸,决定听从内心的警告,继续保持沉默。要说服他,光靠逻辑是不够的。不要急,我还有时间……

"现在,"典狱长说,把蓝色记录卡扔到桌上,"我要告诉你们,为什么我今晚会邀请你们来这里。"

"太好了!"休姆干脆利落地说,"这才是我们想听的。"

"请各位理解,"马格努斯用严肃的语气接着说,"我不会仅仅因为道不再是这里的囚犯就丧失对他的兴趣。我们经常密切关注出狱的囚犯,因为其中许多人最后又入狱了——目前大约有百分之三十。刑罚学越来越重视预防犯罪,而不是矫正罪犯。但与此同时,我也必须正视事实。所以,我有责任告诉你们下面这件事。"

缪尔神父痛苦得脸色发白,抓着黑色祈祷书的指关节也失去了血色。

"三个星期前,福西特参议员来找我,奇怪的是,他小心翼翼地询问起一个囚犯的情况。"

"圣母啊。"神父呻吟道。

"那个囚犯当然就是阿伦·道。"

休姆的眼睛突然亮起来:"福西特来这里干什么?他想知道关于道的什么事?"

马格努斯叹了口气。"嗯,参议员要求查看道的监狱记录和照片。按照规定，我应该拒绝这样的要求，但道就快服满刑期，而福西特毕竟是一位杰出公民，"他的五官扭曲起来，"我就给他看了照片和记录表。当然，这张照片是十二年前道入狱时拍的。尽管如此，参议员似乎还是认出了道，因为他倒吸一口冷气，一下子变得非常紧张。长话短说，他提出了一个荒唐的要求，要我把道的嘴封上几个月！'封口'，这是他的原话。你们怎么看？"

休姆搓着手，那样子在我看来怪讨厌的："意义重大，典狱长！请继续。"

"嗯，那家伙不知道哪根神经不对，竟提出如此匪夷所思的要求。"马格努斯继续说，牙关紧咬，"但我没有当场发作，反倒觉得应该谨慎应对。他的话勾起了我的好奇。一个公民，尤其是福西特那样声名显赫的公民，无论他同囚犯之间是何种关系，我都有责任调查清楚。所以，我并没有表态，而是诱导他继续往下说。我问他为什么要封住阿伦·道的嘴。"

"他说为什么了吗？"父亲皱着眉问。

"一开始没有。他满头大汗，浑身发抖，就像有生以来第一次喝伏特加还喝醉了一样。但后来他就和盘托出了，说阿伦·道在勒索他！"

"这个我们知道。"休姆喃喃地说。

"我不怎么相信，但并没有表现出来。你说阿伦·道真的在勒索他？哎，我当时觉得这不可能，便问参议员，道是怎么联系上他的。你知道，我们对所有邮件和探视都实施了非常严格的审查。"

"他给福西特寄了一封信和一截锯下来的玩具木盒，"地方检察官解释说,"同监狱制造的其他玩具一起,装在一个纸板箱里。"

"原来如此。"马格努斯抿起嘴来,"这就是我们要堵上的漏洞呀。理论上当然行得通,做起来也不困难。不过,我当时真的很想知道漏洞在哪里,因为监狱内外的秘密通信是我们面临的最棘手的难题之一,而我长久以来一直怀疑什么地方有个大漏洞。不过,福西特拒绝透露道是如何联系他的,我就没有继续追问下去。"

我舔了舔干燥的嘴唇:"福西特参议员有没有承认,道这个人真的握着他的把柄?"

"完全没有。他说道的故事荒谬透顶,根本就是无耻的谎言——否认一切对自己不利的事情,这是政客的惯用伎俩。我自然不相信他。他看上去心烦意乱、六神无主,不像是遭到诬陷的无辜者。他试图解释自己的担忧,说尽管道的指控只是空穴来风,但如果公之于众,就会对他竞选连任州参议员造成严重影响,甚至导致败选。"

"严重影响?"休姆严肃地说,"他从来就没有机会连任。不过,这不是重点。我敢打赌,无论道握有他的什么把柄,都肯定不是子虚乌有的。"

马格努斯典狱长耸耸肩。"我也这么认为。但话又说回来,我处在典狱长这个特殊的位置,不能单凭福西特的一面之词就惩罚道,于是我对参议员直言相告。当然,如果他希望我们向道提出指控的话,就得告诉我那个'谎言'是什么……结果参议员断然拒绝了我的提议,情绪再次激动起来,跟先前让我封上A级囚犯的嘴时差不多。他说,他不想把这事张扬出去。然后他暗示,如果道被单独监禁几个月,他也许能在政治上助我'一臂之力'。"马格努斯露齿一笑,难看极了,"就这样,我和参议员的会面演变成一幕老套的情节剧:买通狱卒之类的。当然,你知道,我们监狱里面,是不搞利益交换那套政治把戏的。我以清廉著称,不为贿赂所动,我把这话明明白白地告诉了福西特。他看我不买账,就走了。"

"他害怕了吗?"父亲嗓音低沉地问。

"非常害怕。当然,我立刻展开了行动。福西特一走,我就把阿伦·道叫到办公室。他装出一副无辜的样子,否认曾试图勒索参议员。因为福西特拒绝提出指控,我也无计可施,只能警告道,倘若我发现勒索一事属实,就会取消假释,并剥夺所有优待。"

"就这些?"休姆问。

"差不多。今天早上——应该说是昨天早上——福西特给我打了个电话,说他已经决定,与其让'谎言'流传,不如'收买'道的沉默。他还要求我忘掉整件事。"

"实在太奇怪了。"父亲沉吟道,"说实话,非常可疑!一点儿都不像福西特这家伙的风格。你确定电话是福西特打来的吗?"

"确定。我也觉得那通电话不对劲,不明白他为什么特意告诉我,他打算支付勒索金。"

"确实很奇怪。"地方检察官皱起眉头说,"你有没有告诉他,道昨天会出狱?"

"没有。他没问,我也没说。"

"各位,"父亲跷起二郎腿,那动作如同阿波罗巨像一样优雅,然后慢条斯理地说,"我对那通电话有个想法。没错,我突然产生了这个想法。我觉得,福西特参议员要给可怜的老阿伦·道设下包围圈,让他无处可逃。"

"什么意思?"典狱长好奇地问。

父亲咧嘴一笑:"福西特是在故意留下线索,典狱长。他在准备给自己脱罪的证据。休姆,我用你牛仔裤里所有的钱跟你打赌,你会发现福西特从银行里取了五万美元。他把自己装扮成善良的受害者,懂了吧?他本来是想支付勒索金的——然后,嘿!意想不到的事情发生了。"

"我不明白你的意思。"地方检察官厉声道。

"你看,事情是这样的。福西特决心杀掉道!万一事情败露,他打算拿典狱长的证词和他的提款记录来证明,自己本想支付勒索金,但对方咄咄逼人,与自己争吵起来,结果自己失手杀死了对方。福西特这家伙被道逼得走投无路了,休姆。他一定认为,即使是冒险杀人也比随时被道威胁好。"

"有可能,"休姆沉吟道,"有可能!但他的计划出了岔子,他反而丢了性命。嗯,没错。"

"听我说,"缪尔神父喊道,"阿伦·道是无辜的,他不是杀害那个人的凶手!这一切背后肯定有黑手,休姆先生。但上帝不会让无辜的生灵受苦。那个可怜的不幸的孩子……"

父亲开口道:"典狱长,休姆刚才告诉你,道给福西特的信是从这里寄出的,和一截小木盒放在一起。你们木工车间是否生产这种侧面有镀金字母的小盒子?"

"我来查一下。"马格努斯通过监狱内部电话吩咐接线员接通某人的电话,然后开始等待,我猜是等那人从床上爬起来接电话。最后,他放下话筒,摇摇头:"探长,木工车间里没有生产那种东西。顺便说一句,木工车间的玩具组刚成立不久。我们发现道和另外两名囚犯懂雕刻,为了才尽其用,就在木工车间设立了玩具组。"

父亲疑惑地瞥了地方检察官一眼。休姆立刻说道:"是的,我也认为我们必须弄清那截木盒到底是什么意思。"不过,我看得出来,他其实觉得那东西无关紧要,只是与作案动机有关的一个小问题。他伸手去拿典狱长的电话:"可以借用一下吗?探长,下面我要来看看,参议员是否按照你的预测取走了五万美元去支付勒索金。"

典狱长眨眨眼:"看来,福西特落在道手里的把柄非同小可。五万美元呀!"

"我已经紧急派人去福西特的银行调查了。嗯,我们很快就会知道结果。"休姆让监狱接线员接通一个号码。"喂!马尔卡希吗?我是休姆。发现什么了吗?"休姆绷紧嘴,"很好!现在去查查范妮·凯泽,看她和参议员之间有没有金钱往来。"他挂上电话,突然说:"你猜对了,探长。福西特昨天下午取了五万美元的可转让债券和小额钞票——注意,他下午取了钱,晚上就被谋杀了。"

"可是,"父亲皱着眉反驳道,"我觉得不太对劲。转念一想,勒索者明明拿到了钱,却又干掉了给他钱的人,这不是有点儿匪夷所思吗?"

"是啊,是啊,"缪尔神父急切地说,"这一点非常重要,休姆先生。"

地方检察官耸耸肩:"但如果真的发生了争执呢?记住,福西特是被自己的裁纸刀杀死的。这说明谋杀不是事先策划的。蓄意杀人者会给自己准备好武器。福西特把钱交给道之后，和他吵起来，或者动手打了他。殴斗中，道拿起了裁纸刀——结果大家都知道。"

"也有可能，休姆先生，"我柔声提议道，"凶手确实事先准备了武器，但他发现裁纸刀近在咫尺，就索性拿起来用了。"

约翰·休姆显然很不高兴。"你的假设太牵强了，萨姆小姐。"他冷冷地说。典狱长和缪尔神父惊讶地点点头，似乎不明白我这一介女流怎么会想出如此复杂的解释。

这时，马格努斯典狱长桌上的一部电话响起来，他拿起话筒："找你的，休姆。对方非常激动。"

地方检察官从椅子上跳起来，抓起电话……他放下电话，再次转身面对我们。我的心都跳到嗓子眼儿了。从他的表情看，一定发生了极不寻常的事。他的眼里闪烁着狂喜的光芒。

"是凯尼恩局长打来的。"他缓缓地说，"经过一番搏斗，阿伦·道刚刚在利兹另一头的树林里被捕了！"

一时间，众人沉默不语，只能听到神父轻微的呻吟。

"他满身污秽，烂醉如泥。"休姆提高了声音，"当然，案件就此解决了。嗯，典狱长，多谢。我们很可能需要你出庭做证——"

"等等，休姆，"父亲平静地说，"凯尼恩在他身上找到钱了吗？"

"呃——没有。但这无关紧要。他可能把钱埋在什么地方了。重要的是，我们抓住了杀害福西特的凶手！"

我站起来，拉了拉手套："你真的逮捕了凶手吗，休姆先生？"

他瞪大眼睛看着我:"恐怕我不太明白——"

"休姆先生,你一直都不明白,不是吗?"

"你他妈——你这话是什么意思,萨姆小姐?"

我掏出口红。"阿伦·道,"我噘着嘴说,"没有杀死福西特参议员。"我摘下一只手套,看着镜子里自己的嘴唇,说道:"而且我可以证明给你看。"

第七章
勒紧绞绳

"帕蒂,"第二天早上,父亲说,"这个城里不对劲啊。"

"啊哈,"我喃喃地说,"看来你也发现了?"

"你最好不要这样说话,"父亲抱怨道,"这不是淑女应有的风度。你究竟为什么不告诉我你是怎么想的——好吧,你在生休姆的气。但为什么不告诉我呢?你怎么知道道是无辜的?你怎么能这么肯定?"

我痛苦地皱起眉。我昨天说那句话太不明智了。事实上,我无法证明道不是凶手。我的推理链条还有一环缺失。只要补上这一环,我就可以让他们对我刮目相看……所以我说:"现在还没法证明。"

"哼!有趣的是,我也觉得这个人没有杀死福西特。"

"哦,可爱的丑老爸!"我大叫着,亲了亲他,"我知道他没有。他是无辜的。他不可能杀了他们选出来的那个自命不凡的浑蛋参议员。"我盯着杰里米宽阔的后背消失在马路尽头。这个可怜的家伙今天又要加入采石场工人的行列，诚实地劳动一天，然后带着满身污垢回家吃晚饭。"你为什么也认为道不是凶手？"我问。

"嘿，你想干什么？"父亲咆哮道，"想给我上课吗？再说，你还太年轻，不能像昨天那样满嘴跑火车，说什么'证明给你看'。听着，帕蒂，你最好小心点。我不想让他们认为——"

"你为我感到羞耻，对不对？"

"哦，帕特，我可没那么说——"

"你觉得我在多管闲事，对不对？你认为我是一件易碎的珍宝，应该包在羊绒里，藏在什么地方的架子上，对吗？"

"啊——"

"你以为你又回到了女人穿裙撑和九条衬裙的旧时代，对吗？你认为女人不应该投票，不应该抽烟，不应该说脏话，不应该交男朋友，不应该大吵大闹，对吗？你还相信节育是魔鬼的诡计，对吗？"

"帕蒂，"父亲皱着眉站起来，"别这样跟你父亲说话。"他迈着沉重的脚步走进伊莱休·克莱那幢殖民地时代风格的漂亮宅邸。十分钟后，他出来了，拿着火柴又给我点燃一根烟，跟我道歉，看上去有点儿不知所措。可怜的父亲！他不了解女人。

然后我们就进城了。

那天早上——那天是星期六，前一天发生了谋杀案，我们还去阿尔贡金监狱同典狱长进行了一次奇怪的会面——杰里米的父亲和我的父亲一致同意，我们将继续留在克莱家做客。昨天晚上分手之前，父亲曾告诫休姆地方检察官和其他人，不要向外界透露他就是从前那位大名鼎鼎的纽约探长。他和伊莱休·克莱都觉得，父亲对福西特医生的调查，在某种程度上与福西特参议员遇害有关。福西特参议员的这个哥哥如同变魔术般，为公司争取到了利润丰厚的大理石合同。父亲打算悄悄调查，看能不能查到什么线索。对我来说，这个决定极其重要。因为我知道，除非上帝显灵，让休姆和其他人网开一面，否则可怜的阿伦·道必死无疑。

那个酩酊大醉的可怜家伙前一晚被捕之后，父亲和我主要对两件事感兴趣：一是听听阿伦自己的说法，如果他愿意开口的话；二是和神秘莫测的福西特医生见面谈谈。由于星期六上午依然无人知晓这位医生的下落，我们只好集中精力去达成第一个目标。

我们一来到利兹市那座巨大的石砌市政大楼，就立刻被领进休姆地方检察官的私人办公室。休姆这天早上干劲十足——忙来忙去，生龙活虎，热情洋溢，双眼放光。在我看来，他这副得意扬扬的样子很是讨厌。

"早上好，早上好！"他搓着双手说，"你好啊，萨姆小姐。你还认为我们在迫害一个无辜的可怜虫吗？你还认为你能证明他的清白吗？"

"是的，我的看法越发坚定了，休姆先生。"我说，坐到他请我坐的椅子上，接过他递过来的香烟。

"嗯，好，那你就听听他的回答，做出自己的判断吧。比尔！"他对外间办公室的一个人喊道，"给县监狱打电话，把道再带过来问话。"

"你已经问过话了？"父亲问。

"当然，但我想让你们满意。"他说这话时带着一种自鸣得意、十拿九稳的神情，仿佛上帝和国家都站在他那边。虽然他容忍了我们持有的异议，但很明显，他认为阿伦·道和该隐[1]一样有罪。我看了眼他那张诚实固执的脸，就知道很难说服他。我的猜想完全是用逻辑推导出来的，而这个人只相信实打实的证据。

阿伦·道被两个高大粗笨的探员押进来，看起来很是可怜。这种预防措施似乎毫无必要，因为这个前科犯是个瘦小、干瘪、虚弱的老人，肩膀又瘦又窄，这两个看守中的随便哪个都可以单手打断他的脊梁。我曾经天马行空地想象过这个不起眼的家伙的样子，但即使是马格努斯典狱长对他的描述，也不能清楚地反映出这可怜老人的真实面目。

他有一张瘦削的小脸，就像一把小斧子——棱角分明、遍布皱纹、面色晦暗，看起来愚钝痴呆、死气沉沉——除了愚蠢残忍的凯尼恩，还有被责任感蒙蔽双眼的休姆，无论是谁，见到这位因恐惧和绝望而面容扭曲的老人，都会心生怜悯。这个饱经沧桑、惊恐万状的小老头儿绝不可能是杀人凶手，这一点再清楚不过。正是他的清白让他看上去好像有罪，而那些傲慢的家伙却对这一基于人性的本能反应视而不见。杀害乔尔·福西特参议员的凶手非常冷静，而且十有八九是个好演员——考虑到种种犯罪事实，必然可以得出这一结论。凶手怎么会是眼前这个可怜虫呢？

"坐吧，道。"休姆说，语气还算温和。那人僵硬地坐到椅子上，仅剩的那只蓝眼睛里噙满泪水，交织着希望和恐惧。奇怪的是，他右眼皮一直耷拉着翻不上去，他的右臂——我注意到已经有点儿萎缩——毫无意义地晃来晃去，但这并没有让他看起来更凶

---

[1] 《圣经》中亚当与夏娃的长子，杀死了其弟亚伯。

恶，反而让他显得更无助。残酷的监狱环境仿佛一只无形的手，在这个男人身上留下了深深的烙印。他脸上呈现出奇怪的蜡黄色，步履蹒跚，脑袋还会像猴子一样不时偷偷抽搐两下……

他用沙哑又尖厉的声音说："好的，长官。好的，休姆先生。好的，长官。"他语速很快，活像一条忠犬机械地听从着主人的吩咐。就连他说话的样子也像个蹲惯大牢的囚犯——他小小的嘴巴歪斜着，嘴唇僵硬，那些话就是从嘴角挤出来的。他突然把那只独眼转向我。我吓得屏住了呼吸。他似乎不明白我怎么会出现在这里，心里盘算着我有没有可能会帮他。

父亲一言不发地站起来。道那只富有情感的眼睛紧跟着向上转动，仿佛很关注父亲，在向他乞求怜悯。

"道，"休姆说，"这位先生想帮助你。他大老远从纽约赶来，就是为了和你谈谈。"这种夸大其词的说法，我觉得完全没有必要。

阿伦·道那只会说话的眼睛里闪过一丝猜疑。"是的，长官。"他说，然后缩回椅背，"可我什么也没干。我告诉过你，休姆先生，我没有……没有杀他。"

父亲向地方检察官示意。休姆点点头，坐下来。我饶有兴趣地旁观着。我从未见过父亲审问嫌疑人，他作为警察的丰功伟绩对我而言只是传说。我很快就意识到，父亲具有非凡的才能。他用来赢得阿伦·道信任的手腕，向我展示了他不为人知的一面。他虽然说话粗鄙，却是玩弄心理战术的行家里手。

"看着我，道。"他用一种轻松又不失威严的语气说。那个可怜的家伙身体僵硬地看着父亲。他们默默地对视了一会儿。"你知道我是谁吗？"父亲问。

道舔舔嘴唇："不……不知道，长官。"

"我是纽约警察局的萨姆探长。"

"噢。"这个前科犯一脸疑惑，惊恐莫名。他不停地左右晃动着白发稀疏的小脑袋，不看我们的眼睛。他一边防备着什么，一边又期待着什么，看上去既像做好了随时逃跑的准备，又像打算借适当的时机靠上前来。

"看来，你听说过我？"父亲接着问。

"嗯……"道在保持沉默的本能和说话的欲望之间苦苦挣扎，"我在监狱里碰到过一个因为盗窃被关进来的家伙，他说你……你把他从电椅上救了下来。"

"在阿尔贡金监狱？"

"是的……是的，警官。"

"那应该是休斯顿街的黑帮分子萨姆·列维。"父亲回忆着往事，微笑道，"他是个好孩子，萨米[1]。他只不过和一帮持枪歹徒混在一起，被他们陷害了。好了，仔细听着，道。萨姆跟你说过我的事吗？"

道在椅子上不安地扭动着身子："你问这个做什么？"

"只是好奇罢了。见鬼，我给萨姆帮了那么大的忙，他应该不会说我坏话吧——"

"他没有！"道闷闷不乐地瞥了父亲一眼，尖声道，"他说你是个清廉正直的警察。"

---

1 萨姆的昵称。

"哦，是吗？"父亲粗声粗气地说，"好吧，他当然应该这样说。总而言之，你知道，我是不会陷害人的，对吧？你知道，我从来不搞刑讯逼供那一套，对吧？"

"我……我想是的，探长。"

"很好！那我们算是相互了解了。"父亲坐下来，舒服地跷起二郎腿，"听着，道，这位休姆先生认为你杀害了福西特参议员。我对你说的是实话，没有吓唬你。你的处境不容乐观。"道的眼里再次充满恐惧。他望向休姆。休姆微微涨红了脸，愤怒地瞥了父亲一眼。"我……我认为福西特不是你杀的。我女儿也这么看——就是这位漂亮的姑娘，道。她也认为你是无辜的。"父亲说。

"嗯哼。"道嘟囔着，头也不抬。

"对了，我为什么认为福西特不是你杀的——你知道吗，道？"

这次道的反应很积极。他直视着父亲的眼睛，阴沉的脸上散发出好奇和希望的光芒："不，长官，我不知道！我只知道我没杀他。为什么你认为不是我干的？"

"我来告诉你为什么。"父亲把大拳头放在老人瘦小的膝盖上，我看到他的膝盖在颤抖。父亲继续说："因为我了解人性，我了解杀手。没错，你十几年前因为口角失手杀死了一个醉汉，但像你这样的人不可能犯下真正的谋杀罪。"

"没错，探长！"

"你不会用刀子杀人，对吧，即使你真想杀人？"

"不会！"道叫道，细脖颈上青筋暴起，"不是我干的！我不会用刀子杀人！"

"当然不是你干的。这一点,我们都清楚。现在你说你没有杀福西特参议员,我也相信你。但确实有人杀了他。到底是谁干的?"

道握紧了他那只肌肉发达、满是老茧的左手:"我不知道,我发誓,探长。我被陷害了,我被陷害了。"

"你他妈的当然被陷害了。但你认识福西特,对不对?"

道从椅子上跳起来:"我当然认识他,那个卑鄙的骗子!"然后,他脸上浮现出惊恐的神色,也许意识到中了父亲的圈套,说出了对自己不利的事实。他突然闭上嘴,满怀愤恨地瞪着父亲。身为萨姆探长的女儿,我都不禁有点儿羞愧。

凭借随机应变的高超能力,父亲立刻装出委屈的样子。"你误会我了,道。"他嘟囔道,"你以为我是在骗你招供。呃,我没有。你不必承认你认识福西特参议员。地方检察官在这一点上有确凿的证据——他在福西特的书桌上发现了你写的信。明白了吗?"

老前科犯平静下来,嘴里喃喃自语,一脸痛苦地端详着父亲。我仔细观察着那人的面庞,微微打了个寒战。那张粗糙瘦削的脸,混杂着怀疑、期待和恐惧,将在未来的日子里无情地嘲弄我。我瞥了约翰·休姆一眼,他似乎不为所动。后来我才知道,在第一次接受警方和地方检察官审问时,阿伦·道坚称自己与案件毫无关系,即使给他出示了那封该死的信,他也依然拒不承认。得知这一点,我更加佩服父亲了。他用发自本能的机敏反应,撬开了道那张死活撬不开的嘴。

"我明白了。"道咕哝着,"我明白了,探长。"

"好极了,"父亲平静地说,"我们帮不了你,道,除非你实话实说。你认识福西特参议员多久了?"

这个可怜的家伙又舔了舔干燥的嘴唇:"我……我……那是很久以前的事了。"

"你被参议员害惨了吧,道?"

"我不能说,探长。"

"好吧。"父亲立即切换提问的角度,他比我更快地意识到,在某些问题上,道无论如何都会保持沉默,"但你关在阿尔贡金监狱的时候就同他联系过吧?"

道沉默片刻,答道:"是的。是的,长官,联系过。"

"你把那截锯下来的盒子和一封信放在装玩具的纸板箱里寄给了他?"

"嗯……我想是吧。"

"你寄给他那玩意儿是什么意思——那截木盒?"

我想我们所有人都立刻意识到,即使在最有利的条件下,也不能指望道会将实情全盘托出。听我们提到那截木盒,道似乎立刻乐观起来,憔悴的脸上竟然露出了微笑,独眼中明显闪烁着狡黠的光芒。父亲也看到了,但克制住了自己失望的神色。

"这是一个小小的……呃,暗号。"道小心翼翼地尖声道,"这样他就知道是我了。"

"我明白了。你在信上说,出狱那天会给参议员打电话。你打了吗?"

"是的,我打了。"

"你跟福西特本人谈过?"

"当然谈过。"道不耐烦地低吼道,然后控制住情绪,"他回答说：'好，没问题。'"

"你们约好昨晚见面？"

那只瞪大的蓝眼睛里又浮现出一丝怀疑："呃……是的。"

"约的是几点？"

"第六次击钟[1]。我是说，十一点。"

"你赴约了吗？"

"不，我没有，探长，你一定要相信我啊！"他滔滔不绝地说开了，"我已经蹲了十二年监狱，跟那些拿'幺点'的家伙不一样。十二年可是很长一段时间，所以我想出狱后去润润嗓子。喝了那么久土豆水，我都不知道真正的酒是什么味道了。"后来父亲向我解释说，"幺点"是监狱黑话，指一年监禁；至于"土豆水"，据马格努斯典狱长所说，是犯了酒瘾的囚犯偷偷酿制的劣酒，用土豆皮和其他蔬菜皮制成。"所以我一出狱就去了地下酒吧，探长。就在这个城里，希南戈街和史密斯街的交叉口。探长，你去问酒吧老板吧，他会为我提供不在场证明的！"

父亲皱起眉："这是真的吗，休姆？你查过吗？"

休姆笑呵呵地说："当然。我告诉过你，探长，我不会诬陷无辜的人。不幸的是，虽然地下酒吧的老板证实了道的说法，但他也告诉我们，道昨晚八点左右离开了那里。所以道根本就没有不在场证明，因为福西特是在十点二十分遇害的。"

"我喝醉了。"道咕哝道，"出狱后，我灌下太多酒，脑子糊

---

[1] 航海报时钟，每半小时击钟一次，至八击为止，共四点钟，然后周而复始。十二时半、四时半、八时半均为一击，由值班者击响。

涂了。我不太记得离开酒吧后发生的事。我只是漫无目的地四处溜达。反正走着走着醉意就一点点消散了。十一点左右,我差不多完全清醒了。"他面部肌肉抽搐了一下,像饿猫一样反复舔舐嘴唇。

"然后呢?"父亲温柔地说,"你去了福西特家?"

道眼里流露出极度的痛苦,嚷道:"是的,但我没有进去,我没有进去!我看到了灯亮儿[1]和条子,我立刻知道自己中圈套了,立刻知道自己上了天大的当。于是我赶紧逃跑,拼命跑到树林里,然后……然后他们就来抓我了。但人不是我杀的,我向上帝发誓,人不是我杀的!"

父亲站起身,开始不安地在地板上踱来踱去。我叹了口气。从休姆地方检察官得意的微笑中可以看出,情况不妙。尽管不懂法律,我还是意识到这个不幸的家伙是逃不掉被卷进这件事的命运了。虽然检方掌握的只是间接证据,却具有压倒性的力量。面对这些证据,这个凶恶的前科犯能给出的,只有毫无根据的一面之词罢了。

"你没有拿到那五万美元,对吧?"

"五万美元?"囚犯尖叫道,"我告诉你,我压根儿就没见过!"

"好吧,道。"父亲嗓音低沉地说,"我们会尽力帮你的。"

休姆给两位探员打了个手势:"把他带回县监狱。"

阿伦·道没来得及再说一句话,就被押了出去。

---

[1] 原文为glims,glim是水手口中的灯光或者灯的意思。

虽然事先寄予了厚望,但与被告会面之后,我们并没有知道更多的事实。道被关在县监狱,等待大陪审团的审判,我们无法阻止他遭到起诉。听了休姆临别时说的一番话,熟知政客手腕的父亲确信,道很快就会沦为"正义"的牺牲品。在纽约市,由于案件太多,审不过来,大多数刑事诉讼都需要几个月的准备时间。但在纽约州北部,案件很少,而且出于政治利益的考虑,地方检察官也希望尽快审理此案,阿伦·道可能会在极短的时间内被起诉,审判,定罪并判刑。

"探长,"休姆说,"民众都在期待能尽快结案,伸张正义。"

"胡说。"父亲揶揄道,"我看啊,是地方检察官想在腰带上多添一个人头,福西特那伙人想血债血偿才对。顺便问一下,福西特医生呢?你有他的消息吗?"

"听着,探长,"休姆厉声反驳,脸涨得通红,"我不在乎你的讥讽。我告诉过你,我真心相信这家伙有罪。间接证据太有力了,不容我不信。我依据的是事实,不是推论!还有,你影射我在捞取政治资本——"

"冷静点,"父亲冷冰冰地说,"你当然是一位正直的检察官。但你太想抓住这个绝佳的机会,双眼被蒙蔽了。从你的角度看,我不能责怪你。但是休姆,整件事进展得太顺利了。证据如此明确地指向某个显而易见的嫌疑人,这种案子并不常见。而且,从心理学角度讲也完全不合情理。那个可怜的老家伙怎么看都不像是凶手,仅此而已……你还没有回答我关于艾拉·福西特医生的问题呢。"

"还没找到他。"休姆低声说,"探长,很遗憾你对道有这样的看法。真相明明就摆在眼前,你为什么还要寻找复杂的解释呢?当然,那一截小盒子还没有解释清楚——这应该并不重要,只是涉及过去的恩怨罢了——除了这个,就只剩若干细枝末节尚待厘清。"

"哼,是吗?"父亲说,"那我们就告辞了。"

我们带着万分沮丧的心情,回到山上的克莱家。

父亲星期天和伊莱休·克莱一起在采石场查阅账簿和档案,再次一无所获。至于我,我不顾杰里米的公然不满,把自己关在房间里边抽烟边琢磨案子,最后竟然抽掉了一整包烟。我穿着睡衣,四肢摊开,躺在床上,阳光温暖着我裸露的脚踝,却无法温暖我的心。想到道的处境是多么可怕,而我自己又是多么无助,我不禁浑身冰冷,直犯恶心。我一环一环地检查我的推理,虽然逻辑链条非常牢固,我却找不到可靠的证据证明道的清白。他们绝不会相信……

杰里米敲了敲我的卧室门:"发发善心,帕特。陪我去骑马吧。"

"走开,小子。"

"今天天气很好,帕蒂。阳光灿烂,绿树成荫,一切都美妙极了。让我进去吧。"

"什么!你让我穿着睡衣招待年轻男子吗?"

"大方点嘛。我想和你说说话。"

"你能答应不乱来吗?"

"我什么都不答应。让我进去。"

"好吧。"我叹了口气,"门没锁,杰里米,如果你坚持要占一个柔弱女子的便宜,我也拦不住你。"

他走进来,坐在我床边。阳光照在他的卷发上,使他显得格外讨人喜欢。

"爸爸的宝贝儿子今天吃蔬菜了吗?"

"呸!听着,帕特,严肃点。我想和你谈谈。"

"那就请讲吧。你的扁桃体似乎像平常那样很健康。"

他抓住我的手:"你为什么不从这桩可怕的谋杀案中抽身呢?"

我对着天花板,若有所思地喷了一口烟:"你这是在干涉我的私事。我不明白你在说什么,杰里米。难道你不知道一个无辜的人正命悬一线,搞不好就要被送上电椅吗?"

"这些事情,就交给最有资格的人去处理吧。"

"杰里米·克莱,"我愤愤地说,"这是我听过的最愚蠢的话。谁最有资格?休姆?他虽然是个大好青年,却明显自命不凡。他趾高气扬,却目光短浅。凯尼恩呢?他不仅蠢,而且坏极了。你瞧瞧,这就是利兹的检察官和警察,小伙子。落到他们手上,可怜的阿伦·道一点儿机会也没有。"

"那你父亲呢?"他不怀好意地问。

"哦,父亲的调查方向是对的,但有我搭把手也没什么坏处……请不要按摩我的手,克莱先生。你会把这可怜的东西搓掉皮的。"

他靠得更近了:"佩兴丝,亲爱的,我——"

"现在,"我说,从床上坐起来,"是你出去的时候了。一个身体发烫、眼中满是欲望的年轻人说出这样的话,就意味着他该走了……"

他离开后,我叹了口气。杰里米是一个非常有风度的年轻人,但若想从间接证据的海洋中救出快要淹死的阿伦·道,杰里米帮不上什么忙。

这时,我想起了哲瑞·雷恩老先生,顿觉豁然开朗。如果其他办法都行不通的话……

第八章
救星降临

回顾本案时，有一件事令我百思不得其解，那就是受害者哥哥的神秘失踪。但休姆对福西特医生似乎是羞涩的隐身不以为意。在我看来，地方检察官无疑犯下了玩忽职守的严重过失。对于那个狡猾的医生，我本已拟订好行动计划。谁知他人间蒸发了许多天，让我既好奇又生气。

也许是我多虑了。福西特医生终于现身之后，地方检察官并没有追查他此前的下落，这样的处理当然无可厚非。但我仍然觉得，对这个人绝不能掉以轻心。见到此人后不久，我便完全同意了父亲的看法：伊莱休·克莱对福西特医生的怀疑并非空穴来风。

星期一晚上，也就是我们对阿伦·道的讯问以失败告终后过了两天，我们见到了福西特医生。那天白天平平淡淡，父亲沮丧地告诉老克莱，他准备放弃克莱委托我们的这桩案子了。对所有线索的调查都走进了死胡同。没有任何文件或记录可以证明福西特医生有罪。虽然父亲做出了一些似乎能得到验证的高明猜想，但调查到最后，依然一无所获。

吃午餐的时候，我们第一次从伊莱休·克莱口中得知福西特医生回来了的消息。

"我的搭档回来了，"他上气不接下气地对父亲宣布，"今天早上现身的。"

"什么！"父亲大吼起来，"为什么那只大猩猩凯尼恩或休姆没告诉我呢？你是什么时候听说的？"

"几分钟以前，所以我才赶回家吃午饭。福西特从利兹给我打了个电话。"

"他说什么？他对弟弟的命案有什么反应？他去哪儿了？"

克莱带着疲惫的微笑摇摇头："我不知道。他看起来确实很受打击。他告诉我他是从休姆的办公室给我打的电话。"

"我要见见那家伙，"父亲粗声粗气地说道，"他现在在哪儿？"

"你很快就有机会了。他今晚要来这里议事。我没有告诉他你是谁，但我提到你是这里的客人。"

晚饭后不久，福西特医生来到克莱家。他乘坐的是一辆漂亮的豪华轿车。父亲讥讽说，那是"纳税人的大把血汗"。司机长相凶恶，耳朵和鼻子都塌了，看起来当过拳击手。我看一眼就能断定，他不仅是司机，还兼任老板的保镖。

福西特医生身材高大，面色苍白，容貌酷似他死去的弟弟。但他也有自己的特点，那就是长着一口坚固的黄牙，笑起来像马，留着稀疏的黑色凡·戴克式胡须[1]。他身上散发着陈年烟草和消毒液的气味——那是混合了政客和医生特征的味道，虽然很有趣，却让人感到很不安，反倒没有增强他的魅力。他看上去就比他的参议员弟弟年长。他显然有些讨厌的地方，像他这种人，成为小镇上的马基雅弗利[2]也并非没有可能。直到现在，回想起反对派政治领袖鲁弗斯·科顿给我留下的不愉快印象，我仍为蒂尔登县的善良人民感到悲哀。他们被夹在两派凶残的势力之间饱受蹂躏，处境着实艰难。

伊莱休·克莱把福西特医生介绍给我。福西特医生将我上上下下打量了一遍。我立刻明确了一件事：哪怕将基督教世界的所有金子都给我，我也决不会同这个身为医生的绅士单独相处。他有一个讨厌的习惯，喜欢用舌尖舔嘴唇。根据以往的痛苦经历，我知道这表示那个男人肯定在打什么下流主意。福西特医生不是容易对付的男人，即使最精明的女人也力有不逮。他会利用一切有利条件达到目的，毫无顾忌。

我对自己说："佩兴丝·萨姆，小心啊。改变计划吧。"

福西特医生用X射线般的目光将我扫描完毕，转向其他人，变回了那个震惊不已的死者亲属。他看起来真的很憔悴。克莱介绍父亲是"萨姆先生"，我觉得福西特医生眼中闪过一丝怀疑，但有我在场一定让他放心不少。怀疑的神色转瞬即逝，他再次泪眼婆娑，

---

[1] 同时留有八字胡和山羊胡的一种胡须样式，源自十七世纪的佛兰德斯画家安东尼·凡·戴克。

[2] 尼科洛·马基雅弗利（意大利语：Niccolò Machiavelli，1469—1527），意大利政治思想家和历史学家。其代表作《君主论》，主张统治者为掌握权力可以不择手段。

此后他的大部分话都是跟他的合伙人说的。

"我见过休姆和凯尼恩了。我觉得今天是我这辈子最糟糕的一天。"说着,他扯了扯尖尖的胡须,"你不知道,克莱,这件事对我的打击有多大。谋杀!天哪,太野蛮了——"

"杀人当然野蛮。"克莱嘟囔道,"今早回来之后你才听说这桩案子?"

"我什么都不知道。上个星期我应该告诉你我要去哪儿的,可我做梦也没想到——你知道,自打我离开这里以后,我就和文明社会失去了联系,连报纸都没看。匪夷所思——那个叫道的家伙……哎呀,他一定是个疯子!"

"这么说,你不认识他?"父亲漫不经心地问。

"当然不认识。完全是个陌生人。休姆给我看了在乔尔书桌上找到的那封信,或者更确切地说——"他立刻咬住嘴唇,目光闪电般乱窜,知道自己犯了个错误,"我指的是在楼上乔尔卧室保险箱里找到的那封信。跟你们说,我当时简直吓坏了!这是勒索呀!不可思议,难以置信。我敢说什么地方出了大错。"

看来他也认识范妮·凯泽!我揣摩着。那封信……他刚才想到的,不是道用铅笔写的那封字迹潦草的勒索信,而是他弟弟写给那个奇怪女人的信。现在我觉得,他的激动情绪并不全是装出来的。他说话的口气很虚伪,但他内心深处也在饱受折磨。他的表情十分痛苦,仿佛正坐在达摩克利斯之剑[1]下面,眼睁睁地看着那根悬着

---

[1] 希腊传说中,达摩克利斯是叙拉古国王狄奥尼修斯一世的朝臣,他常赞美国王所享受的幸福,国王请他在宫中饮宴,命人用一根马鬃将一把利剑悬挂于他的头顶,以此让他明白,君王的幸福是何等岌岌可危。

剑的马鬃越来越细。

"你一定心烦意乱吧，福西特医生。"我柔声说，"我能想象你的感受。谋杀……"我微微打了个哆嗦。他转过头，再次审视着我，这次带着强烈的个人兴趣。他又舔了舔嘴唇，像极了旧时情节剧里的大八字胡坏蛋。

"谢谢你，亲爱的。"他用低沉的声音轻轻说。

父亲不耐烦地动了动身子。"那个叫道的家伙，"他嗓音低沉地说，"一定有你弟弟的把柄。"

福西特医生恢复了痛苦的神情，忘记了我的存在。不难看出，令福西特医生忧心忡忡的不是别人，正是县监狱里那个瘦骨嶙峋的老囚犯。范妮·凯泽的问题则要另当别论。但是，为什么福西特医生害怕道呢？那个可怜的家伙有什么能耐？

"休姆在破案方面一直很积极。"克莱眯缝着眼睛，盯着雪茄烟头说。

福西特医生挥挥手，好像根本不想谈论地方检察官："噢，是的，当然。我并不讨厌他。休姆是个好人，尽管他在政治理念上有点儿误入歧途。可是，倘若拿别人的悲剧当垫脚石，那就太卑鄙了。报纸上好像就是这么说的——他企图利用我弟弟遇害的机会去赢得下次参议员选举。从以前的例子就可以知道，别说是谋杀了，就算利用更无聊的事件，也可以赢得选票……但这无关紧要，无关紧要。重要的是抓获这起骇人罪行的真凶。"

"休姆似乎认为道就是凶手。"父亲插嘴道，语气很随意，仿佛只是在复述别人的话。

福西特医生把脸转向我父亲，眼珠子都快要掉出来了："当然是他！怎么，难道你怀疑不是那家伙干的吗？"

父亲耸耸肩："有这样的传闻。我不太清楚，但本地的一些市民认为这个可怜的笨蛋是被人陷害的。"

"原来如此。"福西特医生又咬住嘴唇，皱着眉头，"这我倒是从来没想过。当然，你知道，我坚持要伸张正义。但与此同时，我们不能让血亲复仇的本能妨碍司法公正。"听到这番话，我真想失声尖叫。这男人竟然用油滑的口吻打起了幕后掌权者才有的那种官腔，切换自如，令人瞠目。他接着说："我得跟休姆谈谈，了解一下你提到的情况……"

我有许多问题想问，但父亲冲我使了个眼色，命令我不要掺和进来，我只好把到嘴边的话又咽了回去。

"好吧，"福西特医生站起身说，"我要向你告辞了，老克莱。也向你告辞，萨姆小姐。"他的目光又在我身上停留了好久。"我真希望能有机会单独与你见面。"他低声说，爱抚般握住我的手。"你明白，"他继续大声说，"我遭到了可怕的打击。我必须回去了，还有一大堆琐碎的工作要处理……我明天早上要去采石场，克莱，到时候我们再谈。"

福西特医生的车隆隆地开走了。伊莱休·克莱对父亲说："呃，探长，你觉得我的合伙人怎么样？"

"我觉得他是个骗子。"

克莱叹了口气："但愿是我多心吧。搞不懂他今晚来这里干什么——先前在电话里说要好好谈谈，结果又改口说明天再见我。"

"我来告诉你他为什么这么做。"父亲厉声道，"因为他在什么地方——也许是在休姆的办公室——听说了我是被你请来调查他的！"

"你真的这么认为？"克莱嘟囔道。

"没错，他来这里就是为了探探我的口风，但也可能只是对我起了疑。"

"那就糟了，探长。"

"还会更糟的。"父亲严肃地说，"我打心眼儿里不喜欢那家伙，一点儿都不喜欢。"

那天晚上，我做了个噩梦，梦到一群可怕的怪物爬过我的床，每个怪物都留着凡·戴克式胡须，斜睨着的眼神和马一样——它们当然会是这种模样。幸好天亮了，我也梦醒了。

早餐后，我和父亲立即前往利兹的地方检察官办公室。

"喂，"休姆还没来得及向我们客客气气地道早安，父亲就咆哮起来，"你昨天有没有让福西特那家伙知道我的真实身份？"

休姆目瞪口呆："我？当然没有。怎么，他知道你的身份了吗？"

"听着。那家伙什么都知道了。他昨晚去找了克莱，从他看我的眼神推断，肯定有人向他泄密了。"

"嗯，我想是凯尼恩说的吧。"

"他被福西特买通了，对不对？"

地方检察官耸耸肩："我好歹是司法系统的官员，即使在私下里也不能下这样的判断。但你可以自行得出结论，探长。"

"父亲，别发火嘛。"我温柔地说，"休姆先生，如果你不反对泄露国家机密的话，能不能告诉我们昨天这里发生了什么事？"

"没什么，萨姆小姐。福西特医生说，他听说弟弟遇害后无比震惊，但他对此一无所知，诸如此类，对我们的调查一点儿帮助也没有。"

"他有没有交代他周末是在哪里度过的？"

"没有。我也没有追问。"

我斜看向父亲："八成是跟某个女人在一起吧，探长？"

"别瞎猜，帕蒂！"

"我们讨论得十分激烈。"休姆冷酷地说，"我已经派人监视他了。昨天他一走出我的办公室，就立刻同他那伙可恶的奸诈小人开了个秘密会议。我敢说，他们在策划什么卑鄙的勾当。福西特参议员死了，他们必须尽快弥补损失……"

父亲挥挥手："对不起，休姆，我对你们之间的竞选斗争不感兴趣。我想知道的是，他知道那截木盒的事吗？"

"他说不知道。"

"他见过道吗？"

休姆沉默片刻。"见过。他们的见面也很有趣。不过，"他急忙补充道，"那次见面没有推翻我们对道的指控，也没有削弱指控的效力，事实上，反而让我们对道的指控更站得住脚了。"

"发生了什么事？"

"呃，我们带福西特医生去县监狱见了道。"

"然后呢？"

"不管我们那位可敬的医生怎么说，他其实认识道。"休姆用拳头猛敲了一下桌子，"我很确定，他们之间交换了一个心照不宣的眼神。该死，他们在暗地里搞什么阴谋。很明显，他们对某件事保持沉默，这对他们双方都有好处。"

"哎，休姆先生，"我喃喃地说，"你的话越说越难懂了啊。"

他一脸不悦："通常我不太相信这种缺乏实证的判断。但福西特恨道——不仅认识他，而且恨他，更重要的是，怕他……至于道，我相信，那次与医生的短暂会面给了他希望。很奇怪，对吧？但他真的变得更有自信了。"

"哼，"父亲气呼呼地说，"我也不明白这是为什么。顺便问一下，布尔医生的尸检有进展吗？"

"没什么新发现，跟谋杀当晚的判断一样。"

"范妮·凯泽最近怎样？"

"你对她感兴趣？"

"我当然感兴趣。那个女人肯定知道些什么。"

"嗯，"休姆说，身子向后一靠，"我对范妮有自己的看法。她也始终守口如瓶——从她那里什么也问不出来。不过我相信，我们不久就会给她来一个前所未有的大惊喜。"

"你要调查参议员写的那些信，对吗？"

"也许吧。"

"好，你去查吧，年轻人，总有一天你会成为美国总统的。"父亲站起身，"我们走吧，帕蒂。"

"有一个问题。"我慢条斯理地说。休姆双手交握枕在脑后，笑眯眯地看着我。"休姆先生，你有没有研究过犯罪的细节？"我问。

"你这是什么意思，萨姆小姐？"

"嗯，"我说，"比如壁炉前的那个脚印，有没有同福西特参议员本人的拖鞋和皮鞋做过比较？"

"嗯，做过！那不是参议员留下的。和他的拖鞋、皮鞋完全不符——拖鞋太宽了，而他平时穿的皮鞋也太大了。"

我如释重负地叹了口气："那道呢？你查过道的鞋子吗？"

休姆耸耸肩："亲爱的萨姆小姐，我们全都查过了。别忘了，那个脚印不是很清楚，说是道的鞋子留下的也有可能。"

我戴上手套："走吧，父亲，不然咱们就要吵起来了。休姆先生，我敢跟你打赌，阿伦·道绝没有在地毯上和壁炉前留下那两个脚印。"

如今回顾阿伦·道这桩奇怪的案子，我发现它大致可以分为三个发展阶段。尽管当时我无法判断案件的走向，但我们其实正以我不敢奢望的速度接近第一阶段的终点。

现在回想起来，我不能说事态的陡然变化完全出乎意料。事实上，我在潜意识里已对此做出还算充分的准备。

第一个晚上之后，也就是我们所有人都站在遇害参议员的书房里的那个晚上之后，我本打算向父亲询问有关卡迈克尔的事。如前所述，卡迈克尔第一次走进书房时，父亲不禁流露出万分震惊的表情，而从卡迈克尔的反应看，我肯定他也认出了父亲。我不知道自己后来为什么没向父亲问起他，也许是后来发生的事情让我太兴奋，把这件事搞忘了吧。但现在我意识到，卡迈克尔和他的真实身份从一开始就对父亲很重要。用父亲自己的话说，他把那个秘书当作"最后的王牌"捏在手里，耐心等待时机成熟……

犯罪调查持续了好几天,最后陷入令人恼怒的泥潭,似乎希望渺茫。就在这时,卡迈克尔这个人又突然出现在我的视野里。杰里米正蹲在我的脚边,一副如痴如梦的表情——我记得,我们坐在门廊上,他握住我的脚踝,用一种无比愚蠢的方式赞美它是多么纤细。这时父亲兴奋至极地出现了,将我从杰里米手里一把拉出来,拽到一边说话。

"帕蒂,"他低声说,"重大消息!我刚接到卡迈克尔的电话!"

听到这句话,我突然想起了卡迈克尔的事:"天哪!我那天就想问你来着。他到底是谁?"

"现在没时间解释了。我得马上去利兹城外的某个地方见他。他说是个路边旅馆。你去换衣服吧。"

我们设法找了个愚蠢的借口——我记得父亲是说他接到了老朋友的电话——离开了克莱家,还借了克莱家的一辆车,去同卡迈克尔会面。我们尝试了好几次才找对路,好奇心在这段时间里变得越发狂热。

"你会惊讶地发现,"驾驶座上的父亲说,"卡迈克尔是政府特工。"

我不由得瞪大了眼睛:"天哪,太意外了。难道是特勤局[1]的?"

父亲呵呵一笑:"是司法部下面的联邦特工。我以前见过他好几次。他是司法部最优秀的特工之一。他一走进福西特的房间,我

---

[1] 美国联邦政府执法机构,负责稽查伪钞及保护总统等。

就认出了他，但我不想出卖他。我想，既然他乔装成秘书，就肯定不希望我揭穿他。"

　　旅馆离主干道不远，相当安静，一大早没什么客人。我们——或者更确切地说，是父亲——应对得十分巧妙。父亲要了一个可以用餐的包间，旅馆经理[1]露出会意的假笑，显然将我们当成了经常在僻静场所幽会的情侣——一个头发花白的老浪子和一个年轻得足以做他女儿的姑娘出双入对。这竟然也被认为是理所当然的，如今美国家庭生活之堕落可见一斑。

　　我们被领进包间，父亲咧嘴笑道："不，帕蒂，我不会对你动手动脚的。"然后门开了，卡迈克尔悄悄走进来。他锁上门。当服务员敲门时，父亲咆哮道："你给我滚开！"这惹得那个见惯了风流韵事的服务员礼貌地窃笑。

　　父亲和卡迈克尔高兴地握了握手。卡迈克尔向我鞠了一躬："从你的表情看，萨姆小姐，你这讨厌的父亲已经告诉你我是谁了。"

　　"这么说，你是皇家骑警——我是说，特勤局的卡迈克尔啦。"我惊呼道，"好刺激！我还以为你这样的人只存在于奥本海姆[2]的小说里呢。"

　　"我们这种人是真实存在的，"他悲伤地说，"但我们的生活可没有小说主人公那么有趣。好了，探长，我赶时间，只能偷偷溜出来一小时。"他举手投足间散发出一种令人耳目一新的强大魅

---

[1] 原文为法语。——编者注
[2] 爱德华·奥本海姆（Edward Oppenheim, 1866—1946），以惊险作品闻名的英国作家。

力：自信，尽管也带着前所未有的危险。我性格中浪漫的一面被再次唤醒。看着他粗壮的身材和虽不显老但毫无光彩的面孔，我不由得暗自悲叹：要是他有杰里米·克莱那副皮囊就好了！

"你为什么不早点和我联系？"父亲问道，"我一直如坐针毡，在等你的电话。"

"我没法和你联系。"卡迈克尔在房间里踱来踱去，脚步轻盈，悄无声息，那姿态非常怪异，仿佛一头野兽，"我被人监视了。首先是某个女人，我怀疑是范妮·凯泽派来的。然后是福西特医生。我还没有暴露身份，不过我的处境越来越危险了，探长。我不想撤退，除非万不得已……现在，请听我说。"

我不知道他会透露给我们什么。

"说吧。"父亲嗓音低沉地说。

卡迈克尔用平静的声音交代了事情的来龙去脉。长期以来，他一直在追查福西特参议员和蒂尔登县的政客集团。他们这伙人涉嫌所得税欺诈，几乎无一例外都被联邦政府盯上了。

他千方百计地混进了这伙人的核心圈子。成为福西特参议员的秘书之后——我猜想，卡迈克尔的前任很可能是因为他明智的安排而被解雇的——他就开始一点儿一点儿地收集福西特团伙逃税的证据。

"艾拉也是他们一伙的？"父亲问。

"不是一伙的才见鬼哩。"

参议员在写给范妮·凯泽的信中提到的"C"，十有八九就是指卡迈克尔。他从房子外面窃听了电话。不过，窃听装置这时候已被找到,自从谋杀案发生以后他就一直很低调。

"卡迈克尔先生,范妮·凯泽到底是何方神圣?"我问。

"蒂尔登县所有的罪恶勾当都有她一份。她和福西特那伙人狼狈为奸——他们为她充当保护伞,她则给他们分肥。休姆很快就会把这些查个水落石出,这群垃圾到时准保被一锅端。"

至于福西特医生,卡迈克尔则将他描绘成一只拥有众多触手的章鱼。他在幕后操控着他那自命不凡的参议员弟弟,并利用无辜的伊莱休·克莱,以合法生意为掩护,大搞行贿受贿。卡迈克尔向父亲提供了大量数据,说明福西特医生如何在克莱不知情的情况下,让克莱的公司非法获取了蒂尔登县和利兹市采购大理石的合同。父亲都详细记录下来了。

"不过,我来这里要告诉你的,"联邦探员干脆利落地继续说,"其实是更重要的事。我目前还能出入福西特家,假装处理参议员的后事。我觉得最好趁现在将这件事告诉你……关于这桩谋杀案,我掌握了一些非常有趣的重要情报!"

父亲和我都大吃一惊。"你知道是谁干的?"我大喊。

"不知道。有一些事实只有我知道,但我不能告诉休姆,因为他要是问我如何得知这些事实的,我就得告诉他我的真实身份,而我不想那样。"

我坐得更直了。这就是我一直在努力寻找的最后一个重要细节吗?

"我监视了参议员好几个月。谋杀案发生的那天晚上,他把我打发走的时候,我起了疑,觉得哪里不对劲,便决定留下来,看看会发生什么事。我走下门廊台阶,躲在小路旁的灌木丛后面。

当时是九点四十五分。接下来的十五分钟里,我一个人影都没看到——"

"等一下,卡迈克尔先生,"我激动地叫道,"从九点四十五分到十点,你一直盯着前门吗?"

"还不止哩。我十点半才回到屋里,之前一直在监视前门的动静。不过,请让我继续说下去。"

我差点儿尖叫起来。我赢啦!

他接着说,十点钟的时候,一个裹得严严实实的人迅速走过小路,登上台阶,按响了前门门铃。参议员亲自把他领进屋。卡迈克尔在磨砂玻璃上看到了福西特的侧影。除了这个神秘人物,没有其他人进屋。十点二十五分,那个裹得严严实实的人独自离开了。卡迈克尔等了五分钟,越想越觉得可疑,于是在十点半返回屋里,发现福西特趴在书桌上死了。不幸的是,卡迈克尔无法详细描述那个孤身一人的来访者的外貌。那人浑身上下裹得严严实实,屋外又一片漆黑。没错,那个人可能就是阿伦·道。

我不耐烦地打消了这个念头。时间,时间!这才是最重要的。

"卡迈克尔先生,"我紧张地问,"你能绝对肯定,从你离开房子的那一刻起,到你重新进去,你一直紧盯着前门,除了那个裹得严严实实的人以外,没有任何人进出?"

他看上去有点儿不悦:"亲爱的萨姆小姐,如果我不肯定,就不会说这番话了。"

"出来的和进去的是同一个人吗?"

"绝对是。"

我深吸一口气。只要再确认一件事,我的推论就完整了。

"你走进书房,发现参议员死了的时候,有没有去过壁炉前面?"

"没有。"

我们相互保证不会把今天见面的事说出去,然后便分了手。回克莱家的路上,我一直觉得口干舌燥。我的推理实在太美妙、太简单,几乎吓坏我了……我借着仪表盘的光线瞥了眼父亲。他牙关紧咬,眼中满是忧虑。

"父亲,"我轻声说,"我明白了。"

"嗯?"

"我可以证明阿伦·道是清白的。"

父亲握住方向盘的手猛地一震,车轮突然一偏。父亲低声咒骂了一句,奋力将行驶方向调整回来:"你又来了!你是想坐那儿告诉我,就凭卡迈克尔刚才说的那些话,你就能证明道的清白?"

"不是。但他提供的情况补全了我的推理链条,让整桩案子像钻石一样清晰透彻了。"

他默默地开了很久的车,然后才发问:"你有真凭实据?"

我摇摇头。这一点从一开始就困扰着我。"没有,"我忧伤地说,"没有可以在法庭上出示的证据。"

他咕哝了一声:"给我讲讲你的推理,帕蒂。"

于是我和盘托出。风从耳边呼啸而过,我认认真真地讲了十分钟。父亲默默地听着。直到我说完,他才点点头。

"听上去不错啊,"他喃喃地说,"听上去真有意思,简直就像听老雷恩滔滔不绝地讲解神奇的推理一样。可是——"

我很失望。看得出来，可怜的父亲心烦意乱，拿不定主意。

"唉。"他叹了口气。"我的脑子转不过来，帕蒂老姑娘。我承认我没有资格判断你的推理是对是错。有一点我尤其不能理解。帕蒂，"他紧握方向盘，"我想我们应该进行一趟旅行。"

我大惊失色："父亲！不会是现在吧？"

他咧嘴一笑："明天早上。我们最好跑到山上同那只老秃鹫谈谈。"

"父亲！别打哑谜。咱们要去见谁？"

"当然是雷恩了。如果你的推理有什么不对，孩子，他会指出来的。反正我已经束手无策了。"

事情就这样定下来了。第二天早上，父亲把福西特医生的阴谋完整地告诉了伊莱休·克莱，但没有透露消息来源，并建议他在我们回来之前不要轻举妄动。

然后我们就离开了，但没有抱太大的希望。

第九章
一堂逻辑课

我们来到哈姆雷特山庄，这里享受着自然的丰厚恩赐——地毯是绿茵茵的草坪，穹顶是蓝湛湛的天空，墙壁是千百只鸟儿啼鸣的树林。若我是一个恬静质朴的姑娘，面对世界上如此的美景，定会发出伤感的叹息。只可惜，我是在过度的物质文明毒害下成长起来的，早已丧失了感知简单纯净的大自然的能力。但我必须承认，这片天堂的美妙与活力令我着迷。我近来一直在钢筋混凝土建筑中呼吸污浊的空气，本以为自己已经变成冷漠无情的老处女，可到这里之后，连我也忍不住贪婪地呼吸起来。

我们见到了哲瑞·雷恩先生，他像印度的圣雄甘地[1]一样，坐在阳光下的青翠小丘上。我们看到他喝下那个相貌怪异、酷似地精的奎西递过来的满满一勺药，表情略带苦涩。体格坚实的小老

---

[1] 莫汉达斯·卡拉姆昌德·甘地（Mohandas Karamchand Gandhi，1869—1948），印度民族运动领袖，在印度被尊称为"圣雄"。

头儿奎西面容扭曲,看上去万分焦虑。雷恩先生吞下一口黏糊糊的药水,眉头紧锁,把赤裸身体上罩着的棉袍拉得更紧了。对于一个七十岁的老人来说,他上半身肌肉相当结实。但他瘦得可怜,明显身体不好。

他抬起头来,看见我们。

"萨姆!"他叫道,顿时容光焕发,"还有佩兴丝,亲爱的!老天,见到他们可比吃你的药更有效,凯列班!"

他一跃而起,热情地抓住我们的手,激动得双眼闪闪发光,像小学生一样叽叽喳喳地说个不停,兴高采烈地欢迎我们。他打发奎西去取冰饮,拉着我坐在他脚边。

"佩兴丝,"他一脸严肃地打量着我说,"你给我带来了天堂的气息。是什么风把你和探长吹到这里来了?我向你保证,你们的到来是对我的莫大恩惠。"

"您病了吗?"父亲嗓音低沉地问道,眼里满是悲痛。

"很不幸,衰老一下子就降临到我身上。病历卡上的每一种老年病似乎都缠上了我……现在给我讲讲你们自己,还有这次来找我的目的吧。发生了什么事?调查进展如何?你们把那个卑鄙的福西特医生关进监狱了吗?"

父亲和我目瞪口呆,面面相觑。"您没看报纸吗,雷恩先生?"我喘息着问道。

"嗯?"他敛起笑容,目光敏锐地盯着我们,"没有。我的医生至今都禁止我接触任何可能引起精神兴奋的东西。直到今天见到你们,我才打破这条禁令……从你们的表情看,肯定发生了出乎意料的事。"

于是,父亲将乔尔·福西特参议员被谋杀的事告诉了他。听到"谋杀"这个词,老绅士突然目光炯炯,双颊泛红。不知不觉间,他脱下棉袍,深吸一口气,转身面向我,问了几个非常尖锐的问题。

"哦,"他最后开口道,"有趣,非常有趣。可是,你们为什么离开利兹,跑到我这里来了呢?佩兴丝,这可不像你的作风。你放弃追查凶手了吗?我还以为你会像只漂亮的小猎犬,一旦调查开始,就会咬住凶手不放,直到最后一刻。"

"嗯,她没有放弃,真的。"父亲嘟囔道,"但事实是,雷恩先生,我们进退两难。帕蒂有自己的想法——见鬼,她推理起来和您一模一样!我们需要听听您的建议。"

"我乐意效劳,"雷恩先生苦笑道,"只是我担心自己最近不中用了。"这时,奎西端着一张放有三明治和饮料的小餐桌慢悠悠地走回来了。我们毫不客气地吃起来。雷恩先生在一旁看着,似乎有些不耐烦。

"好了,"我们狼吞虎咽地吃完后,他立刻说,"把整桩案子原原本本地告诉我,不要遗漏任何细节。"

"说吧,帕蒂。"父亲叹息道,"上帝做证,真是历史重演呀!还记得——那是什么时候?十一年前?——布鲁诺和我第一次来到这里,向您讲述哈利·朗斯特里特的案子吗?时光飞逝啊,雷恩先生。"

"该死,你总让我想起辉煌的过去。"老绅士嘟囔道,"继续,佩兴丝。我会一直盯着你的嘴唇,千万不要遗漏任何东西。"

于是,我巨细无遗地讲述了福西特参议员被杀案的方方面面,以外科手术般的精细程度描绘了每一个细节——包括所有的事件、事实，以及所有人物给我的印象。他像一尊象牙佛一样端坐在那里，用眼睛解读着我的唇语。有几次，他微微颔首，一双非凡的眼睛放出光芒，仿佛从我说的话中发现了某种极其重要的东西。

我按时间顺序做介绍，最后交代了卡迈克尔在路边旅馆提供的证词，把整个错综复杂的故事的最新进展告诉了雷恩先生。雷恩先生轻快地点点头，微笑着重新躺到温暖的草地上。

父亲和我静静地坐着。雷恩先生凝视着天空，轮廓分明的脸上毫无表情，令人捉摸不透。我闭上眼，叹了口气，不知他会做何判断。我的分析是否忽略了什么？他会让我讲讲我反复推敲才得出的推论吗？

我睁开眼睛。雷恩先生又坐了起来。

"阿伦·道，"他用轻松自如的浑厚声音说，"是无辜的。"

"万岁！"我叫道，"看，父亲，你现在觉得你女儿怎么样？"

"该死，我可没说他有罪。"父亲嘟囔道，"是你得出结论的方式让我不放心。"他朝太阳眨眨眼，然后盯着雷恩先生："您为什么说阿伦·道是无辜的？"

"看来，你得出了同样的结论。"雷恩先生低语道，"你让我想起了塞缪尔·约翰逊[1]对诗歌的定义。他说诗歌的本质是发明——能带给人惊讶的发明。而你，佩兴丝，你是一首令人叹为观止的诗。"

---

1 塞缪尔·约翰逊（Samuel Johnson，1709—1784），英国作家、文学评论家、辞书编纂家。

"先生，"我故作严厉地说，"您这话听上去像在对我献殷勤。"

"要是我年轻一点儿就好了，亲爱的……现在告诉我，你是怎么认定阿伦·道无罪的。"

我舒舒服服地坐在他脚边的草地上，开始讲解我的推理。

"在福西特参议员的右臂上，有两个奇特的划痕：一个是手腕上方不远处的刀伤，另一个——据布尔法医所说，肯定不是刀伤——在第一个伤口上方大约四英寸处。此外，布尔医生说，这两个划痕都是尸体被发现前不久留下的，而且几乎是同时留下的。鉴于留下伤口的时间刚好与谋杀发生的时间相吻合，完全有理由认为这些划痕是凶手在行凶时造成的。"

"说得好，"老绅士嘟囔道，"没错，有道理。接着说。"

"那两个伤口从一开始就让我非常在意。两种不同的划痕——由截然不同的器械造成的两种划痕——怎么会同时产生呢？仔细想想，这件事十分反常。雷恩先生，我是一个非常多疑的女人，我认为必须立即解决这个问题。"

雷恩先生咧嘴大笑："佩兴丝，在你周围一万英里之内，我绝不敢杀人。你很精明，亲爱的！你得出了什么结论？"

"嗯，刀伤很容易解释。尸体在书桌后面的椅子上，根据这一位置，很容易就能想象出行凶的过程。凶手一定是站在被害者面前——书桌正前方，或者稍微偏一点儿的地方——拿起桌上的裁纸刀，朝被害者刺去。那么，接下来肯定会发生什么事？参议员肯定会本能地举起右臂抵挡攻击。刀擦过他的手腕，留下了细细的划痕。根据事实，我只能推断出这样的行凶场面。"

"你把行凶场面描绘得如同照片一样清晰,亲爱的。了不起。然后呢?另一道划痕怎么解释?"

"我正要说呢。另一道划痕不是刀伤,至少不是在参议员手腕上留下尖锐划痕的那把刀造成的,因为第二道划痕是——呃,模糊的、粗糙的。这道划痕是在参议员的手腕被刀划伤的同时留在他手臂上的。确切地说,是在右臂上比刀伤高出四英寸的地方。"我深吸一口气,"因此,这是由某种不怎么锋利的东西留下的,那东西离凶手手中的刀片大约四英寸。"

"精彩。"

"换句话说,我们现在必须在凶手的手臂上寻找某样东西来解释第二处划痕是如何造成的。那么,凶手手臂上,离他手里的刀子四英寸的地方,会有什么东西呢?"

老绅士轻快地点点头:"你的结论是什么,佩兴丝?"

"女人的手镯,"我得意地大叫起来,"镶着宝石或者金银丝。当刀子割开福西特的手腕时,手镯划破了他裸露的手臂——别忘了,他当时没穿外套,只穿了衬衫!"

父亲嘴里念念有词,雷恩先生则不禁莞尔:"我必须再说一次:你很精明,亲爱的。但思路还不够宽。照你的说法,是某个女人杀了福西特参议员?不一定。因为男人举起手臂的时候,在与女人手镯相当的位置,也可能佩戴了什么东西……"

我目瞪口呆。难道我大错特错了?我不由得羞愤难当,情急之下,狡辩道:"哦,您是说男人的袖扣?当然!我早就想到了这一点,但凭直觉我认为女人的手镯更合理。"

他摇摇头。"太危险了,佩兴丝。千万不要凭直觉下判断,必须严格基于逻辑可能性进行推理……所以，我们现在已经知道，凶手不是男人就是女人。"他微微一笑，"也许这只是表明我们对案情的理解还不够充分。蒲柏[1]说：'一切不协，是你不理解的和谐。'谁知道呢？不过，继续说吧，佩兴丝。我对你的推理非常着迷。"

"嗯，雷恩先生，不管挥刀造成两道划痕的是男人还是女人，有一件事是肯定的：凶手是左手持刀刺向福西特参议员的。"

"你是怎么知道的，亲爱的？"

"通过简单的逻辑推理。刀伤在参议员的右手腕上，袖扣的划痕则在右臂上比刀伤高出四英寸的地方。也就是说，袖扣的划痕在刀伤的左侧。明白了吗？如果凶手是用右手挥刀的话，袖扣的划痕应该出现在刀伤的右侧，做个最简单的实验就可以证明这一点。换言之，右手持刀，则袖扣划痕必在右；左手持刀，则袖扣划痕必在左。而事实是什么呢？事实是，袖扣划痕出现在刀伤的左侧。因此我得出结论，凶手是用左手发起袭击的，除非他用右手时倒立着——这当然是荒谬的。"

"探长，"老绅士温和地说，"你应该为你的女儿感到骄傲。"他喃喃地说，笑眯眯地看着我："太不可思议了，一个女人竟然能进行如此明晰的推理。佩兴丝，你真是……真是一件瑰宝呀。请继续。"

"到目前为止，您都同意我的推理吗，雷恩先生？"

---

1 亚历山大·蒲柏（Alexander Pope，1688—1744），英国诗人。下面引用的话出自他的《人论》（外语教学与研究出版社2016年版《王佐良全集·第九卷》，王佐良译）。

"我拜倒在你那坚不可摧的严密逻辑面前。"他轻笑着说,"到目前为止,你的推理都很完美。但要小心,亲爱的,你忘了指出一个非常重要的问题。"

"我没有。"我反驳道,"哦,老天!我的意思是,我之所以没有指出那个问题,只是因为我还没有推理到那一步……大约十二年前,阿伦·道被关进阿尔贡金监狱时,是个惯用右手的人——这一点和其他事实一样,都是马格努斯典狱长交代过的。您说的问题就是这个吧?"

"是的。我很想知道你如何解释这一点。"

"这个嘛,来到阿尔贡金监狱两年后,他遭遇了一场事故,导致右臂瘫痪。从此他就学着只用左手。总而言之,十年来他一直惯用左手。"

父亲坐直身子。"终于讲到点子上了。"他兴奋地说,"雷恩先生,这就是我吃不准的地方。"

"我想我知道你在烦恼什么。"老绅士说,"继续,佩兴丝。"

"在我看来,"我不屈不挠地说,"下面的事实非常明显。我认为……我承认我是基于常识和观察得出这一结论的,没有任何权威的证据……右利和左利——是这么说的吗——不仅适用于手,也同样适用于脚。"

"说人话!"父亲咆哮道,"这些怪词儿你都是从哪儿学来的?"

"父亲!我的意思是,天生惯用右手的人也天生惯用右脚,同样的道理,惯用左手的人也惯用左脚。我知道我惯用右手,也总是让右脚做大部分工作,而且我注意到别人也有这种习惯。我的这个假设合理吗，雷恩先生？"

"我算不上这方面的权威，佩兴丝。不过，到目前为止，我相信医学理论会证实你的观点。接下来呢？"

"好吧，如果您同意这一点，我的下一个论点便是：倘若惯用右手的人无法继续使用右手，不得不学习使用左手，就像阿伦·道十年来所做的那样，那么在潜意识的作用下，即使他双脚健全，也会开始用左脚来做大部分工作。父亲怀疑的正是这一点，但我的推论应该是合乎逻辑的，不是吗？"

雷恩先生皱起眉："恐怕逻辑并不总是适用于生理事实，佩兴丝。"我心头一沉。如果这一点被推翻，我的整个推理就会土崩瓦解。"但是……"我又燃起了希望。"你的陈述中，还有一个事实非常有用。那就是，阿伦·道右臂瘫痪的同时，右眼也瞎了。"雷恩先生说。

"这有什么用？"父亲不解地问。

"这一点关系重大，探长。几年前，我曾就这个问题请教过一位权威人士。你还记得布林克的案子里，惯用左手和惯用右手的问题有多么重要吧？"雷恩先生说。父亲点点头。雷恩先生接着说："嗯，我咨询的那位权威人士告诉我，关于右利和左利，医学界最广泛接受的理论是视觉说。如果我没记错的话，那种假说认为，婴儿时期所有的自主运动都取决于视力。那位权威人士还告诉我，与视觉、手脚动作、说、写有关的神经冲动，都源自同一大脑区域——我忘记确切的术语了。"

"虽然视觉是由双眼产生的，但每只眼睛本身就是一个单元。每只眼睛看到的图像，都是由完全独立、截然不同的通路传给意识的。在两只眼睛中，只有一只眼睛起到了'瞄准器'的作用，就像枪的准星一样。用于瞄准的那只眼睛决定了一个人是惯用左手还是惯用右手。如果这只眼睛失明，那瞄准的功能就会转移到另一只眼睛。"

"我明白您的意思了。"我慢慢地说，"换言之，根据视觉说，惯用右手的用右眼瞄准，如果他右眼失明，只能用左眼，那么瞄准功能就会转移到左眼，并影响这个人的生理机能，导致他变成惯用左手。是这个意思吧？"

"大体上没错。当然，据我所知，习惯等其他因素也会起作用。但是，道只用左眼已经十年了，左手也一样。如此一来，我敢肯定，由于习惯和神经机能改变，他也变成惯用左脚了。"

"嘿！"我说，"我运气太好了！歪打正着……您看，如果在过去十年里，阿伦·道真是惯用左手、左脚的话，我们就有了两个明显矛盾的证据。"

"嗯，你刚才已经证明，"雷恩先生鼓励道，"凶手肯定是用左手杀人的，这和道的情况完全吻合。那你说的矛盾是什么？"

我用颤抖的手指点燃香烟："我会从另一个角度进行解释。您还记得吧，我刚才提过，壁炉的灰烬里有一个脚印——右脚的脚印。根据其他事实，我们知道有人烧了什么东西，然后把余烬踩灭了，右脚脚印就是这样留下的。而踩灭余烬——谁敢否认这一点，我就把他的头发扯下来——完全是无意识的行为。"

"毫无疑问。"

"如果你想踩什么东西，会用最常用的那只脚。哦，我承认，有时纯粹因为位置方便，你也可能会用左脚踩东西，尽管你惯用右脚。但对于那个在壁炉里踩灰烬的人来说，情况并非如此。因为，如我所说，我们在壁炉前的地毯上发现了一个左脚脚印，就在那堆灰烬的前面。也就是说，凶手要踩灭余烬的话，用哪只脚都没有不便。在这种情况下，他肯定会用最常用的那只脚。但他是用哪只脚踩的呢？用右脚！那他就是惯用右脚，所以就是惯用右手！"

父亲咕哝了几句听不懂的话。老绅士叹了口气，说："你从这些情况里看出了什么矛盾？"

"矛盾在于：挥刀的人用的是左手，踩灭余烬的人则是惯用右手。换句话说，似乎有两个人牵涉其中：一个惯用左手的人行凶，而一个惯用右手的人烧了那张纸，还踩灭了余烬。"

"这有什么不对，亲爱的？"老人温和地问，"就像你说的，有两个人牵涉其中，那又怎样？"

我瞪大了眼睛："您真不明白？"

他呵呵一笑："明白什么？"

"您肯定是在跟我开玩笑！那我接着说了。我的这个结论对阿伦·道有什么影响？嗯，不管道与这案子有什么牵连，他绝不是那个烧纸并踩灭余烬的人。因为根据我们刚才的推论，他肯定会用左脚踩，而我们知道踩灭余烬的人用的是右脚。

"很好。那么，纸片是什么时候烧掉的呢？桌上的信笺簿很新——只少了两张纸。从福西特参议员的致命伤口喷出大量鲜血，溅满了他面前的书桌。吸墨纸上有一块边缘呈直角形的区域大量染血，该区域是信笺簿盖在吸墨纸上时由信笺簿的一个角形成的。可是，我们发现信笺簿最上面一页是干净的——没有血迹。这怎么可能呢？如果参议员被谋杀时那张纸在信笺簿的最上面，那它上面肯定会沾满血，因为信笺簿下面的吸墨纸都沾到血了。所以，血从参议员的伤口喷出时，我们发现的那张干净的纸肯定不在信笺簿最上面。换句话说，这张纸上面肯定有一张沾满血的纸，这张血纸被人从信笺簿上撕下来，留下了我们发现的那张干净的纸。"

"没错。"

"我们已经知道两张用掉的信纸中的一张在哪儿：福西特在遇害前用这张纸写了一封给范妮·凯泽的信，装进了信封。那么，唯一下落不明的那张纸——父亲已经亲自证实过，壁炉里烧掉的那张纸来自桌上的信笺簿——肯定就是被人从信笺簿上撕下来的那张纸，就是那张不见了的血纸。

"既然这张不见了的纸上有血，那它一定是在谋杀案发生后被撕掉的，毕竟只有谋杀才会让它沾血。因此，这张纸也是在谋杀之后被烧掉的，灰烬上的脚印也是在谋杀之后踩上去的。是谁烧的纸？杀人的和烧纸的是同一个人吗？如果凶手就是烧纸并踩灭余烬的人，那么，既然我已经证明烧纸并踩灭余烬的人不可能是道，那他也就不可能是凶手！"

"等等，等等！"老绅士轻声叫道，"别着急，佩兴丝。你是在假设凶手就是踩灭余烬的人，但你能证明这一假设吗？你知道，有一种方法可以证明。"

"哦，老天！"父亲呻吟道，闷闷不乐地盯着自己的脚。

"证明？当然能证明！您说凶手和踩灭余烬的可能不是同一个人，那我就来假设他们是两个人。据布尔医生所说，谋杀案发生在十点二十分，而从九点四十五分到十点半，卡迈克尔一直在房外监视。在这段时间，他只看到一个人进入房子，又看见那个人离开。

而且,警察搜查过那座房子,没发现有人躲在里面。从卡迈克尔发现尸体到警察抵达现场,没有人离开过房子。除了卡迈克尔正在监视的那扇门,也没有别的出口可以供人离开,因为其他所有门窗都从里面锁上了……"父亲又呻吟了一声。我说:"噢,这不就是绝佳的证明吗,雷恩先生!这意味着涉案的不是两个人,从头到尾就只有一个人。也就是说,只有一个人在书房行凶,烧掉信笺并踩灭余烬。但我已经证明,阿伦·道不可能是踩灭余烬的人,所以阿伦·道也不可能是凶手。

"因此,阿伦·道是无辜的,就像十年前的我一样纯洁!"

我停下来喘了口气,等着雷恩先生的表扬,不过我也确实累了。

雷恩先生看上去有点儿伤心:"探长,我现在意识到,我对这个社会已经没什么用了。你生了一个名副其实的福尔摩斯,而我对这个世界起到的那点微不足道的作用也被取代了。亲爱的,你的分析真是太精彩了。到目前为止,你完全正确。"

"老天,"父亲大吼一声,跳了起来,"您难道是要告诉我,还需要推理下去?"

"还可以推理出很多结论呢,探长,而且更重要。"

"您的意思是,"我急切地说,"我还没有得出本应得出的结论?当然,还可以进一步推论:如果道是无辜的,那就有人在陷害他。"

"然后呢?"

"道的死对头,就是那个陷害他的人,是惯用右手的。他故意用左手挥刀,是为了制造出道是凶手的情况下才有的伤口,但他下意识地用右脚踩灭余烬，这表明他其实惯用右手。"

"嗯，我不是这个意思。亲爱的，你忽略了或者说没有考虑到其他因素，而这些因素可以得出更惊人的推论！"

父亲惊讶地举起双手。至于我，只是谦恭地说："愿闻其详。"

雷恩先生向我投来锐利的眼神。我们对视片刻，然后他笑了："看来，你也明白了，对吧？"

他陷入沉思。我玩着一片草叶，不知该不该说……

"听着！"父亲咆哮道，"我也要出一个难题。刚才碰巧想到的。好，帕蒂，你来告诉我：你怎么能确定在地毯上留下脚印的家伙就是那个踩灭余烬的人？我承认二者十有八九是同一个人，但如果你不能证明这一点，该死，你那套漂亮的推理还有啥用？"

"告诉他吧，佩兴丝。"雷恩先生柔声道。

我叹了口气："可怜的爸爸！你的脑子里肯定一团糨糊了。我刚才不是说了从头到尾只有一个人涉案吗？我不是问过卡迈克尔有没有踩过壁炉前的地毯，他说没有吗？我们不是从休姆先生那里得知，脚印不可能是福西特参议员留下的吗？那么，除了那个行凶杀人、烧掉信笺、踩灭余烬的人，还有谁会在地毯上留下那个脚印呢？"

"好吧，好吧！我们现在该怎么办？"

雷恩先生扬起眉毛："亲爱的探长！这难道不是明摆着吗？"

"什么明摆着？"

"我们的行动方针。我们必须马上回利兹去见道。"

我皱起眉，委实不理解雷恩先生何出此言。至于父亲，他则是完全摸不着头脑："去见道？看在上帝的分儿上，为什么？我一见那可怜的笨蛋就鸡皮疙瘩直冒。"

"但这至关重要，探长。"雷恩先生迅速从小丘上站起来，把棉袍披在肩上。"你必须在道受审前见他一面……"他立刻陷入沉思，然后眼睛突然一亮，"天哪，探长，仔细一想，我觉得自己很乐意参与调查！你认为还有我的位置吗？还是说，你的朋友约翰·休姆会把我赶出利兹？"

我不禁欢呼："太好了！"父亲似乎也由衷地感到高兴："哎呀，这真是个好主意。我不是小看帕蒂，但如果您亲自出马，我就放心多了。"

"可您为什么要去见道呢？"我问。

"亲爱的佩兴丝，我们根据某些事实构建了完美的推理。现在——"雷恩先生伸出一条赤裸的手臂搭在父亲肩膀上，握住我的手，"现在我们要停止推理，做一些实验。"他皱着眉头补充说："但即便如此，我们也可能走不出迷雾。"

"您是什么意思，先生？"

"我们可能依然搞不清谁是杀死福西特参议员的真凶，"老绅士平静地说，"糊涂的程度就像一周前一样！"

第十章
牢房里的实验

在哈姆雷特山庄,我们见过凯列班,也就是容貌惊人的奎西。我们还享受过福斯塔夫[1]的服务,他是雷恩先生的管家和仆役长,拥有天使般的微笑和灵巧的双手。现在,仿佛是为了让这出梦幻般的莎翁戏剧更加真实一般,驾车带我们离开那片宽阔庭园的,竟是一个西方版的印度马车夫。他一头红发,满脸堆笑,雷恩先生坚持叫他德洛米奥[2]。德洛米奥对自己的职业感到无比自豪,他驾驶着雷恩先生那辆闪闪发光的豪华轿车,技艺娴熟堪比费城律师,动作灵巧犹如芭蕾领舞[3]。在他的驾驶下,我们的北上之旅途经美丽的景色,让我们感到轻松而愉快。我真希望这趟旅行能永远持续下去。

---

1 莎士比亚戏剧《亨利四世》和《温莎的风流娘儿们》中一个肥胖、机智、乐观、爱吹牛的骑士。
2 莎士比亚戏剧《错误的喜剧》中的仆人。
3 原文为法语。——编者注

哲瑞·雷恩和父亲笑呵呵地谈天说地，令我心情格外舒畅。大部分时间里，我都心满意足地坐在他们中间，出神地听他们谈论往事，特别是那位老绅士的舞台生涯。和雷恩先生相处越久，我就越喜欢他，并且渐渐领悟到他的神秘魅力从何而来。他总是温文尔雅，妙语迭出，不经意间便调节了严肃的气氛。他说的每一件事似乎都细节丰富，真实可信，不容置疑。更何况，他的言谈风趣幽默，令人着迷。他的生活比大多数人都丰富多彩，结交的都是和普罗米修斯一样正直无畏的朋友。他与戏剧黄金时代所有值得结交的人都交情匪浅……总而言之，他是个魅力无穷的人。

哑剧作家西鲁斯[1]曾经说："旅途中遇到好伙伴，同坐上马车一样令人愉快。"而现在，我们同时拥有了豪华轿车和优秀旅伴，都是一等一的。快乐的时光总是那么短暂！我们很快就驶入山谷，旁边的河水波光粼粼，监狱和利兹就在不远处。我打了个寒战，意识到这趟旅程很可能以见证某人的死亡结束。阿伦·道那张瘦削的小脸开始在山丘间的薄雾中飘荡。自从离开哈姆雷特山庄以来，我第一次感到了忧郁。先前漫长的旅途中，我们全都对阿伦·道的案子避而不谈，甚至连他的名字都没有提——有一段时间，我甚至忘记了此行肩负的沉重使命。现在我终于回过神了，便不由得纳闷：我们的拯救行动会不会无果而终？那个可怜的家伙会不会被送上电椅，在一阵剧烈的抽搐后丢掉他那廉价的小命？

---

1 普布里乌斯·西鲁斯（Publilias Syrus，前85—前43），古罗马哑剧和格言作家。

汽车沿着通往利兹的主路行驶，我们停止闲聊，默默地坐了很久。恐怕每个人都惴惴不安，担心所有的努力终将化为泡影。

这时父亲开口道："嗯，帕蒂，我们最好在城里找家旅馆住下，不能再去打扰克莱家了。"

"随你的便，父亲。"我疲倦地说。

"哼！"老绅士说，"你不能这么干。既然我已入伙，我对作战计划也应该有发言权。我建议，探长，你和佩兴丝再去伊莱休·克莱家住一小段时间。"

"为什么？"父亲抗议道。

"原因有很多，虽说都不重要，但这些原因加在一起，决定了这是具有战略意义的关键一步。"

"我们可以说，"我叹了口气，"我们又回来调查福西特医生了。"

"这倒是真的，"父亲沉吟道，"那个该死的恶棍我还没调查清楚呢……但是您呢，雷恩先生？您总不至于……我是说——"

"不，"老绅士笑眯眯地说，"我不去打扰克莱家。我有自己的打算……缪尔神父住在哪里？"

"他独自住在监狱墙外的一座小房子里。"我答道，"对吧，父亲？"

"嗯，这主意不错。您不是说您认识他吗？"

"确实很熟。他是个可爱的老头儿。我要去拜访他，并且——"他呵呵一笑，"省下旅馆费。你们先陪我一道过去，然后德洛米奥会送你们到克莱家。"

父亲给司机指点了方向。我们绕过利兹城，爬上长长的山坡，驶向山上那座灰暗丑陋的巨大建筑。我们匆匆经过克莱家,不久之后,在离监狱正门不到一百码[1]的地方,我们来到一座爬满常春藤的小木屋前,石墙上点缀着早开的玫瑰,门廊上摆放着好几张宽敞的大摇椅,看上去像是在等人坐上去。

德洛米奥按了下喇叭。雷恩先生刚走上小路,前门就打开了。缪尔神父出现在门口,圣衣歪歪斜斜地披在身上。他努力透过厚厚的镜片看清来客,温和苍老的脸上,五官拧在一起。

认出对方后,他先是大吃一惊,然后喜笑颜开。"哲瑞·雷恩!"他叫道,热情地抓住雷恩先生的手,"我简直不敢相信自己的眼睛!您在这里做什么?天哪,见到您真高兴。请进,请进。"

我们没有听到雷恩先生低沉的回答。神父絮叨了一会儿,然后看见我们在车里,便提起圣衣下摆,沿着小路匆匆走来。

"你们能来,我倍感荣幸呀。"他叫道。"真的,我——"老人布满皱纹的小脸笑开了花,"你们不进来吗?我已经说服雷恩先生留下来了——他说他来利兹办点事——你们至少也要进来喝杯茶嘛……"

我刚要作答,就看见门廊上的老演员在使劲摇头。

"很抱歉,"父亲还没来得及开口,我就赶紧说,"我们要去克莱家。你知道,我们暂住在那里。我们改天再来看你吧。你真是太好了,神父。"

德洛米奥把两个沉重的旅行包从车上拖到门廊,对他的主人咧嘴一笑,然后回到车上载我们下山。我们看见雷恩先生的高大身影

---

[1] 1码约合0.91米。

进入房内，缪尔神父则停下脚步，遗憾又伤心地回头望着我们，然后两位老人就从我们的视野中消失了。

我们毫不费力地重新成为克莱家的客人。事实上，当我们开车抵达时，除了年迈的女管家玛莎，家里没有别人，而玛莎压根儿就没把我们的归来当回事。于是，我们理所当然地又住回了先前的卧室。一小时后，杰里米和他父亲从采石场回来吃午饭，我们已经在门廊上平静地等待他们了——恐怕内心远没有外表那么平静。伊莱休·克莱向我们致以毫无保留的热情问候。至于杰里米，那个小伙子一看到我就目瞪口呆，仿佛我是曾经拜访过他、给他带来了愉快体验的幽灵，而他从没指望过会再见到我。恢复镇静后，他做的第一件事就是赶紧把我带到屋后一个藏在茂密树叶下的小凉亭，不顾满脸的石头粉尘，竟然试图吻我。我躲开他老练的双手，感觉他的嘴唇滑过我的左耳尖。我知道，从某种意义上说，我回家了，而且一切如常。

当天下午，我们在门廊上被汽车喇叭声吵醒。抬头一看，只见雷恩先生那辆长长的轿车驶入了车道。方向盘后的德洛米奥眉开眼笑，雷恩先生则在后座冲我们挥手。

我们将雷恩先生介绍给克莱父子，然后雷恩先生说："探长，我对利兹县监狱那个可怜的家伙感到非常好奇。"他那轻描淡写的语气，仿佛只是从什么地方听说了阿伦·道的故事，于是随便打听一下。

父亲立刻明白了暗示："老神父跟您说过他吧？一桩叫人伤心的案子。怎么，您想进城吗？"

我不明白为什么雷恩先生不愿明说他对那桩案子很感兴趣。他该不会是在怀疑……我瞥了克莱父子一眼。伊莱休·克莱露出空洞的微笑,为见到老绅士本人假装欢喜,杰里米则充满敬畏地注视着雷恩先生。我突然想到,哲瑞·雷恩是个名人。从他那漫不经心的从容态度可以看出,他早就习惯了公众的奉承。

"是的,"他说,"缪尔神父认为我也许能帮上忙。我很想见见那个可怜的家伙。探长,你能帮我安排一下吗?我知道你同地方检察官关系很好。"

"我可以安排一下,让您见到阿伦·道。帕蒂,你最好也一起去。那我们就暂时告辞了,克莱。"

我们真诚致歉,尽量不得罪克莱父子。两分钟后,我们就同雷恩先生一起坐进豪华轿车,向城里驶去。

"你为什么不想让他们知道你到这儿来的真实目的?"父亲问道。

"没什么特别的原因,"雷恩先生含糊地回答,"我觉得还是越少的人知道越好,仅此而已。我可不想把凶手吓跑了……原来那就是伊莱休·克莱,对吧?我得说,他看上去挺诚实的。他应该是那种自以为是的商人。不管什么生意,只要有一点点触碰红线,他都会避之唯恐不及。但在合法的交易中,他还是会残酷地讨价还价。"

"您是在故意岔开话题吧。"我严厉地说,"雷恩先生,您的葫芦里到底卖的是什么药?"

他开怀大笑:"亲爱的,你把我想得太狡猾了。我可没有岔开话题。记住,我才刚刚着手调查。在公布自己的推理之前,我必须将方方面面的情况都摸清楚。"

我们在约翰·休姆的办公室见到了他。

"这么说,您就是哲瑞·雷恩了。"我们介绍休姆和雷恩认识之后,地方检察官说,"我受宠若惊啊,先生。您是我儿时的偶像之一。什么风把您吹来了?"

"老人的好奇心。"雷恩先生微笑着说,"我是专业好事者,休姆先生。我就喜欢到处打听别人的是非。离开了舞台,我无所事事,闲得发慌,无疑变成了一个十足的讨厌鬼。我非常想见见阿伦·道。"

"哎哟!"休姆说,瞥了我和父亲一眼,"原来探长和萨姆小姐去搬救兵了呀。嗯,您想见他,这没问题。我之前已经解释过很多次,雷恩先生,我是检察官,不是刽子手。就目前的情况而言,我认为道犯了谋杀罪。但如果您能证明他没有,我向您保证,我将非常乐意撤销对他的指控。"

"这样的态度当然令人钦佩。"雷恩先生冷冷地说,"我们什么时候可以见道?"

"马上就可以。我叫人把他带到这儿来。"

"不,不!"老绅士赶紧说,"我们不会插手检察机关的内部运作,休姆先生。如果可以的话,我们想去县监狱看看他。"

"那就如您所愿。"检察官耸耸肩,开出一份书面命令。带着这份文件,我们离开了他的办公室,前往离这里只有一箭之遥的县监狱。不一会儿,一名看守就带着我们穿过一条两边都是铁栅牢房的昏暗走廊,来到了阿伦·道的囚室。

有一次，在维也纳，一位著名的年轻外科医生邀请我去参观一家新医院。我记得，当我们从一间空闲的手术室出来时，一个坐在几码外长凳上的脸色苍白的男人，站起来看着那位外科医生。显然，他以为医生刚为他关心的某个人做过手术。我永远也忘不了那个可怜男人脸上的表情。本来是一张普普通通的脸，却在那一刻换上了最复杂的表情——恐惧令他面容憔悴，而渺茫的希望又令他神情急迫，那样子可怜极了……

听到钥匙打开牢房的咔嗒声，阿伦·道抬起头，看到我们几个人站在那里，他的脸便扭曲成手术室外那个男人的表情。几天前，休姆地方检察官曾说，道与福西特医生对质后，表现得更"自信"了。我很想知道他现在是不是依然如此。但如今看来，他根本不像是确信自己能脱罪的那种被告。在那副痛苦和恐惧交织的面具上，只会偶尔闪现一丝微茫的希望，但那只是几乎走投无路的猎物在最后关头燃起的希望。他瘦削的面庞遍布污垢，就像是一幅被人不小心涂花的炭笔画。他瞪着一双南瓜灯似的眼睛，眼圈红红的，眼里仿佛燃着液态的火焰，应该很久都没睡过觉了。他没刮胡子，衣服也很脏。我从没见过如此凄惨的人，心里一下子就揪紧了。我瞥了一眼哲瑞·雷恩，他的表情非常严肃。

看守懒洋洋地打开锁，把门大敞开，示意我们进去，然后在我们身后哐当一声关上门，又旋转钥匙，锁上门。

"你们好，你们好。"阿伦·道用低沉嘶哑的声音说，忐忑不安地坐在破烂的小床边。

"你好，道。"父亲强作热情地说，"我们带了个人来看你。这位是哲瑞·雷恩先生。他想和你谈谈。"

"噢。"道只说了这个字,然后便紧盯着雷恩先生,活像一条期待施舍的狗。

"你好,道。"老绅士温柔地说,然后猛然转过头,向走廊望去。看守双臂抱胸,靠着牢房对面光秃秃的墙壁站着,显然在打瞌睡。"你不介意回答几个问题吧?"老绅士说。

"尽管问,雷恩先生,尽管问。"道哑着嗓子急切地说。

我靠在粗糙的石墙上,有点儿犯恶心。父亲把手插进口袋,自言自语地嘟囔着什么。雷恩先生则开始若无其事地询问一些无关痛痒的问题。这些问题里有的我们已经知道了答案,有的则让我们有理由相信道永远不会透露答案。我直直地站起身。为什么要问这些问题呢?老人打算干什么?这次令人痛苦的拜访到底有什么目的?

他们低声交谈,渐渐熟络起来,却依然没有触碰到实质问题。我看见父亲焦躁地拖着脚步离开墙边,又回到原位,一脸茫然。

突然,奇怪的事情发生了。就在那个囚犯痛苦地说个不停的时候,老绅士从口袋里掏出一支铅笔,在我们惊讶的目光中,将笔猛地朝道扔过去,仿佛一心只想将道钉在床上。

我不禁失声尖叫,父亲则惊慌地咒骂了一声,看着雷恩先生,好像这老人忽然疯了似的。但雷恩先生目不转睛地注视着那个囚犯,我一下子悟出了老人的意图……那个囚犯张着嘴,下意识地举起了左臂,以免被铅笔击中。这时我注意到,他那萎缩的右臂在衣袖里毫无用处地摇来荡去。

"你要干什么?"道尖叫着,缩回小床上,"莫非是想……想——"

"别理我，"雷恩先生喃喃地说，"我有时会这样突然发作，但我不会伤害任何人。你能帮我个忙吗，道？"

父亲放松下来，靠在墙上苦笑。

"帮忙？"那罪犯颤巍巍地说。

"是的。"老绅士说，弯下腰，从石板地面上捡起铅笔，把带橡皮擦那头递给道，"捅我一下，好吗？"

听到"捅"这个字，那个人浑浊的眼睛里闪过一丝光芒，好像领悟到什么似的。他左手抓住铅笔，笨拙地朝雷恩先生虚刺了一下，动作很不自然。

"哈！"雷恩先生心满意足地叫起来，后退两步，"漂亮。对了，探长，你身上有没有碰巧带着纸？"

道困惑地把铅笔递回来。父亲粗声粗气地问："纸？干什么用？"

"就当我又精神错乱好了。"雷恩先生咯咯怪笑道，"快，快，探长——你的反应太迟钝了！"

父亲咕哝一声，将一个袖珍笔记本递过去。老绅士从里面撕下一张空白页。

"好了，道，"他边说边把手伸进口袋，神秘地寻找着什么东西，"你相信我们对你没有恶意了吧？"

"是的，是的，先生。您说什么我就做什么。"

"谢谢配合。"他取出一小包火柴，划亮一根，极其冷静地点燃那张纸，然后漫不经心地把纸扔在地板上，后退几步，仿佛陷入了沉思。

"您在干什么？"犯人大叫道，"想把这该死的牢房点着吗？"

他从小床上跳起来,开始用左脚狂踩燃烧的纸,直到它变成看不见一点儿火苗的灰烬。

"佩兴丝,"雷恩先生微微一笑,喃喃道,"即使陪审团的智力水平与他相当,看到这一幕也应该相信他是无辜的了。至于你,探长,你现在相信了吧?"

父亲皱起眉:"如果不是亲眼所见,我永远也不会相信。唉,真是活到老学到老呀。"

我如释重负,咯咯傻笑起来:"哎,父亲,你总算相信了!阿伦·道,你太走运了。"

"可我不明白——"那罪犯迷惑不解地说。

雷恩先生拍拍他瘦骨嶙峋的肩膀。"道,不要泄气。"他和颜悦色地说,"我们一定会把你救出来的。"

父亲叫来看守。看守穿过走廊,打开牢门,将我们放出来。道冲到栅栏前,紧抓住铁条,急切地伸长脖子,目送我们离去。

但是,从我们进入寒冷的走廊那一刻起,一种不祥的预感就袭上我心头。那个看守在我们身后把钥匙拨弄得叮当作响,粗糙的脸上露出一种非常奇怪的表情。我觉得他肯定心怀鬼胎,尽管我告诉自己那只是我的想象。他靠着走廊墙壁站在牢房对面的时候,真的在打瞌睡吗?算了!毕竟,就算他在监视我们,又能拿我们怎么样呢?我瞥了雷恩先生一眼,只见他大步流星地走着,一副心事重重的样子。我觉得他没有注意到看守的脸。

我们回到地方检察官办公室,这一次不得不在接待室里等了半小时。在这段时间里,雷恩先生闭着眼睛,显然是睡着了。休姆的秘书终于告诉我们可以进去时，父亲不得不拍拍他的肩膀。他立刻站起来，低声致歉，但我敢肯定，他一定在深入思考一些我不知道的事情。

"雷恩先生，"我们在休姆的办公室就座后，他好奇地说，"这下您见过他了。现在您有什么想法？"

"休姆先生，在我前往马路对面那座宏伟的县监狱之前，"老绅士温和地说，"我只是觉得阿伦·道不是杀害福西特参议员的凶手。现在，我已经对此深信不疑了。"

休姆扬起眉毛："你们这些人真让我吃惊。先是萨姆小姐，然后是探长，现在是您，雷恩先生，你们一个接一个地反对我。您能告诉我您为什么认为道无罪吗？"

"佩兴丝，亲爱的，"雷恩先生说，"你给休姆先生上过逻辑课吗？"

"他是不会听的。"我哀怨地说。

"休姆先生，如果你还听得进去意见，请在接下来的几分钟内保持开放的心态，忘掉关于这桩案子的一切。萨姆小姐会告诉你，为什么我们三个认为阿伦·道是无辜的。"

这是我最近几天第三次讲述我的推理，这次是给约翰·休姆讲。不过，在开口之前我心里就明白，他这种嘴硬又野心勃勃的人，是不可能相信单纯的推理的。我根据事实展开推理时——我提到了卡迈克尔的证词，但没有透露他的名字——休姆非常有礼貌地听着，有好几次都点了头，眼中似乎闪烁着钦佩的光芒。但我一讲完，他就连连摇头。

"亲爱的萨姆小姐，"他说，"对一个女人来说，或者说对一个男人来说，这是了不起的推理。但对我来说，这完全不能令人信服。首先，没有一个陪审团会认为这样的分析站得住脚，即使他们能听懂分析的过程。其次，你的推理有严重错误——"

"错误？"雷恩先生显得很好奇，"莎士比亚在一首十四行诗中说过：'玫瑰花有刺，银色的泉有烂泥……每个人都有错。'[1]不过，休姆先生，不管这些错误是否成立，我还是想请你指出来，究竟错在哪里？"

"好吧，就是惯用右脚和惯用左脚的问题，萨姆小姐的推论令人难以置信。失去右眼和右臂的人最终会变成惯用左脚——这样的判断未免太草率，听起来就十分荒唐。我怀疑这个判断在医学上根本经不起检验。而如果这一点站不住脚，雷恩先生，萨姆小姐的整个推理就崩溃了。"

"我就说他不会买账吧？"父亲气鼓鼓地说，举起双手。

"崩溃？亲爱的先生，"老绅士说，"我倒认为，这是本案中少有的最牢不可破的论据之一！"

休姆咧嘴一笑："哦，得了吧，雷恩先生，您不会是认真的吧？就算承认萨姆小姐所说的情况大体上成立……"

"你忘了，"雷恩先生喃喃地说，"我们刚去见过道。"

地方检察官咬牙切齿地说："原来如此！你们已经——"

"休姆先生，我们已经做出一般性推论：像阿伦·道这样右眼、右臂受伤的人，会从惯用右脚变成惯用左脚。但是，如你所

---

[1] 出自莎士比亚《十四行诗》第三十五首，译文引自人民文学出版社2014年版《莎士比亚全集》，梁宗岱译。

说，即便普遍规律成立，也不意味着每个人都符合这一规律。"

雷恩先生微微一笑，停顿片刻，才接着讲道："于是，我们就去验证这个具体的人是否符合普遍规律。这也是我来利兹的主要目的——证明阿伦·道在做无意识动作时用的是左脚而不是右脚。"

"他用的真是左脚？"

"没错。我向他扔了一支铅笔，他举起左臂挡在脸前。我叫他捅我，他就用左手试着虚刺了一下。这是为了让我自己确信，这个人现在真的惯用左手，他的右臂真的瘫痪了。然后，我点燃一张纸，他慌慌张张地将火踩灭——用的是左脚。休姆先生，我认为这就是证据。"

地方检察官陷入沉默。我看得出，他心中为这个问题纠结不已，苦恼极了，双眉之间露出一道深深的褶皱。"您得给我点时间。"他嘟囔道，"我不能——老实说，我自己是无法相信这种……这种……"他不耐烦地拍了下桌子："对我来说，这根本算不上证据！太简单、太琐碎、太间接了。证明道清白的证据不够……呃，不够确凿。"

老绅士的眼中射出一道寒光："我认为，休姆先生，在我们的法律体系中，一个人在被证明有罪之前是被假定为无罪的，而不是相反！"

"而我认为，休姆先生，"我怒不可遏地说，"你是个正派的人！"

"帕蒂。"父亲柔声劝道。

休姆羞红了脸："好吧，我来调查一下。现在请恕我失陪——我有很多工作要做……"

我们很不自然地迈步离开，默默走到街上。

"我这辈子遇到过许多顽固的浑蛋，"父亲气冲冲地说，这时我们已经上车，德洛米奥载我们走了，"但那个毛头小子是最油盐不进的！"

雷恩先生若有所思地盯着德洛米奥的发红的颈背。"佩兴丝，亲爱的，"他悲伤地说，"看来我们失败了，你所有的努力都白费了。"

"您这是什么意思？"我焦急地问。

"我担心，年轻的休姆先生的勃勃野心会扼杀他的正义感。而且，当我们坐在休姆办公室谈话时，我突然想到了一件事：我们犯了一个严重的错误，如果他是个不择手段的小人，就很容易利用这个错误打败我们——"

"错误？"我惊呼，"您不是认真的吧，雷恩先生。我们怎么会犯错误呢？"

"不是我们，孩子，是我。"他沉默片刻，然后才开口，"谁是道的律师？还是说，那个可怜的家伙没有律师？"

"一个名叫马克·柯里尔的本地人。"父亲嘟囔道，"克莱今天跟我说了他的事。我不知道他为什么接这桩案子。当然，他也许是认为道有罪，而且把那五万美元藏起来了。"

"是吗？他的办公室在哪儿？"

"在法院隔壁的斯科哈里大厦。"

雷恩先生敲了敲玻璃窗："掉头，德洛米奥，带我们回城里。去法院隔壁那座楼。"

马克·柯里尔是一个大腹便便的中年绅士,头上光秃秃的,看样子非常精明。他没有刻意装出忙碌的样子。我们进来的时候,他正坐在转椅上——仿佛矮胖版的塔特先生[1]——脚搁在桌上,抽着一支几乎和他一样胖的雪茄,得意扬扬地凝视着墙上一幅布满灰尘的钢板蚀刻版画,上面刻画的是威廉·布莱克斯通爵士[2]。"啊,"我们介绍完自己后,他懒洋洋地说,"我正要见你们呢。请原谅我没有站起来——我有点儿胖。别看我不爱动,却依然代表着法律的尊严……休姆告诉我,萨姆小姐,你在道的案子上有新发现。"

"他什么时候告诉你的?"雷恩先生厉声问道。

"刚给我打了电话。他很友好,对吧?"柯里尔用他那双机敏的小眼睛打量着我们,"为什么不让我知道呢?老天做证,在这桩该死的案子上,我需要所有的帮助。"

"听着,柯里尔,"父亲说,"我们对你一无所知。你为什么接这桩案子?"

律师微微一笑,宛如一只胖猫头鹰:"这问题好奇怪啊,探长。你为什么这么问?"

他们平静地望着对方。"哦,没什么。"父亲耸耸肩,终于开口道,"请告诉我,你接这桩案子是例行公事,还是说你真的相信道是无辜的?"

柯里尔慢吞吞地说:"毫无疑问,他有罪。"

---

[1] 美国律师、法律惊悚小说作家阿瑟·特雷恩(Arthur Chesney Train, 1875—1945)笔下虚构的律师。

[2] 威廉·布莱克斯通(William Blackstone, 1723—1780),英国法学家、法官、托利党政治家,有多部法学著作,对英美法系产生了重大影响。

我们面面相觑。"给他讲讲吧，帕蒂。"父亲闷闷不乐地说。

于是，我疲倦地把事实从头到尾又分析了一次，这在我看来已经是第一百次了。马克·柯里尔静静地听着，既不眨眼，也不点头，更不微笑，看起来似乎毫无兴趣。但我讲完之后，他摇了摇头——就像约翰·休姆一样。

"推理很精彩，但是行不通，萨姆小姐。你用这种故事是说服不了乡巴佬陪审团的。"

"用这种故事说服陪审团是你的工作！"父亲厉声回敬道。

"柯里尔先生，"老绅士温和地说，"暂时忘掉陪审团吧。你怎么看？"

"这有什么区别吗，雷恩先生？"他喷出一团烟雾，如同军舰释放出隐蔽自己的烟幕，"我当然会尽力而为，可你们这些人有没有想过，你们今天在道的牢房里玩的小把戏，可能会要了那傻瓜的性命？"

"别危言耸听，柯里尔先生，"我说，"请解释下你是什么意思。"我说这话的时候，注意到雷恩先生在椅子上微微缩了一下，眼睛里充满痛苦。

"你们这样做正中地方检察官下怀。"柯里尔说，"在没有证人的情况下对被告进行实验，这是非常愚蠢的，难道你们不知道？"

"可我们就是证人啊！"我大叫道。

父亲摇摇头。柯里尔笑道："休姆可以轻易证明你们都有偏见。你在城里逢人就说你认为道多么无辜，不是吗？"

"有话直说。"父亲低吼道。雷恩先生在椅子里陷得更深了。

"好吧，那我说。你们知道你们给自己招来了什么麻烦吗？

155

休姆会在法庭上说，你们找道事先做了排练，好在法庭上演戏！"

我想起来了，是那个监狱看守！我的预感果然没错。我把目光从雷恩先生身上移开，他一动不动地坐在椅子上，一副心灰意懒的样子。

"这正是我担心的。"雷恩先生终于喃喃说道，"在休姆的办公室里，我突然想到了这一点。这是我的错误，我没有任何理由为自己辩解。"他明亮的眼睛蒙上了一层阴影，然后他直截了当地说："好吧，柯里尔先生，既然是我的愚蠢造成了这次失误，那我就用唯一可行的方式来补偿吧——用钱。你的聘用定金是多少？"

柯里尔眨眨眼，缓缓答道："我接这桩案子，是因为我为那个可怜的家伙感到难过……"

"确实。但还是报个价吧，柯里尔先生，也许这会促使你产生更英勇的同情心。"老绅士从口袋里掏出支票簿，准备好钢笔。一时间，只能听到父亲沉重的喘息声。接着，柯里尔十指相抵，冷冷地说出一个数目，令我惊愕不已，父亲的大下巴也差点儿掉下来。

但雷恩先生默默开出了支票，放在律师面前："请不要吝惜必要的经费，我会付账的。"

柯里尔微微一笑，斜瞥了一眼桌上的支票，大大的鼻孔微微翕动起来。"雷恩先生，冲这笔定金，就算是'杜塞尔多夫疯子'[1]，

---

[1] 指彼得·库尔滕（Peter Kürten，1883—1931），德国连环杀手，当时的媒体将其称为"杜塞尔多夫吸血鬼"。

我也愿意为他辩护。"他小心翼翼地把支票塞进和自己一样肥的皮夹里,"我们要做的第一件事就是找专家做证。"

"是啊!我在想——"

他们就这样谈论下去,我只听到一片喃喃低语。唯一清晰的声音,就是阿伦·道的丧钟。除非有奇迹发生,否则这丧钟将注定在他的头上敲响。

第十一章
审　判

　　过去的几个星期，我发现自己在绝望的泥潭里越陷越深。我看不清前方，只能瞥见从这个陷阱上方的一条裂缝中透进来的一缕暗淡微光。阿伦·道在劫难逃——这句话在我脑海中反复出现，塞满了我的脑子。我像幽灵一样在克莱家游来荡去，由衷地希望自己死了算了。我担心杰里米会觉得我是个令人沮丧的同伴。我对周围的活动兴致索然。父亲常和雷恩先生在一起，同马克·柯里尔没完没了地开会。

　　随着审判阿伦·道的日期的确定，我猜老绅士正在准备一场艰苦的法庭大战。偶尔见到他，他都是一副不苟言笑、沉默寡言的样子。看来，他已经把取之不尽的资源交给柯里尔支配了。老绅士在利兹到处奔走，与当地医生协商，让他们在法庭上提供协助，对被告进行测试。地方检察官方面对这桩案子讳莫如深，他努力刺探情报，但收效甚微。最后，他打电报到纽约，请自己的医生马蒂尼到纽约州北部参加审判。

所有这些工作让老绅士和父亲忙得不可开交,而我只能坐着干等,承受痛苦的煎熬。有几次,我试图去牢房看望阿伦·道,但由于严禁外人探监,我到了等候室就再也进不去了。我本可以在柯里尔的陪同下拜访道——柯里尔当然有权见自己的委托人——但出于某种原因,我再一次退缩了。我对这位利兹的律师产生了莫名的厌恶,一想到要和柯里尔一起进牢房见被告,我就隐隐感到恶心。

日子就这样一天天流逝,终于到了开庭那天[1]。审判在一片狂欢中开始——报社的特约记者蜂拥而至,街道上人潮汹涌,小贩趁机沿街叫卖,旅馆里塞满来旁听的市民,公众情绪激昂。从一开始,律师和检察官就剑拔弩张。随着审判的进行,两者竟然由相互对抗发展为彼此仇恨,这是所有人始料未及的。对站在被告席上的那个人来说,这种氛围有百害而无一利。或许是由于良心不安或者优柔寡断,年轻的休姆没有亲自出马,而是让助理地方检察官斯威特来负责起诉。斯威特和柯里尔在法官席前刚一落座,就像饿狼一样撕咬起来。我猜他们是不共戴天的死敌,至少从他们在法庭上对彼此的态度来看是这样的。他们用最恶毒的语气诘问对方,多次因出言不逊遭到法官的严厉申斥。

从一开始,我就看出我们的所有努力都是徒劳的。从候选名单中挑选陪审员的工作本来就沉闷,而柯里尔几乎每次都会提出反对意见,以致花了整整三天才确定陪审团。我一直避免去看那个可怜的小老头儿。他蜷缩在被告席上,不时瞪大眼睛望向法官,又恶狠狠地盯着斯威特和他的助手,自言自语,每隔几分钟就转过头来,好像

---

[1] 原文为德语。——编者注

在寻找一些慈祥的面孔。我知道，我身边那位沉默的老人也知道，阿伦·道在找谁。道默默地向我们反复求助，那抓住最后一根稻草的表情让我很不舒服，也让雷恩先生憔悴面庞上的皱纹更深了。

我们几个肩并肩地坐在报社记者后面的有利位置上。伊莱休·克莱和杰里米也同我们在一起。几个座位之外，过道另一侧坐着艾拉·福西特医生，他一边摆弄自己的短胡子，一边大声叹息，希望博得公众同情。我还注意到坐在法庭后部的那个男人婆范妮·凯泽，她一动不动，好像生怕引起别人注意。缪尔神父和马格努斯典狱长坐在法庭的尾部，我瞥见卡迈克尔平静地坐在他们左边不远处。

律师和检察官都满意的最后一名陪审员终于被选出并宣誓就职。我们坐在各自的椅子上，静待审判进行。我们等待的时间并不长。助理地方检察官斯威特开始用间接证据编织针对被告的天罗地网，我们立刻看出谁占上风。他传唤证人出庭，证实了本案的若干表面事实。在凯尼恩、布尔医生和其他人按固定程序提供证词之后，卡迈克尔被叫上证人席。他的表情严肃而恭敬，这让斯威特一时误以为他在和一个傻瓜打交道。但斯威特很快就不再对卡迈克尔抱有幻想，因为他发现这个证人实际上诡计多端。我转过身来，看见福西特医生脸色阴沉，十分不悦。

卡迈克尔直截了当地讲述了事情经过，将"秘书"角色扮演得尽善尽美。他不断强迫斯威特用更清晰的措辞重复问题，以至于审判刚开始不久，斯威特就沉不住气了……卡迈克尔在证人席上做证的过程中，那截木盒，以及那封用铅笔潦草写成、落款为"阿伦·道"的信，都作为证物被提交到堂上。

随后，马格努斯典狱长被带上证人席，重复了关于福西特参议员参观阿尔贡金监狱的证词。由于马克·柯里尔的强烈反对，这些证词中的大部分都被从记录中删除了，但无论是删除的部分还是保留的部分，都给陪审团留下了深刻的印象——大部分陪审员是头发花白的富裕农场主和当地商人。

激烈交锋持续了好几天。很明显，斯威特向法庭提交所有的证据之后，证明被告有罪的任务就圆满完成了。我能从法庭上弥漫的气氛感觉到这一点。无论是记者意味深长的点头，还是陪审员紧张而专注的面孔，都表明斯威特赢了。

马克·柯里尔平静地展开辩护，似乎没怎么受到法庭上不利态势的影响。我立刻看出他在想什么。他、父亲和雷恩先生都认为，唯一能成功的辩护方法，就是以极其简单的方式，强调我们的推理所依据的证词细节，并向陪审团推导出我们的重要结论。我还看得出，柯里尔先前巧妙地挑选了陪审员——每当有候选陪审员表现出愚钝的倾向时，他就会以各种借口提出质疑，否定这一人选，最终选出了一个平均智力水平很高的陪审团。

柯里尔律师一步步地奠定了推理的基础。他把卡迈克尔叫到证人席上。卡迈克尔第一次做证说，他在谋杀案发生那晚曾躲在房外监视，看见一个裹得严严实实的神秘人物来访，而谋杀案发生期间，只有一个人进出过房子。在交叉盘问[1]环节，斯威特满怀敌

---

1 又称为"交叉询问"或"反询问"，指在审理程序中，一方当事人对对方提供的证人进行询问。

意，试图质疑卡迈克尔的证词。他的提问恶意满满，回答一有不慎，就可能招致溃败。但卡迈克尔平静地解释说，他之所以先前没透露这一证词，是因为他担心失去秘书工作——他这样说，就巧妙地掩盖了他监视已故参议员的真正任务。我回头看了眼福西特医生，他脸上乌云密布。我明白，卡迈克尔为政府做的秘密调查注定要立即停止了。

这场可怕的闹剧还在上演。布尔医生、凯尼恩、父亲、当地警察局的一位专家……他们逐一出庭做证。我的推理所依据的众多事实浮出水面。柯里尔狡猾地施展手段，让人把这些事实都记录在案，最后才传唤阿伦·道出庭做证。

那可怜的家伙简直令人不忍直视——他吓得半死，念誓词时边舔嘴唇边咕哝，弯腰驼背，在椅子上扭来扭去，仅剩的那只眼睛不停地转来转去。柯里尔很快开始提问。我可以看出道受过训练。质询和回答都局限于大约十年前过失杀人的前科上，这就等于先将了助理地方检察官一军，以免他接下来利用那桩案子做文章，问出什么不利于被告的证词。柯里尔每次提问都会遭到斯威特的大声反对，但每次都被法官驳回，因为柯里尔柔声指出，先询问旧案对于做出强有力的辩护是必不可少的。

"我将证明，法官大人，"他平静地说，"以及陪审团的各位先生[1]，福西特参议员是被一个惯用右手的人刺死的，而被告惯用左手。"

胜负在此一举。陪审团会接受我们请来的医学专家的意见

---

[1] 纽约州到1937年才允许女性成为陪审员，而本书写于1933年。

吗？斯威特是否准备了应对之策？我看着他那张蜡黄的脸，不由得心头一沉。他就像一个早就等得不耐烦的猎人，期待着这一刻的到来……

一切都结束了，战斗的硝烟已经散去，我呆呆地坐在座位上。我们的那些专家！他们把事情搞砸了。即使是雷恩先生的私人医生，一位大名鼎鼎的执业医生，也无法说服陪审团。因为斯威特也找来了一批专家，这些人公开质疑我的假设，认为"惯用右手"的人在变成"惯用左手"之后，未必会从"惯用右脚"变成"惯用左脚"。医生一个接一个地出庭，做出冗长而乏味的陈述，每个出庭做证的医生都会推翻前一个医生的证词，让事情陷入僵局，结果可怜的陪审团根本不知道谁的观点是正确的。

打击接踵而至。马克·柯里尔小心翼翼地对我们的推理做出一番简明扼要的解释，表现得十分出色，但斯威特的反驳将这番努力化为乌有。绝望中，柯里尔传唤雷恩先生、我和父亲出庭做证，希望通过我们在牢房里对道进行实验的结果，弥补专家莫衷一是的证词。斯威特立刻抓住机会展开反击，恶狠狠地盘问我们。曲解我们的证词之后，他请求法官允许他传唤另一名证人。结果那人就是县监狱那个面目狰狞的看守。此人故意指控我们找道排练双脚反应，好在法庭上演戏。柯里尔扯着稀疏的头发尖声抗议，差点儿对斯威特拳脚相向。但看守的证词造成了恶劣的影响：我看出陪审团已经拿定主意，相信斯威特的指控是真的……我呆呆地坐在那里，看着证人席上的阿伦·道被迫在众人面前出丑。一连几小时，这个可怜的家伙被折腾得筋疲力尽。他先是被人又捏又打，测试神经反应；然后他又被命令用左手抓东西，用脚踩地——先用两只脚，再用一只脚，又用另一只脚，总之就是以各种各样的姿势做各种各样的动作；最后他累得气喘吁吁，吓得濒临崩溃，似乎宁愿接受定罪，也不想再受折磨了。围绕阿伦·道的一系列令人厌烦的盘问与测试，令现场气氛更加阴郁，也更加充满不确定性。

审判的最后一天，柯里尔做总结陈词时，我们都看到了不祥之兆。他打了一场硬仗，输了，他自己也明白这一点。尽管如此，他还是展现出顽强坚韧的性格。我想，他决定为那笔丰厚的报酬拼尽全力——作为一名负责的律师，他虽败犹荣。

"我要告诉你们，"他对无精打采、不知所措的陪审团怒吼道，"如果你们把这个人送上电椅，就会对司法界和医学界造成二十年来最严重的打击！控方巧妙编造了对被告的不实指控，那些令这个可怜的糊涂虫陷入罗网的似是而非的间接证据，只是命运的巧合罢了。你们已经听到了专家的证词：出于习惯，不论以什么姿势，被告都会本能地用左脚踩灭那张燃烧的纸。你们知道，凶手是用右脚踩的，而那天晚上只有一个人在死者遇害的那个房间。既然如此，你们怎么能不相信被告是无辜的呢？斯威特先生很聪明，但聪明过头了。不管他找到多少专家来证明相反的观点，我都要说，他不能质疑辩方的首席专家马蒂尼医生。马蒂尼医生在纽约声望卓著，其个人诚信、职业声誉和高度专业化的知识都不容毁谤！"

"陪审团的各位先生，我要告诉你们，不管表面上的证据多么确凿，不管检察官灌输的那套辩方预先串通排练的说法多么狡诈，你们都无法昧着良心，判处这个不幸的可怜人为他根本不可能犯下的罪行死在电椅上！"

经过陪审团六个半小时的审议，阿伦·道被判有罪。

鉴于部分证据存在争议，陪审团敬请法庭从宽处理。

十天后，阿伦·道被判终身监禁。

第十二章
余　波

　　柯里尔提出上诉，但上诉被驳回。阿伦·道被戴上手铐，由身材魁梧的副警长押回阿尔贡金监狱服刑。除非他死去，否则刑罚就不会结束。

　　我们从缪尔神父那里了解了大致情况。按照惯例，道被重新投入阿尔贡金监狱后，受到的待遇和所有新囚犯完全一样。虽然之前被关押过，但他还是不得不再次经历那套可恶的监狱例行程序，才能恢复先前在监狱的地位，争得那点可怜的"优待"。倘若他能活着，而且循规蹈矩，博得看守的怜悯，就会成为让迷失的灵魂经受残酷统治的那个世界中的有用一员。

　　日复一日，周复一周，哲瑞·雷恩的沮丧和痛苦没有丝毫减轻。我惊叹于老演员的坚持不懈。他拒绝考虑返回哈姆雷特山庄，而是固执地和缪尔神父待在一起，白天在神父的小花园里晒太阳，晚上偶尔同缪尔神父和马格努斯典狱长谈话。在后一种情形下，他总会刨根究底地询问阿伦·道的情况，直到典狱长无言以对。

我一直都知道，那位老绅士在等待什么事发生。但他留在利兹究竟是因为真的抱有希望，还是因为对道蒙受的巨大冤屈感到难以释怀，我却无法断定。无论如何，我们都不能抛弃他，于是我和父亲也留在了利兹。

这段时间确实发生了一些事，但同福西特谋杀案只存在模糊的关联。福西特参议员死后，所有反对派报纸都几乎不加掩饰地揭露了福西特一伙以权谋私的丑行，福西特医生的政治地位岌岌可危。虽然约翰·休姆对福西特谋杀案的审判结果尚存疑虑，但为了在州参议员竞选中胜出，他还是开始公开攻击已故的参议员。他巧妙揭发了福西特的种种丑闻。在他看来，既然他的对手罪大恶极，那他无论怎样反击都无可厚非。关于已故参议员的人品和事业的龌龊谣言在城里流传开来，而且每天都有新的猛料爆出。显然，休姆和鲁弗斯·科顿在调查参议员谋杀案时得到的情报，如今正化为一枚枚炮弹朝敌人射去，而且成效斐然。

但是，福西特医生没有轻易认输。他的政治天赋，还有他的成功秘诀，都在他的报复行动上得到了体现。一个缺乏想象力的政坛大佬，可能会通过谩骂来反驳休姆的严厉指责。但福西特医生不会。他对所有的诽谤都保持着高贵的沉默。

他唯一的回应是推举伊莱休·克莱竞选参议员。

我们依然留在克莱一家做客。我得以观察到尔虞我诈、钩心斗角的整个竞选过程。伊莱休·克莱虽然富甲一方，却没有为富不仁，在蒂尔登县口碑载道。他是慈善家，也是商界的中流砥柱，在利兹商会里的地位举足轻重，在工人中也享有慷慨仁慈的美誉——在福西特医生看来，伊莱休·克莱是与主张改革的约翰·休姆竞争的理想人选。

一天晚上，福西特医生登门拜访，和伊莱休·克莱闭门密谈了两小时。我们这才第一次了解到医生的打算。他们最后结束讨论，走出房间时，福西特医生的表情一如既往地世故油滑。他开车走后，我们看到克莱先生面容扭曲，表情怪异，犹豫中又透出窃喜。

"你们绝对猜不到那家伙想要我做什么。"他用讶异的口吻说，仿佛连他自己都不敢相信。

"他想让你成为他的政治玩偶。"父亲慢条斯理地说。他也有一语中的的时候。

克莱瞪大了眼睛："你怎么知道？"

"很简单，"父亲冷冰冰地说，"他那种诡计多端的恶棍自然会冒出这种念头。他想让你干什么？"

"他想让我顶替他弟弟，接受参议员竞选提名。"

"你也是他那个政党的？"

克莱脸红了："我相信那个政党的原则——"

"爸爸！"杰里米咆哮道，"你不会是想同那个无耻之徒联手吧？"

"哦，自然不会。"克莱急忙说，"我当然拒绝了。但是，见鬼，他几乎让我相信，这次他是绝对真诚的。他说，为了本党的利益，需要一个坦率诚实的候选人——呃，就像我这样。"

"噢，"父亲说，"你为什么不接受提名呢？"

我们都瞪大眼睛望向父亲。

"真有意思。"父亲呵呵一笑，津津有味地咬着雪茄，"你得以其人之道还治其人之身，克莱。他给了我们可乘之机。你就接受这个提名吧！"

"可是，探长——"杰里米惊愕地说。

"少管闲事，孩子。"父亲笑道，"难道你不赞成你老爸当参议员吗？听着，克莱，到现在为止，我们都很清楚，我们偷偷调查你的合伙人是不可能取得任何进展的。他太精明了。好吧，既然如此，我们就跟他合作。你接受他的提议，加入他们那个团伙……明白了吗？说不定你还能弄到一些书面证据呢。那很难，但这帮自诩聪明的家伙在被成功冲昏头脑的时候，往往会犯下愚蠢的错误。而且，只要你能在选举前搞到证据，就可以在最后一刻全身而退，把你的支持者的罪行公之于众，给他致命一击。"

"我不喜欢这样。"杰里米嘟囔道。

"呃，"克莱说，不安地皱着眉，"这……我不知道，探长……这似乎是一种相当卑鄙的做法。我——"

"当然，"父亲心不在焉地说道，"这需要勇气。不过，如果你揭发了他们那伙人的恶行，不仅能让你自己获益，也会大大造福于本县人民。你将成为市民英雄，千真万确！"

"嗯。"克莱的眼睛亮起来，"我从来没有这样想过，探长！也许你是对的。没错，我相信你是对的。我要试试看。我现在就给他打电话，告诉他我改变主意了！"

我按捺住抗议的冲动。抗议有什么用？同时我在心里摇了摇头。我对父亲的诡计的成效不太乐观。在我看来，那个精于盘算、野心勃勃、留着凡·戴克式胡须的医生，几个星期前就看穿了父亲

169

的意图，怀疑父亲正在调查克莱公司的账目和文件。他明知克莱会拒绝，还是提出希望克莱接受参议员竞选提名，因为他知道父亲肯定会敦促克莱同意。也许这是我神经过敏，胡乱猜测，但有一件事意义重大（这是我从父亲那里知道的）：几乎就在我和父亲来到利兹市的同时，克莱与福西特为之暗暗较量的可疑交易就踪影难觅了。那位先生隐蔽起来，低调行事。他还企图通过提名伊莱休·克莱代表他们那伙人参选，让这位诚实的公民染上污名，甚至可能引诱他参与某些非法勾当，好使他永远闭嘴，无法揭发他的隐名合伙人。

无论如何，这一切只是我的怀疑，而且我觉得父亲多半也心知肚明，所以我没有说出自己的想法。

"这又是福西特的鬼把戏！"见父亲站起来要进屋，杰里米喊道，"探长，你的建议糟糕透顶。"

"杰里米。"他的父亲生硬地说。

"对不起，爸爸，但我不会闭嘴。我告诉你，如果你听从探长的建议，会给自己惹一身麻烦。"

"为什么不让我自己来决定呢？"

"好吧，我让你自己决定。"杰里米猛地站起来。"你会死无葬身之地的，爸爸。"他阴森森地说，"到时候别怪我没提醒你。"

他匆匆道过晚安，大步走进屋里。

第二天吃早餐的时候，我发现我的餐盘上有一张字条。伊莱休·克莱似乎气得脸色发白。杰里米在那张语气悲伤的小字条上说他走了——回去工作了。他现在必须"为爸爸经营生意，因为爸爸会忙于竞选，没空打理"。可怜的杰里米！吃晚餐时他出现了，一声不吭，满脸严肃。此后的许多天，他都没怎么好好陪伴我这个急需鼓励的姑娘。少女般的鲜嫩肤色正弃我而去，而诗人通常会痛惜"朱颜辞镜"，认为这预示着青春的死亡。我甚至会对着镜子审视自己的头发，暗暗搜寻白发。找到一根看似发白的发丝时，我不由得一头扑倒在床上，真希望自己从来没听说过阿伦·道、杰里米、利兹和美利坚合众国。

阿伦·道被审判和定罪后，我们这个调查团队立刻遭到了近乎致命的打击。我们一直与卡迈克尔保持着联系，他能给我们提供有关福西特医生的宝贵线索。不过，要么是联邦探员高估了自己的实力，不慎露出了马脚；要么是福西特医生眼光毒辣，识破了他的伪装；抑或是他在审判中的证词引起了雇主的怀疑——不管是哪种原因，或是三种原因都有，反正最终的结果是卡迈克尔突然被解雇了，福西特医生没有给出任何理由。一天早晨，卡迈克尔闷闷不乐地来到克莱家，手里拿着包，说他要回华盛顿。

"工作只完成了一半。"他抱怨道，"再过几星期，我就能掌握那伙人的犯罪证据了。现在，我不得不拿着不充分的文件证据回去复命。不过，我握有一些很有价值的银行存款记录、若干作废凭单的影印件，还有一份有你胳膊那么长的假存款人名单。"

卡迈克尔离开前向我们承诺，一旦他把工作成果交给华盛顿的上司，联邦政府就会采取必要的法律措施，惩罚蒂尔登县这股政治恶势力。但父亲和我都觉得，目前的形势确实对福西特医生更有利。潜入敌营的密探被赶走之后，我们的情报来源就断了。

我反复思考着如何打破被动局面，心情无比低落；父亲则闷闷不乐，满腹牢骚；伊莱休·克莱忙着宣布参选参议员，并展开了竞选活动；杰里米在他父亲的采石场里摆弄炸药，全然不顾断胳膊少腿，甚至丢掉性命的危险。就在这时，我忽然想到了一个主意：既然卡迈克尔走了，应该有人接替他的位置，我为何不去试试？

我越想越喜欢这个主意。福西特医生肯定早就怀疑父亲来利兹的真实目的，但他贪恋女色，而我外表天真无邪，他没有理由不中我的美人计。过去有许多坏人比他更厉害，却照样没能抵抗住美色的诱惑。

于是，我瞒着爸爸，煞费苦心地与这位留着凡·戴克式胡须的先生搞好关系。我的第一步就是故意在城里碰到他——哦，完全是偶遇！

"萨姆小姐！"他惊叫道，像鉴赏家一样热切又细致地打量着我——为了这次会面，我精心打扮了一番，还故意凸显了自己身上的优点。"太让人惊喜了！你知道，我一直想去看看你。"他继续说道。

"真的吗？"我顽皮地问。

"哦，我知道是我疏忽了。"他淡淡一笑，舔了舔嘴唇，"不过——我马上就补偿你！和我共进午餐吧，小姐。"

我故作腼腆："福西特医生！你占有欲也太强了吧。"

他两眼放光，捋了捋胡子。"是的，强得超乎你想象。"他用一种低沉而亲切的声音说，拉住我的手，无比温柔地捏了一下，"这是我的车。"

于是我叹了口气，他扶我上了他的车。我看到，他紧跟我上车的时候，冲那个面容冷酷的司机路易斯眨了眨眼。我们驱车来到一家路边旅馆——几个星期前,我和父亲就是在这里与卡迈克尔碰面的——旅馆经理[1]大概认出了我,尽量庄重地斜瞥了我一眼,然后将我们领进包间。

我本以为自己不得不仿效维多利亚时代小说中的女主人公,为捍卫贞洁而战,结果根本没有这个必要,我不由得松了口气。福西特医生是一位魅力非凡的东道主,我对他的评价有所提升。他并不粗鲁。我猜,他将我视为新鲜年轻的潜在猎物,但他不想操之过急,吓跑猎物。他给我点了一份精致的午餐,配以上好的葡萄酒,隔着餐桌握了握我的手,然后送我回家,全程没有说一句不雅的话。

我扮演春心萌动的少女,等待着他的下一步行动。我认为我的情郎肯定还有后手。果不其然,几天后,他打电话请我一起去看戏——城里有一家还算凑合的轮演剧团正在演出《康蒂妲》[2],他认为我可能会喜欢看。在此之前,我只看过六次《康蒂妲》——无论是大西洋的这边还是另一边,每个心怀憧憬、对女人大献殷勤的男人似乎都认为,萧伯纳的这部戏剧是一场风流韵事[3]的合适序幕。尽管如此,我还是柔声说:"哦,医生,我从没看过那部戏,真的好想去看看。我听说那部戏大胆得可怕!"(这纯粹是胡说八道,因为比起同时代其他情欲色彩更重的作品,《康蒂妲》简直就

---

[1] 原文为法语。——编者注
[2] 爱尔兰剧作家萧伯纳(Bernard Shaw,1856—1950)创作的一部喜剧,主角是神父詹姆斯·莫雷尔、他的妻子康蒂妲和年轻诗人尤金·马奇班克斯,后者试图赢得康蒂妲的芳心。——编者注
[3] 原文为法语。——编者注

跟春天的傍晚一样温和无害。）我听见他低声笑起来，答应第二天晚上来接我。

戏演得还不错，我男伴的态度也无可挑剔。我们是跟着一群人一起来看戏的，他们都是利兹市的名流要人，太太们打扮得珠光宝气，先生们则几乎个个长着松弛红润的双下巴，还有一对政客特有的疲惫而狡猾的眼睛。福西特医生像影子一样跟在我身边。看完戏，他漫不经心地建议"大家"去他家喝鸡尾酒。哈！我想，情况终于有变化了——我露出怀疑的神色。"这样合适吗？我是说……"他开怀大笑，让我放心好了！"哎呀，亲爱的，你父亲不可能有什么反对意见……"我叹了口气，让步了，活像一个愚蠢的女学生在做一件非常非常淘气的事。

不过，那个晚上也不是完全没有危险。仿佛是事先商量好了一样，其余的人都在路上散去了。我和医生到达他那座华丽大宅时，一行人奇迹般地减少到两个——他和我。我承认，他为我打开前门，让我走进房子时，我有些害怕，因为我上回踏足此地，房子里还躺着一具尸体。与其说我害怕的是后面那个活人的威胁，不如说是先前那具死尸。经过已故参议员的书房时，我注意到里面的家具已经重新摆放过，所有的犯罪证据都被挪走了，不由得松了一口气。

果不其然，我进屋之后，福西特医生便卸下伪装，色欲勃发，以为自己可以为所欲为，并且毫无危险。他不停地给我喝调制得很烈的鸡尾酒。但在我毕业的那所大学，有技巧的喝酒乃是必修课。尽管我竭力装出喝醉的样子，我的酒量还是让他大吃一惊。这个晚上，我的男伴抛弃绅士风度，露出了本来面目。他把我拉到一张长沙发上，开始用完美的技巧向我求爱。我必须既像平衡舞舞者一样身体敏捷，又像哲瑞·雷恩一样演技高超，这样才能防止被他占便宜，同时避免暴露自己的真实目的。我好不容易才从他的拥抱中挣脱出来，但让我最得意的是，我一方面成功地拒绝了他的求爱，另一方面又继续刺激着他对我的兴趣。事实证明，为尝到我这一道美味佳肴，他愿意耐心等待。我想他有一半的享受来自期待。

就这样，我在他的城墙上打开了一道缺口，紧接着我就派出了突击队。我经常造访福西特医生的老巢——频繁程度和他求爱的热烈程度成正比。事实上，正是他的热烈求爱促使我频频造访。阿伦·道被关进阿尔贡金监狱后，这种冒险生活持续了一个月。在这一个月中，我如履薄冰，最麻烦的是，我还得应付疑神疑鬼、问东问西的父亲，还有闷闷不乐、霸道强势的杰里米。那个小伙子真的非常讨厌。有一次，他不满意我跟城里某个人交了"朋友"的解释，竟然偷偷跟踪我。我不得不像鳗鱼一样潜入人流之中钻来钻去，才终于甩掉他。

我记得，某个星期三的晚上，机会总算出现了。我去拜访福西特家的时间比医生预计的早得多。走进一楼诊疗室旁边的私人书房时，我让他有些措手不及，而他正在研究书桌上的东西——一件非常奇特的东西。他抬起头，低声咒骂了一句，然后露出笑脸，同时匆匆把东西放进最上层抽屉。我不得不咬紧牙关，尽量不露出惊讶。那是——哦，不可能！可是我亲眼看到了。那东西终于现身了。难以置信，那东西终于现身了。

那天晚上离开医生家的时候，我兴奋得浑身发抖。他连求爱都敷衍了事，我不需要像往常那样费力就躲了过去。他为什么失态？

我毫不怀疑，他满脑子都是他书桌最上层抽屉里的那个东西。

于是，我没有沿车道走到停车的地方，而是偷偷绕到房子侧面，朝福西特医生书房的窗户走去。如果说到目前为止，我所有的拜访都没有达到目的——我的目的是尽可能拿到对医生不利的文件——那么我敢肯定，这次来访的收获将超乎想象。我要找的不是什么文件，而是更重要的东西。一想到那东西，我就喉头发紧，心脏狂跳，那声音之大，我甚至担心福西特医生隔着墙都能听到。

我把裙子拉到膝盖以上，抓住一根结实的藤蔓，爬到可以看见书房内部的位置。我默默地感谢神灵赐给我一个没有月亮的夜晚。我从外面的窗台往里窥视，发现福西特医生正在桌前。我差点儿得意地尖叫起来。果然不出我所料！他刚把我打发走，就冲回去研究抽屉里的那件东西了。

他坐在那里，瘦削的面庞因激动而变得模糊，凡·戴克式胡须充满恶意地支棱着，手指抓住那个东西，好像要用巨大的力量把它捏得粉碎。那是什么东西？一封信——不，是一张字条！就放在他面前的书桌上。他恶狠狠地捡起字条，面目狰狞地读起来。我激动得在藤蔓上失去了平衡，砰的一声掉到下面的碎石地上，动静之大，简直能惊醒死人。

他肯定像闪电一样从椅子上跳起来，奔向窗户。因为我伸开四肢坐在碎石地上，刚回过神，就抬头看见他的脸出现在窗户内侧。我吓坏了，一动也不能动。他的脸像周围的夜色一样黑。我看见他龇牙咧嘴地咆哮了一声，砰地关上了窗户。恐惧使我重新振作。我急忙爬起来，像风一样沿小路跑走了，隐约听到他又跳出窗户，双脚咚的一声落在地上，然后啪嗒啪嗒地拼命追赶我。

医生喊道:"路易斯!抓住她,路易斯!"我面前的黑暗中浮现出那名司机的壮硕身影,他伸出猿猴一样的手臂,冷酷的嘴角挂着狞笑。我踉踉跄跄地跌进他怀里,几乎昏了过去。他用铁钳一样的手指紧紧箍住我。

福西特医生喘着粗气跑上来,一把抓住我的胳膊。我疼得叫出了声。"你原来是个间谍!"他嘟囔道,紧盯着我的脸,仿佛还不敢相信。"你差点儿骗过我,你这小恶魔。"他抬起头,匆匆吩咐司机,"走开,路易斯。"

司机说:"是,老板。"然后他消失在黑暗中,嘴角依然挂着狞笑。

我吓呆了,在福西特医生手里蜷成一团,头晕目眩,两股战战,又心慌又反胃。我记得他故意凶狠地摇晃我,在我耳边粗声粗气地骂难听的脏话。我瞥见他的眼睛,他眼球暴突,迸射着杀人凶手眼中才见得到的狂热光芒……

当时究竟发生了什么,我永远也记不起来了。我不知道是自己挣脱了他的魔掌,还是他主动让我走的。但我清晰地记得,在那之后,我跌跌撞撞地走在沥青马路上,晚礼服不停地绊到脚后跟,福西特医生的手指在我胳膊上留下一道道火辣辣的红印,我的胳膊像被铁条烙过一样。

过了一会儿,我停下来,靠在一棵黑漆漆的老树上休息。微风吹凉了我滚烫的脸颊,我流下了饱含羞耻和宽慰的苦涩泪水。那一刻,我比任何时候都更想念爸爸。明明是个女人,竟然还想当侦探!我擦去脸上的泪水,抽了抽鼻子。我应该坐在壁炉旁织毛衣才对……就在这时,我听到一辆汽车沿着马路向我这边慢慢驶来。

我蜷缩身子，紧贴树干，几乎喘不过气来，瞬间又因恐慌而浑身僵硬。是不是福西特医生追上来，要将他刚才眼中闪现的杀意付诸实施？车头灯绕过弯道，扫入视野。车开得特别慢，司机好像在犹豫……然后，我歇斯底里地笑了起来，跑到马路上，像疯女人一样挥舞手臂，尖叫道："杰里米！哦，亲爱的杰里米！我在这里！"

这一次，我感谢神灵缔造了忠实的年轻恋人。杰里米从车里跳出来，把我抱在怀里。看到这张正直友好的脸，我开心极了，任由他吻我，擦干我的眼泪，半扶半抱地将我送上车，坐在他身边。

他自己也吓得不敢提问，这让我更加感激他。不过，我猜那晚他跟踪了我，看见我进了福西特医生家，整夜都在马路上等我出来。他隐约听到庭园里有骚动，就立刻沿车道赶到现场。但那时我已经逃离现场，福西特医生正大步流星地走回家。

"你做了什么，杰里米？"我颤抖着问，依偎在他宽阔的肩膀上。

他把右手从方向盘上拿开，吮吸着指关节，面庞痛苦地扭曲起来。"揍了他一拳，"他干脆利落地说，"只是想试试运气，看能不能阻止他。然后另一个家伙跑过来——我猜是司机。我们打了一小架。他不难对付。我很幸运——那家伙可是头野兽。"

"你也打了他吧，亲爱的杰里米？"

"他不堪一击。"杰里米厉声说。从找到我的最初喜悦中恢复平静之后，他变回了原来的自己，忧郁地注视着前面的路，不再理会我，仿佛默默守护爱人的至高天神。

"杰里米……"

"嗯?"

"你不想听我解释吗?"

"谁——我?我配吗?帕特,如果你稀里糊涂地惹上福西特那种流氓,你就死定了。只有我这种大傻瓜才会掺和进来。你就用这么大一个惊喜来感谢我吗?"

"我觉得你很可爱。"

他沉默不语。于是我叹了口气,盯着前面的路,吩咐杰里米开车去山顶缪尔神父家。我突然觉得自己需要一些成熟的建议,也渴望看到哲瑞·雷恩那张和蔼睿智的面庞。我获得的情报……他会很感兴趣的。我相信这就是他留在利兹的原因。

杰里米把车停在缪尔神父家的小门和开满玫瑰的石墙前。我看到房里黑黢黢的。

"看来家里没人。"杰里米咕哝道。

"哦,真是!好吧,不管怎样,我要去确认一下。"我疲倦地下了车,爬上门廊,按下门铃。出乎意料的是,小门厅里亮起一盏灯,一个矮小的老妇人探出了白发苍苍的脑袋。

"晚上好,小姐,"她说,"你找缪尔神父吗?"

"不是。哲瑞·雷恩先生在吗?"

"哦,不在,小姐。"她压低声音,神情严肃,"雷恩先生和缪尔神父到监狱去了,小姐。我是克罗西特太太——每逢这种时候,我都要过来打理一下。神父——他不喜欢……"

"去监狱了!"我叫道,"这么晚了还去?到底为什么?"

她叹了口气:"今晚要在'死屋'执行死刑,小姐。据说是个纽约的流氓，名叫斯卡尔齐，或者类似的外国名字。缪尔神父要主持临终圣事，雷恩先生去做见证人。雷恩先生想看行刑，马格努斯典狱长就邀请了他。"

"噢。"我不知道该怎么办才好，"我可以进来等吗？"

"你是萨姆小姐吧？"

"是的。"

她苍老的面庞露出喜色。"那就进来吧，萨姆小姐，还有你的绅士朋友。死刑一般在十一点执行，"她低声说，"行刑的这个时间点，我……我有点儿讨厌独自一人。"她无力地笑了笑："监狱这种地方，是非常守时的。"

虽然她很好心，但这些关于死刑的闲谈，我没有多好的心情去听。所以我把杰里米叫过来，一起进入神父那间简朴的小客厅。克罗西特太太想找个话题，但在勇敢地尝试了三次之后，她叹着气离开了。杰里米一脸阴沉地盯着明亮的炉火，我则一脸阴沉地盯着杰里米。

我们就这样坐了半小时，然后我听到前门砰的一声关上。不一会儿，缪尔神父和雷恩先生步履蹒跚地走进客厅。老神父脸色苍白，大汗淋漓，五官痛苦地扭曲着，粗短的小手像往常一样攥着一本封面锃亮的新祈祷书。雷恩先生两眼呆滞，身子挺得笔直，仿佛刚刚瞥见地狱，吓得还没回过神。

缪尔神父向我们点点头，一言不发地坐进扶手椅。老绅士穿过房间，拉起我的手。"晚上好，克莱……佩兴丝，"他用低沉紧张的声音说，"你们在这儿干什么？"

"哦，雷恩先生，"我叫道，"我有个非常可怕的消息要告诉您！"

他的嘴角挤出一抹惨笑。"你说'可怕'，亲爱的？不可能比我……比我刚刚看到的那一幕更可怕。我看到一个人被执行死刑。死刑！令人难以置信的是，夺走一个人的生命竟然那么简单、残酷，令人毛骨悚然。"他打了个寒战，深吸一口气，在我身边的一把扶手椅上坐下来，"你有什么消息，佩兴丝？"

我紧抓住他的手，仿佛那是一只救生圈："福西特医生收到了另外一截小木盒！"

第十三章
一个人的死亡

几个星期后，我才知道那天晚上那个人是怎么死的。此人对我和本案中的任何人都毫无意义，他与道、福西特兄弟或范妮·凯泽毫不相干。此人活得卑贱，死得凄惨，但他的死亡不仅会影响道、福西特和范妮·凯泽，还会影响其他许多人。因为，由于他的死，某些本应永远藏在黑暗中不为人知的问题得到了澄清。

老绅士告诉我，他在缪尔神父家无所事事，只能干等调查结果。这时候，他听说一个叫斯卡尔齐的人即将被处决，此人是黑帮成员，靠暴力存活，也因暴力丧命，他的死对其他人来说乃是福音。哲瑞·雷恩先生对无事可做深感厌恶，而且他一向生活平静，性情温和，好奇心也比较旺盛。在这种好奇心的驱使下，一星期前，雷恩先生询问马格努斯典狱长，他是否可以见证行刑。

他们泛泛地谈论了电刑，这是老绅士所知甚少的话题。"监狱里向来纪律严明，"典狱长说，"这是必须的。但执行死刑的过程非常残暴。死囚牢房当然是独立建筑，但监狱有个地下传信通道，传播消息的速度远超你想象，而且出于显而易见的原因，囚犯对俗称'死屋'的死囚牢房里发生的一切都很着迷。因此，只要安排了电刑，我们就得加强警戒。监狱会经历一段短暂的狂暴期，弥漫着极度恐慌的气氛。这种时候，任何事情都可能发生。说实话，我们必须非常小心。"

"我可不羡慕你的工作。"

"您当然不会。"马格努斯叹了口气，"无论如何，我给监狱定了条规矩，必须由同一批看守执行死刑——我是说，我们会尽量做到这一点。当然，有时候看守会生病，或者出于其他原因不能到场，那我们就不得不找人替补。但到目前为止，还没有出现过这种情况。"

"为什么要这样做？"雷恩先生好奇地问。

"因为，"典狱长用冷酷的声音回答，"我希望由行刑经验丰富的人来执行电刑。你永远不知道现场会发生什么。所以我从平常负责夜班的看守中挑选了七个人，每次都由他们来干这项血腥暴力的工作。两名监狱医生也要到场。"他自豪地说："事实上，在我看来，我已经将执行电刑发展为一门精密的科学。我们从没遇到过麻烦，因为我的看守都经过精挑细选，而且监狱里的日常规定十分严格——比如，白班的看守绝对不会去上夜班。他们都有自己的工作，在紧急情况下，他们知道该怎么做。好啦！"他目光敏锐地盯着雷恩先生："这么说，您想当斯卡尔齐的死刑见证人，对吗？"

老绅士点点头。

"您确定？您知道，那可不是什么令人愉快的事。斯卡尔齐也不是那种笑对死亡的人。"

"那将是难得的经历。"哲瑞·雷恩说。

"没错。"典狱长冷冰冰地回答,"好,那就如您所愿。按法律规定,典狱长应邀请'十二位声誉良好的成年公民'——当然是与监狱没有任何关系的平民——来见证行刑。如果您确信您不介意那种经历,我也会邀请您。相信我,那种经历确实很难得。"

"太可怕了,"缪尔神父不安地说,"天知道我被迫参加了多少次,可我永远也适应不了……适应不了那种不人道的事。"

马格努斯耸耸肩:"我们大多数人都会有同样的反应。有时我也会怀疑自己是否真的认可死刑。你亲自执行死刑后就会发现,即使是夺走一个恶人的生命,其责任也是令人难以承受的。"

"但责任不在你身上。"老绅士指出,"归根结底,责任在州政府。"

"但我必须发出命令,行刑官必须按下开关。这样一来,我们就再难撇清责任了。我曾经认识一位州长,他常常在执行死刑的晚上从州长官邸逃跑,受不了精神上的折磨……好吧,雷恩先生,我会安排的。"

于是,就在我从福西特医生家虎口逃生的那个星期三晚上,雷恩先生和缪尔神父来到了四周矗立着高大石墙的监狱。缪尔神父一大早就离家了,忙着给那个死囚做临终圣事。雷恩先生则在快到十一点时才独自进入监狱大院,并立即在看守的陪同下进入死囚牢房,也就是"死屋"。那是一幢长长的低矮建筑,位于四方形监狱的远端一角,几乎称得上监狱中的监狱。这幢建筑里的气氛诡异而病态,老绅士不由得紧张起来。他终于进入行刑室,那是一个空荡单调的房间,里面摆着两条教堂中常见的那种长凳,还有一把……电椅。

很自然，雷恩先生的注意力马上被那个又矮又宽、棱角分明、坚硬丑陋的死刑刑具所吸引。令他吃惊的是，他发现那东西比他想象中小很多，也远没有想象中可怕。椅背、扶手和椅腿上软弱无力地耷拉着几条皮带，什么东西也没绑，椅背上方的奇怪装置只能让人联想到橄榄球运动员的金属头盔。这一切看上去平平无奇，但在那一刻又显得太古怪，不像是真的。

雷恩先生坐到一条硬邦邦的长凳上，环顾四周。另外十一个见证人已经就座。他们都是上了年纪的男人，每个人都烦躁不安，脸色苍白，一声不吭。他惊讶地发现，鲁弗斯·科顿坐在第二条长凳上。这个矮小的老政客一向面色红润，此时却一脸蜡白，那对奇特的眼睛显得有点儿呆滞，直勾勾地盯着电椅。哲瑞·雷恩有些心烦意乱，身子向后一靠，又扫视了一圈房间。

房间的一侧有一扇小门。雷恩先生知道，那扇门通向停尸房。他思忖着，州政府绝不会给死囚任何复生的机会。医生宣布死囚在法律上已经死亡后，尸体会被立即运到隔壁房间进行尸检。即便有生命火花奇迹般地保留下来，也会在尸检中被完全扑灭。

长凳对面还有一扇门：一扇暗绿色的小门，上面布满铁饰钉。雷恩先生知道，这扇门后是一条走廊。死囚将沿着走廊蹒跚而来，这将是他在世上走过的最后一段路。

这扇门现在打开了，一群神情严肃的人走进来，脚步敲击在坚硬的地板上，发出啪啪的回响。有两人拎着黑皮包——他们是监狱医生，法律要求他们见证所有的行刑，并宣布死囚死亡。有三人穿着朴素，后来哲瑞·雷恩得知他们是法庭官员。按法律规定，他们必须在场,以确保死刑判决被忠实地执行了。还有三人是监狱看守——身穿蓝色制服,表情严肃……然后,老绅士第一次注意到,房间一角有一个凹室,里面站着一个已过中年的魁梧男子。此人正在凹室里摆弄电器。他表情阴郁呆滞,看上去近乎愚笨。他是行刑官!从这一刻起,哲瑞·雷恩才意识到眼前这一切的终极残酷意义,内心深受震撼。他喉头一紧,几乎喘不过气来。这个房间不再像刚才那样虚无缥缈,它仿佛变成了一头恶魔,浑身散发着邪恶的气息。

雷恩先生用模糊的双眼看了看表,时间是十一点零六分。

几乎所有人都立刻僵住了,房间里一片沉沉的死寂。绿门外传来一阵拖着脚走路的声音,有人正平稳而急促地走来。房间里所有的见证人都心神不宁,抓住长凳边缘,像绷紧的弹簧一样身体前倾。除了脚步声,雷恩先生还听见一阵令人脊背发凉的声响:有缓慢的咕哝,有嘶哑的低吼,而盖过这一切的,是"死屋"外面走廊两侧关押着的死囚们发出的动物般的模糊叫喊,仿佛报丧女妖[1]怪异的哭嚎。那些死囚注视着同伴迈着踉踉跄跄的步子,勉勉强强、畏畏缩缩地走过人生最后一段道路。那条路似乎无比漫长,而路的尽头就是永恒的虚无。

脚步声更近了。然后,门无声地打开,他们看到……

马格努斯典狱长脸色苍白冰冷。缪尔神父弯着腰,身体蜷缩,像是快昏倒了,迷迷糊糊地念着祷文,刚才从走廊传进来的就是神父的咕哝。还有每次都必须出现的四个看守。现在所有人都到齐

---

[1] 爱尔兰神话中以恐怖的歌声预告死亡的女妖。——编者注

了，门一下子关闭……有那么一小会儿，中间的死囚被人影挡住，消失不见。然后他再次出现，身影无比清晰，其他人则像幽灵一样消失在背景之中。

那是一个瘦骨嶙峋的高个子，面容憔悴，皮肤黝黑，一脸麻子，面相凶狠。他膝盖微微弯曲，两名看守从腋下架着他。他深灰色的嘴唇间，叼着一支阴燃的香烟。他脚上趿拉着软拖鞋，右边的裤管松垮垮地垂着，从裤脚到膝盖撕开一条长长的口子。他剃着短发，没刮胡子……他其实什么也看不见，尽管他瞪大眼睛盯着长凳上的人，但他的眼神呆滞，毫无生气，仿佛已经失明。他们像操控木偶一样摆弄着他：时而猛拽，时而轻推，时而低声喝令……

不可思议的是，他坐在电椅上，脑袋耷拉在胸前时，嘴里依然抽着烟。七名看守中，有四人像上了油的机器人一样跃上前去，动作极其精准，毫不拖泥带水，一秒钟也没有浪费。第一个看守跪在死囚面前，迅速调整好后者腿上的绑带。第二个看守把死囚的胳膊绑在椅子扶手上。第三个看守把沉重的身体绑带缠绕在死囚的躯干上。第四个看守抽出一块深色的布，紧紧地系在死囚的眼睛上。然后，他们面无表情地站起身来，退到各自的位置上。

行刑官悄无声息地走出凹室。没有人说话。他跪在死囚面前，长长的手指开始将什么东西安装到死囚的右腿上。行刑官站起来的时候，哲瑞·雷恩看见他在椅背上夹了一根电极，然后轻松娴熟地把金属帽戴在死囚剪了短发的脑袋上。他一言不发、手疾眼快地完成了这一系列动作。一切准备完毕后，死囚斯卡尔齐像雕像一样坐在地狱边缘，身子摇摇晃晃地等待着坠入深渊。

行刑官迈开穿着橡胶鞋的脚，跑回了凹室。

马格努斯典狱长手里拿着表，默默地站在旁边。

缪尔神父靠在看守身上，画了个十字，苍老的嘴唇几乎停止了嚅动。

那一刻，时间静止了。也许是听到了死神的脚步声，斯卡尔齐打了个寒战，那根缓慢燃烧的香烟从他苍白的嘴唇间掉下来。一声压抑的呻吟在隔音房间的墙壁间回荡，然后渐渐消失，仿佛一个绝望灵魂的濒死呼号。

典狱长的右臂突然举起又放下，画出一道沉重的弧线。

哲瑞·雷恩坐在那里，被难以名状的情绪攫住，心脏怦怦狂跳，呼哧呼哧地喘着粗气，几乎就快窒息了。他看见穿着蓝色制服的行刑官伸出左臂，拉下了凹室墙壁上的电闸开关。

一阵震动令哲瑞·雷恩胸口发麻，仿佛接收到了来自另一维度的信息。恍惚间，他还以为那是自己狂跳的心脏引起的震动。然后，他反应过来并非如此。他皮肤上感到的刺痛，只是对猝然释放出来、在电线中奔腾澎湃的强大电流所发出的怒吼声的反应罢了。

行刑室里的耀眼灯光暗淡下来。

在行刑官拉下电闸的同时，电椅上的死囚猛地向上一挺，好像要用尽力气把绑住他的皮带扯断似的。一缕灰烟从金属头盔下面袅袅升起。死囚紧抓电椅扶手，那双手慢慢变红，又慢慢转白。他脖子上青筋暴起，宛如一根根油麻绳，呈现出铁青色，狰狞而丑陋。

斯卡尔齐僵硬地坐在那里，全身笔挺。

灯光再次亮起。

两名医生走上前去，先后将听诊器按在电椅上的死囚裸露的胸口上,然后退回去,对视一眼。年长的那名医生——一个满头白发、眼神空洞的男人——默默地打了个手势。

行刑官的左臂又往下一拉。灯光再次暗淡……

医生第二次检查后,又退了回去。老医生用低沉的声音宣告行刑完毕:"典狱长,我宣布这个人已经死亡。"

尸体软塌塌、松垮垮地靠在椅子上。

所有人都一动不动。隔壁停尸房兼尸检室的门开了,一辆白色担架车被推进来。

这时,哲瑞·雷恩木呆呆地看了眼手表:十一点十分。

斯卡尔齐死了。

第十四章
第二截木盒

杰里米站起来,开始在房间里走来走去。缪尔神父静静地坐在那里,神情有点儿恍惚。我敢肯定,他什么也没听见,因为他似乎正盯着极远处我们看不见的某个无形之物。

哲瑞·雷恩先生眨眨眼,慢慢地说:"佩兴丝,你怎么知道福西特医生收到了另外一截木盒?"

于是,我讲述了这天晚上的冒险故事。

"福西特医生书桌上的东西,你看得有多清楚?"

"就在我的视线范围内,不到十五英尺远。"

"是不是和我们在福西特参议员书桌上发现的那截木盒一模一样?"

"不,我敢肯定不是。福西特医生的这截两边都是开的。"

"哈!那就是中间那一截了。"雷恩先生喃喃地说,"亲爱的,你有没有看见盒子表面有字母,和福西特参议员那截上的HE类似?"

"雷恩先生,我确实记得在盒子表面上看到过字母,但离得太远,没看清。"

"太糟了。"他沉思道,苍老的身体一动不动。然后他探过身子,拍拍我的肩:"你这一晚干得很棒,亲爱的。我还不是很明白……现在最好让克莱先生开车送你回家。你今晚被折腾得够呛了……"

我们目光相遇。坐在椅子里的缪尔神父嘴唇颤抖,发出轻微的呻吟。杰里米凝视着窗外。

"您认为——"我慢慢开口道。

他微微一笑:"我一直心里有数,亲爱的。晚安,别担心。"

第十五章
脱逃！！

第二天是星期四，阳光灿烂，生机勃勃，看样子天气应该会很暖和。父亲穿上一套我在利兹坚持为他买下的新亚麻西装，看起来非常时髦。但他一直在发牢骚，说什么他又不是"百合花"——也不知那是什么意思——整整半小时都不肯离开克莱家，生怕熟人看见他。

那天我们经历了许多事——在我们注定要在利兹度过的日子中，那一天的精彩程度排行第二——那天的诸多细节至今依然历历在目。我记得，我给父亲买了一条庄重的橙色领带。任何对色彩有良好鉴赏力的人都知道，这条领带与亚麻西装是完美的搭配。我不得不替他打上领带，而在这期间，他一直嘟嘟囔囔的，很不开心。不知情的人看到他，会以为他犯了什么罪，或者以为他这套完美的服装是囚服。可怜的父亲！他是个无可救药的保守主义者，能把他打扮得帅气一点儿，我感到莫大的快乐。不过，我忙活了大半天，恐怕他并不完全领情。

快到中午的时候，我们决定去散步。确切地说，是我硬拉着他去的。

"我们去爬山吧。"我建议道。

"穿这身该死的衣服？"

"当然！"

"不行。我不去。"

"哦，去嘛。"我说，"别做个老顽固。今天的天气美妙极了。"

"对我来说并不美妙，"父亲气咻咻地说，"而且，我……我不太舒服。左腿风湿病犯了。"

"山里的空气能让你犯风湿病？胡说！我们去找雷恩先生。你可以显摆一下你这套漂亮的新衣服。"

于是我们出门散步去了。我在路上摘了一把野花。父亲忘记了新衣服带来的尴尬，一时间竟也露出近乎欢愉的神色。

我们发现老绅士正在缪尔神父家的门廊上专心读书，而且——简直可以说是奇迹中的奇迹——他也穿着一套亚麻西装，打着一条橙色领带！

父亲和雷恩先生面面相觑，像两个上了年纪的花花公子。然后，父亲羞得满脸通红，雷恩先生则呵呵笑起来。

"你打扮得很时尚啊，探长。是佩兴丝给你选的吧。天哪，你真的很需要这个女儿，萨姆！"

"我都快忘记自己还穿着这身衣服了。"父亲嘟囔道，然后笑逐颜开，"嗯，至少我有同伴了。"

缪尔神父从屋里走出来，热情地招呼我们。由于前一晚的打击,他依然脸色苍白,情绪低落。我们全都坐下来。乐于助人的克罗西特太太端来一盘冰饮,但里面明显没有酒。老绅士说话的时候,我望着飘着零星云朵的天空,尽量不去看近旁阿尔贡金监狱的灰色高墙。这里是炎热的夏天,但在高墙之内,只会是凄凉的寒冬。我想知道阿伦·道在做什么。

时间静静流逝。我坐在那里,凝视着美丽的天空,来回摇晃着身子,仿佛忘记了自己,进入了超脱一切烦恼的境界。我的思绪转到前一晚发生的事情上。第二截木盒……这预示着什么?显而易见,它对艾拉·福西特医生来说意义非凡:他之所以面露凶光,是因为他对那东西的由来心知肚明,而不是因为他对未知的东西心怀恐惧。那东西是怎么落入他手中的呢?又是谁送来的呢?我猛然挺直身,惊出一身冷汗。是阿伦·道寄来的吗?

我往后一靠,百思不得其解。如此一来,所有的事实都需要重新解释了。第一截木盒是道寄的——他也承认过——据推测,是他自己在监狱木工车间里做的。难道他做了第二截木盒,通过监狱曲折的地下传信通道寄给了另一个潜在的被害者?想到这里,我陷入了极度兴奋之中,心脏像杵锤一样敲击着胸腔。但这种想法太荒唐了,因为阿伦·道并没有杀害福西特参议员……我感到头晕目眩,大脑一片空白。

十二点半刚过,我们的注意力突然被吸引到监狱大门上。在这之前,一切还和往常一样——全副武装的看守在宽阔的围墙墙垛上缓慢踱步,丑陋的岗亭里静悄悄的,若不是偶尔伸出来的枪口闪出几点微光,看起来好像根本没人。但转瞬之间就传出一阵骚动,无疑是某种反常事态所致。

我们都坐直了身子。三位老人也不说话了，所有人都注视着监狱大门。

巨大的铁门向内打开，一个身穿蓝色制服的看守走出来，腰间别着手枪，肩上扛着步枪。他向后退了一步，宽阔的肩膀背对着我们，喊了几句我们没听清的话。门口出现两列纵队。那是囚犯……他们在尘土飞扬的马路上懒洋洋地走着，每个人都拿着镐头或沉重的铲子，头抬得高高的，像贪婪的狗一样嗅着柔和的空气。他们穿着同样的囚服——脚上是沉重的劳动靴，身上是皱巴巴、软塌塌的灰色裤子和外套，衣服下面是粗布衬衫。总共有二十个囚犯，显然是要到山丘另一边的树林里修筑新路或者维修老路。随着看守的一声怒吼，领头的囚犯笨拙地向左拐了个弯，带着队伍逐渐离开了我们的视线。另一个全副武装的看守走在后面。第一个看守迈着沉重的步伐走到两列纵队的右侧，警惕地注视着囚犯，不时发出一声命令。最后，那二十二个人都消失不见了。

我们坐下来，缪尔神父神情恍惚地说："对这些人而言，外出劳动的待遇就跟上天堂一样。工作非常艰苦繁重，但正如哲罗姆[1]所说：'只要你不停地工作，魔鬼就找不到可乘之机。'何况，外出劳动意味着跨出监狱大门，远离监狱围墙。所以囚犯都喜欢去修路。"说着，神父叹了口气。

这句话说完后刚过一小时十分钟，那件事就发生了。

---

[1] 哲罗姆（Jerome，约342—420），古罗马基督教圣经学家，拉丁教父。根据《圣经》的拉丁文旧译而编订（其中一部分由他重译）成新译本。

克罗西特太太做了一顿简单的午餐。我们用完餐,又坐在门廊上休息。突然,像刚才一样,我们再次将注意力投向监狱围墙方向,谈话声戛然而止。

一个在墙上踱来踱去的看守停下脚步,一动不动、聚精会神地望着下面的监狱大院,似乎正在听什么。我们在椅子上僵住了。

那声音传入耳中时,我们如遭电击,身体往后一缩。那是一种猛烈、粗暴、凄厉的长啸——尖锐刺耳,如泣如诉,在周围的群山中引起阵阵尖厉的回响,然后像垂死魔鬼的呻吟一样渐渐消失。接着传来了第二声、第三声、第四声,接连不断。最后我捂住耳朵,直想尖叫。

第一声警报响起时,缪尔神父紧抓住椅子扶手,脸色比衣领还苍白。

"是紧急警报。"他低声说。

我们目瞪口呆地听着这魔鬼般的交响乐。这时雷恩先生厉声问:"失火了吗?"

"有人越狱,"父亲粗声粗气地说,舔了舔嘴唇,"帕蒂,进屋去——"

缪尔神父凝视着围墙。"糟了,"他说,"糟了。有人逃跑了……慈悲的天父啊!"

我们一齐从椅子上跳起来,冲进神父家的花园,靠在开满玫瑰的墙上。阿尔贡金监狱的围墙似乎也被警报吓得僵住了。站在墙上的看守肌肉紧绷,疯狂地左右张望,手里举起枪——他们瑟瑟发抖,犹豫不决,但随时准备应对任何紧急情况。接着,铁门再次打开,一辆大马力汽车呼啸着驶上马路,车上挤满身穿蓝色制服、手持步枪的人。汽车冲到路上，向左猛打方向盘，疾驰而去，瞬间不见踪影。接着又是一辆，再一辆……总共驶出五辆车，车上满载着全副武装的看守，他们专心注视着前方。我似乎看到马格努斯典狱长坐在第一辆车的司机旁，脸色苍白，神情严肃。

缪尔神父倒吸一口冷气。"失陪！"说着，他提起遮住他衰老双腿的圣衣下摆，沿着马路朝大门匆匆走去，扬起一阵尘土。我们看见他奔向站在大门后面的一群持枪看守，停下来和他们交谈。他们朝左边指了指。在那里，一片茂密的树林从监狱一侧的下方延伸到山脚。

神父拖着沉重的脚步回来了，垂头丧气，一脸绝望。

他走进门，站到我们身边，笨拙地抚着他破旧的圣衣。"怎么了，神父？"我连忙问。

他没有抬头。我在他的脸上看到了困惑、痛苦和一种不可名状的愤怒。他似乎突然失去了信仰，而这种精神折磨可能是他从未经历过的。

"一个修路的囚犯，"他手指颤抖，结结巴巴地说，"在干活儿的时候试图逃跑……最后成功逃脱。"

哲瑞·雷恩先生目不转睛地望着群山："那个囚犯是——"

"是——"矮个子神父声音发颤，抬头答道，"是阿伦·道。"

我们都惊呆了。至少父亲和我都震惊不已，需要好好消化这个消息，一时间竟然无法思考。阿伦·道逃了！在所有可能发生的事情中，这是最出乎意料的——至少我从未料到。我瞥了老绅士一眼，不知他是否预见到这一点。但他那张棱角分明、宛如浮雕的脸上一片镇定，他仍然出神地注视着远处的群山，就像被罕见的落日美景迷住的艺术家一般。

除了等待，我们无事可做。我们在缪尔神父家等了一下午，鲜少交谈，更是一次也没笑过。缪尔神父和雷恩先生仿佛又陷入了前一天晚上的可怕情绪中。死亡的阴影确实侵入了这小小的门廊，我甚至可以想象自己身处那间邪恶的行刑室，看见被皮带捆绑起来的斯卡尔齐在挣扎中丧命。

整个下午，监狱内外人群往来穿梭，如同热锅上的蚂蚁。我们仍处在震惊之中，只能默默地注视着他们，无能为力。老神父屡次跑去监狱打听消息，但每次都空手而归。道仍然逃离在外。看守正在仔细搜查附近的乡村，所有的居民都收到警告，警报不停地嘶鸣。至于监狱里，我们了解到，所有的囚犯在第一次警报响起时就被赶进牢房锁起来，逃犯不落网，他们也休想放出来……下午早些时候，我们看到筑路的囚犯回来了。在六个持枪看守的威吓下，他们不得不遵守更加严格的纪律，紧跟着彼此，动作僵硬地齐步行进。两列纵队——我木然地数了一下——只有十九个人，他们很快消失在监狱大院里。

下午晚些时候，出去搜寻的车辆开始返回监狱。马格努斯典狱长坐在最前面一辆车里。车驶入监狱大门，这些人疲惫地爬下车。我们看见典狱长威风凛凛地对一名看守发号施令——缪尔神父喃喃地说，那是看守队长。我们都听到了典狱长的咆哮，但没听清他说了什么。然后，典狱长拖着疲惫的脚步向我们走来。他慢慢爬上台阶，喘着粗气，矮壮的身躯看上去疲惫不堪，脏污的脸上满是灰尘和汗水。

"哎哟！"他一屁股坐进扶手椅，舒舒服服地叹了口气，"那家伙给咱们出了个大难题呀。雷恩先生，对于您的宝贝道，您现在有什么好说的？"

老绅士说："典狱长，狗被逼急了也会跳墙。为从未犯下的罪行坐一辈子牢，不管是谁都不乐意吧。"

缪尔神父低声说："什么都没发现吗，马格努斯？"

"什么都没发现。他消失了，就像被大地吞没了一样。听我说——他一个人绝对办不到。他肯定有同伙。否则我们几小时前就逮住他了。"

我们静静地坐着，无话可说。然后，一小群看守走出监狱大门，向我们走来，典狱长急忙说："恕我冒昧，神父，我已下令做一次小调查，就在这里进行——在你的门廊上。我不想在监狱内做这件事，以免打击工作人员的士气。毕竟是丑事……你不介意吧？"

"嗯，嗯，当然不介意。"

"怎么回事，马格努斯？"父亲嘟囔道。

典狱长脸色阴沉："我怀疑事情并不简单。大多数情况下，逃跑计划只能在囚犯之间进行——提供帮助的是其他囚犯，这些受信任的同伙也会保持沉默。这样的越狱几乎无一例外以失败告终。反正试图越狱的例子本来就屈指可数。过去十九年，这里发生过二十三次企图越狱的事件，只有四次越狱者没有被抓获。因此，囚犯在尝试越狱前，会尽量确保自己能成功脱逃。一旦失败，他将付出极大的代价——主要是丧失所有的优待，这会让他生不如死。不，我认为这次的情况不一样——"他停下来，紧咬牙关。那群看守已经走到缪尔神父的台阶前,立正站好。我注意到,两个看守没有带枪,其他看守虎视眈眈地包围着他们,令我不寒而栗。

"帕克!卡拉汉!过来。"马格努斯典狱长大喝道。

那两人不情不愿地走上前,爬上台阶。他们满脸尘土,面色煞白,看上去非常紧张。那个叫帕克的吓坏了,像个遭到训斥的孩子一样,下唇颤抖。

"发生了什么事?"

帕克舔了舔嘴唇上的唾沫,但咕哝着作答的却是卡拉汉:"他趁我们不注意逃走了,典狱长。你也知道,我们在这儿的八年里,从来没有一个筑路队的囚犯卑劣地试图逃跑。我们坐在石头上,监视他们干活儿。道在稍远的地方挑水。突然,他扔下水桶,拼命跑进了树林。帕克和我——我们大声叫其他囚犯趴在路上,然后就去追他。我开了三枪,但我想我——"

典狱长举起手,卡拉汉停下来。"戴利,"马格努斯平静地询问下面的一个看守,"你有没有按照我的吩咐检查那边的马路?"

"检查了,典狱长。"

"你发现了什么?"

"我在一棵树上发现了两颗压扁的子弹,离道逃入树林的地方二十英尺。"

"在马路的同一侧?"

"在马路的另一侧,典狱长。"

"那么,"马格努斯用同样平静的声音说,"帕克、卡拉汉,你们让道逃跑,得了多少好处?"

卡拉汉嘟囔道:"哎呀,典狱长,我们绝没有——"

但帕克已经两股战战,大叫道:"我告诉过你,卡拉汉!是你把我拖下水的,该死!我告诉过你,我们不可能逃过——"

"你们接受了贿赂,对吧?"马格努斯厉声问。

帕克双手捂脸:"是的,典狱长。"

雷恩先生听到这话,似乎显得非常不安。他眨眨眼,若有所思地靠到椅背上。

"谁给的钱?"

"利兹的某个浑蛋。"帕克嘟囔道。卡拉汉满脸愤怒。"我不知道他的名字。那家伙只是受人之托,充当代理罢了。"帕克说。

雷恩先生从喉咙深处发出一种奇怪的声音,探出身子,对典狱长耳语了几句。马格努斯点点头:"道是怎么知道这个计划的?"

"我不知道,典狱长。老天做证,我不知道!一切都安排好了。典狱长,我们在监狱里从没接近过他。我们只是被告知,他那边自然有人通知。"

"你们拿了多少钱?"

"每个人五百美元。我……我本来不想要的,典狱长!只是我太太要动手术,孩子也——"

"够了。"马格努斯粗暴地打断他,朝监狱方向扬了扬头。两个看守就被押回监狱了。

"马格努斯,"缪尔神父紧张地说,"别太苛刻,别起诉他们。把他们开除就行了。我认识帕克太太,她真的病了。卡拉汉也是个好人。但他们俩都要养家,你也知道他们的薪水多么微薄——"

马格努斯叹了口气:"我知道,神父,我知道。但我不能开这个先例,我做不到。这会败坏整个队伍的风气。你也知道,风气一坏,囚犯也将无法无天。"他打了个奇怪的小手势。"奇怪,"他喃喃地说,"道是如何被告知何时能越狱的呢?除非帕克撒谎……我老早就怀疑监狱里有地下传信通道。不过话说回来,他们传递消息的方法……相当高明啊……"

老绅士忧伤地望着红彤彤的夕阳。"在这一点上,我想我可以帮上忙,典狱长。"他喃喃地说,"如你所说,那种传递消息的方法相当高明,但说到底也非常简单。"

"哦?"马格努斯典狱长眨眨眼,"怎么回事?"

雷恩先生耸耸肩:"典狱长,我怀疑监狱管理有漏洞已经有一段时间了,但这纯粹是由于我观察到一个奇怪的现象。我从来没有对谁提起过这一点,因为不可思议的是,我的老朋友缪尔神父也牵扯其中。"

神父惊讶得张大了嘴。马格努斯典狱长横眉怒目地跳起来,喝道:"胡说!我不相信!老天,神父是最——"

"我知道,我知道,"雷恩先生温和地说,"坐下来,典狱长,冷静一点儿。至于你,神父,不要惊慌。我不会指控你犯了什么十恶不赦的罪行。请允许我解释一下。典狱长,自从我到我的神父朋友家住下以来,我多次观察到一种奇怪的情况——这种情况本身并无可疑之处,但在一定程度上,这种情况又与你所说的监狱地下传信通道完全吻合,所以我不得不得出这样的结论……神父,你还记得,你最近进利兹城的时候发生过什么不寻常的事情吗?"

神父陷入沉思,那对暗淡的眸子透过厚厚的镜片认真地盯着大家,然后他摇摇头。"真的——没有,我想不起来了。"他抱歉地笑了笑,"除非你是指我撞到了别人。你知道,雷恩先生,我近视得很厉害,而且恐怕还有点儿心神恍惚……"

老绅士淡淡一笑:"正是。你高度近视,心神恍惚,进利兹城的时候,会在街上撞到人。记住这一点,典狱长。我早就产生了怀疑,只是不知道确切的作案手法。神父,当你撞到……撞到素不相识的行人时,会发生什么?"

缪尔神父一头雾水:"你是什么意思?人们总是非常友好,见我穿着圣衣,就很尊敬我。有时我的伞会掉到人行道上,或者是帽子、祈祷书——"

"哈!你的祈祷书?不出所料。那么,这些尊敬你的好心人见到你的帽子、雨伞或祈祷书掉到地上,会做什么呢?"

"呃,他们会把东西捡起来还给我。"

雷恩先生轻笑一声,道:"明白了吧,典狱长,这手法是多么简单。神父,这些好心人拿起祈祷书,然后藏起来,还给你另外一本——一本看起来一样但实际上不一样的祈祷书!我猜,在那本新的祈祷书里,有需要你本人带进监狱的消息,或者,在那本被好心的行人拿走的祈祷书里,有从监狱传给外面世界的消息!"

"可你是怎么想到这一层的呢?"典狱长喃喃地问。

"没什么神奇的。"老绅士莞尔一笑,"我有好几次都注意到,我们善良的神父离开家或监狱时,带着一本略显破旧的祈祷书,返回时却往往带着一本封面锃亮的祈祷书,显然是全新的。他的祈祷书似乎永远不会旧,可以像不死的凤凰一样从自己的灰烬中重生。所以,我不可避免地做出了上述推论。"

马格努斯典狱长又跳起来,迈着大步在门廊上踱来踱去:"原来如此！您真是太聪明了。好啦好啦，神父，别那么吃惊。这不是你的错。你认为是谁在玩调包计，嗯？"

"我……我一点儿头绪都没有。"神父结结巴巴地说。

"当然是塔布！"马格努斯典狱长转向我们，"干这种勾当的，只可能是塔布。要知道，缪尔神父除了担任监狱神父，还负责管理监狱图书馆——大监狱通常都有图书馆。缪尔神父有一个助手，一个名叫塔布的囚犯——当然，塔布是我们的模范囚犯，但囚犯毕竟是囚犯。塔布肯定是利用神父，在囚犯和外界之间传递消息，收寄信件或字条都收一大笔钱。噢，现在情况再清楚不过了！万分感谢，雷恩先生。不出五分钟，我就会把那个恶棍抓出来审问。"

说完，典狱长两眼放光，朝监狱快步走去。

夜幕降临，山峦被染成蓝黑色。随着天光转暗，大多数负责搜查的监狱看守都回来了，明亮的探照灯在马路上晃来晃去，但他们一无所获。道仍然逃离在外。

我们别无他法，只能回克莱家，或者等待。而我们选择了等待。父亲打电话给伊莱休·克莱，让他不要为我们担心。我和父亲都觉得，在知晓搜捕结果之前，不能离开阿尔贡金监狱附近。于是，夜色渐深，我们挤在一起坐着，谁也没说话。有一次，我好像听到了猎狗的叫声……

塔布的罪恶行径没给我们带来太多困扰，但缪尔神父除外。他郁郁不乐，拒绝相信塔布是坏人。在他口中，那名助理图书管理员是个"优秀的年轻人，对图书馆的书籍非常感兴趣，还致力于在囚犯中推广阅读"。后来，十点钟左右——我们从中午起就没吃过东西，但谁也不饿——神父开始坐立不安，再也忍不下去，便向我们道了声"失陪"，快步走上通往监狱的马路。回来的时候，他一副痛不堪忍的样子。他绞拧着双手，不肯接受安慰，脸上挂着惊恐的神色，我恐怕这样的神色要永远停留在他脸上了。他性情柔和，心地善良，无论如何也无法相信，他对囚犯的信任只是玫瑰色的泡沫，到头来全被现实无情地刺破。

"我刚才见过马格努斯了。"他喘着气说，一屁股坐到椅子上，"是真的，是真的！塔布……我搞不懂，实在是搞不懂，我可怜的孩子们怎么啦！塔布已经认罪了。"

"他一直在利用你，对吧？"父亲温和地问。

"是的，哦，是的！太可怕了。我去看了他一下。他被免去了职务，优待也被剥夺了，而马格努斯……哦，毫无疑问，这样做完全合理，但似乎太严厉了……马格努斯将塔布降回了C级囚犯。塔布几乎不敢直视我的眼睛。他怎么能这样——"

"他有没有说，"雷恩先生低声问，"他给阿伦·道传递过多少条消息？"

缪尔神父痛苦地皱起眉："他说了。道只发送过一条消息——几星期前，给福西特参议员。但塔布不知道消息的内容。道还收到过一两条消息。你知道吗，这个赚钱的副业，塔布已经干了好几年——简直难以置信！每次我……我把新祈祷书带过去，他只负责将信件或字条从书中取出——信件或字条就缝在封皮与衬纸中间——或者在我要回来的时候，把信件或字条塞进旧祈祷书里。他说他从来不知道消息的内容。哦，天哪……"

于是，我们都坐在那里，等待着我们担心会发生的事。他们会找到逃犯吗？他似乎不大可能无限期地逃脱看守的搜捕。

"看守说……"缪尔神父声音颤抖，"说要带警犬去搜。"

"我好像听到了犬吠。"我低声说，然后我们都沉默了。时间一分一秒地过去。监狱里传来了喊叫声，一道道光柱疯狂地射向天空。一整晚都有汽车进出监狱大院，有的驶向穿过树林的马路，有的从缪尔神父家门口呼啸而过。有一次，我们还真的看到一个穿着深色衣服的人紧拉着一条拴狗带，带子上拴了几条吐着舌头的狗，看样子十分可怕。

神父回来的时候，十点刚过。从那会儿直到半夜，我们都一动不动地坐在门廊上。在我看来，哲瑞·雷恩先生虽然面无表情，内心却在苦苦挣扎。他对案情已经做出了判断，只是有的地方还没想明白。他一言不发，半闭着眼睛，凝视着黑暗的天空，手指松松地勾在一起，搭在胸前。对他来说，我们似乎并不存在。上次阿伦·道离开阿尔贡金监狱后，不是就死了一个人吗？他想要搞清楚的就是这件事吗？我觉得自己可以说点什么……

午夜时分，情况骤变，就像命运之神事先安排好的一样。一辆汽车从利兹方向隆隆地开上山，在神父家门前刹住。我们不由自主地立刻站起来，伸长脖子，朝黑暗中张望。

一个人从汽车后座跳出来，沿小路奔向门廊。

"萨姆探长？雷恩先生？"他叫道。

来者是约翰·休姆地方检察官，他头发乱糟糟的，激动得上气不接下气。

"出什么事了？"父亲用低沉而嘶哑的声音问。

休姆一屁股坐到最低的台阶上。"我有消息要告诉你，告诉你们所有人……"然后他像突然想起来似的，补充道，"你们仍然认为道是无辜的，对吗？"

哲瑞·雷恩冲动地向前迈出一小步，然后停下来。在昏暗的星光下，我看见他的嘴唇无声地翕动着。然后，他用低沉刺耳的声音说："你的意思该不会是——"

"我的意思是，"休姆嘟囔道，声音里夹杂着疲惫、苦涩和怨恨，仿佛觉得已经发生的这件事是对他个人的侮辱，"我的意思是，你们的朋友阿伦·道今天下午从阿尔贡金监狱逃脱，而今天晚上——就在几分钟前——我们发现艾拉·福西特医生被谋杀了！"

第十六章
Z

案件发生之后我才意识到，福西特医生从一开始就难逃一死。我一直在思考案情，但只是在外围打转，并未深入核心。对老绅士来说，福西特医生之死可谓雪上加霜。先前雷恩前往利兹县监狱，在没有立场公正的证人的情况下，对阿伦·道做了测试，从而铸下大错，为此雷恩从未原谅自己。现在，我们坐在他车里，德洛米奥开车跟在休姆的车后面，如同一道划破夜幕的闪电，在黑暗中朝山下疾驰而去。雷恩先生把头埋在胸前，痛苦地思索着，他觉得他本该预料到福西特医生可能遇害，并采取措施加以阻止。

"说真的，"他淡淡地说，"我根本就不该到这儿来。福西特的死早已注定。我真是个无知的大傻瓜……"

他没有接着说下去，我们也找不到什么话来安慰他。我很难过，父亲则如坠五里云雾。缪尔神父没有和我们一起走，刚才的最后一击对他来说太过沉重。我们离开时，他独自留在客厅，满眼痛苦地凝视着《圣经》。

就这样，我们再次驶上那条黑漆漆的车道，看见那座宅邸里灯火通明，州警与县警忙来忙去。我们跨过门槛，进入屋内。凶手和被害者也曾经迈过这块石头，这道门槛注定要见证这些谋杀案。

屋内的情景，和几个月前这里发生第一桩谋杀案时几乎一样。同样是脸色阴沉的探员围着魁梧的凯尼恩局长，同样是在一楼的房间发现了死者……

但艾拉·福西特医生并不是在参议员的书房遇害的。我们发现他扭曲的尸体躺在诊疗室的地毯上，离诊疗桌只有几英尺。就在前一天晚上，我还看到他在桌前研究那块平平无奇的木头[1]——那可能是一个小木盒的中间部分。尸体青灰色的下巴上，黑色又有光泽的凡·戴克式胡须十分显眼。尸体呈仰卧状态，双目圆睁，目光呆滞地盯着天花板。若不是僵硬的四肢看起来有些扭曲，医生完全就像是一具埃及法老的木乃伊，正躺在那里思索着永生。

从他的左胸伸出一个东西，是一把刀似的武器的圆形手柄。我认出那是某种手术刀。

我虚弱地靠在父亲身上，感到他紧抓着我的胳膊，心里的恐惧这才稍有缓解。历史在重演。我直犯恶心，眼前模糊一片。但我听到有人说话，还看到许多熟悉的面孔。小个子的布尔法医跪在仰面躺在地上的尸体旁，用灵敏的手指迅速检查尸体。凯尼恩像上次一样皱眉望着天花板。约翰·休姆的政坛支持者鲁弗斯·科顿靠着诊疗桌站在那里，粉红色的秃头被汗水浸湿，邪恶而狡诈的老眼中流

---

[1] 根据前文，福西特医生是在诊疗室旁边的私人书房里研究那截木盒的，此处又说在诊疗室里，应为作者笔误。

露着困惑与恐惧。

"鲁夫!"地方检察官嚷道,"这是怎么回事?是你发现尸体的吗?"

"是的。我……见鬼,见鬼。"老政客抖动着手帕,擦了擦脑袋上的汗,"我是……啊……我是临时起意来拜访的,约翰,没有预约。我想和福西特医生讨论一些……啊……一些事情。竞选活动,你知道的。天哪,约翰,别那样看着我!我发现他时他已经死了,就像你现在看到的这样。"

休姆用苦涩的目光犀利地盯了鲁弗斯·科顿一会儿,然后喃喃地说:"好吧,鲁夫。我不会谈论私事——至少现在不会。你是什么时候发现尸体的?"

"嘿,约翰,拜托不要以为……"

"你是什么时候发现尸体的?"

"十二点一刻,约翰……房子里空无一人,真的!我当然马上就给凯尼恩打了电话——"

"你碰过什么东西吗?"父亲问。

"绝对没有。"老人似乎有些动摇,不再像先前那样自信,沉重的身体靠在诊疗桌上,避开约翰·休姆的目光。

哲瑞·雷恩先生一直在打量房间的每一个角落,这时他悄悄走到布尔医生身边,微微弯下腰:"我猜,你就是法医吧?这人死多久了,医生?"

布尔医生咧嘴一笑:"又是一个侦探,对吧?死亡时间应该是十一点过几分。大约十一点十分。"

"他是当即死亡的吗?"

布尔医生眯起眼睛往上看:"啊——很难说。他可能拖了一会儿才死。"

老绅士瞪大了眼睛:"谢谢你。"然后他直起身子,走到诊疗桌前,站在那里,面无表情地审视着桌上的东西。

凯尼恩嘟囔道:"我跟仆人谈过了,休姆。福西特医生今天晚上很早就把他们都打发走了。很有意思,不是吗?就像他弟弟那样。"

布尔医生站起来,合上黑皮包。"好啦,"他轻快地说,"这案子一点儿也不神秘。妥妥的谋杀案。凶器是一把手术刀,医学术语叫'柳叶刀',用于小型切开术。"

"它是——"雷恩先生沉吟道,"从诊疗桌上的这个托盘里拿出来的。"

布尔医生耸耸肩。似乎是这样的。诊疗桌上有一个橡胶托盘,里面胡乱堆放着奇形怪状的手术器械。很明显,福西特医生打算将它们放进旁边桌子上的电热消毒柜里消毒。事实上,消毒柜里还在喷蒸汽。布尔医生快步走过去关掉机器。我渐渐看清了房间的布局。这是一间设备齐全的诊疗室,房间一侧放着一张检查台、一台巨大的荧光检查仪、一台X光机,还有各种我叫不上名字的零零碎碎的仪器。诊疗桌上的托盘旁放着一个打开的黑色医疗箱,很像布尔医生自己的那个,箱子上整齐地印着"医学博士艾拉·福西特"的字样。

"只有一处伤口。"布尔医生继续道,若有所思地观察着刚才检查时从尸体上拔出来的凶器。刀刃细长,尖端有点儿像鱼钩,整个刀身都沾满殷红的血液。"这刀子虽然简单粗糙,却是相当有效的杀人工具，休姆。如你所见，这一刀下去，造成了大量出血。"他用脚朝死者指了指。我们看到，紧邻尸体的灰褐色地毯上有一大块形状不规则的血迹，血似乎是从伤口喷出来的，顺着医生的衣服滴到了地板上。"事实上，刀刃划伤了一根肋骨。伤得很重，真的。"法医说。

哲瑞·雷恩眯着眼睛，跪在尸体旁，举起死者的右臂仔细检查。这时，休姆不耐烦地开口说道："可是——"

雷恩抬起头。"这是什么？"他问，"你看到了吗，布尔医生？"

法医冷漠地朝下一瞥："噢，那个啊！我看到了，但那没什么要紧的。如果你觉得可疑的话，我可以告诉你，那里没有伤口。"我们在福西特医生的右手腕下侧看到三处血渍，大致呈椭圆形，紧挨着排列。"注意，血迹是在动脉上方[1]。"法医提醒道。

"是的，我注意到了。"雷恩先生冷冷地说，"虽然你给出了专业意见，但这些血渍很重要，医生。"

我碰了碰老绅士的胳膊。"雷恩先生，"我高声道，"看上去，凶手在杀人后，用沾满鲜血的手指检查了被害者的脉搏。"

"太棒了，佩兴丝。"雷恩微微一笑，"这正是我的看法。凶手为什么要这么做？"

"为了确认福西特医生已经死了。"我鼓起勇气，怯生生地答道。

---

[1] 动脉血从心脏输出流向全身，因此血迹在动脉上方说明血并不是从动脉流出来的。——编者注

"噢，那当然。"地方检察官厉声说，"但知道这个又有什么用？我们开始工作吧，凯尼恩。布尔医生，你会进行尸检的，对吧？我们必须确保不遗漏任何线索。"

我最后看了眼福西特医生那张死灰色的脸，然后布尔医生就用白布盖住死者，等待公共福利局的卡车来运走尸体。那张脸上的表情并没有恐惧，反而非常严肃，而且带着几分惊讶。

采集指纹的警察开始行动，凯尼恩噔噔噔地走来走去，大声发号施令。约翰·休姆把鲁弗斯·科顿拉到一边。就在这时，哲瑞·雷恩发出一声低沉的惊叫，所有人都猛地抬起头来。雷恩又站在诊疗桌前，手里拿着什么东西，显然是在一些文件下面发现的。

正是我前一天晚上看到福西特医生恶狠狠地检视过的那截木盒。

"哈！"雷恩先生说，"找到一样好东西。我就知道会在这里找到。喂，佩兴丝，你怎么看？"

和第一次发现的一样，这也是一截锯下来的木盒，但这一截的两边都被锯掉了，而且很明显是盒子的中间部分。其表面和第一截一样，写着两个镀金的大写字母。

但这次写的是：JA。

"第一次是HE，"我喃喃地说，"现在是JA。我承认，雷恩先生，我完全糊涂了。"

"荒唐！"休姆气咻咻地嚷道，从我父亲的肩膀后看过来，"HE到底是谁？JA又是什么——"

"在德语里是'是'的意思。"我嘟囔道，并不指望这就是正确答案。

休姆嘲笑道:"这下就说得通了,不是吗?"

"佩兴丝,亲爱的,"老绅士说,"这是一条至关重要的线索。奇怪,奇怪!"他迅速扫视房间,寻找着什么东西。然后他眼睛一亮,急忙走到一个角落,那里的小架子上放着一本又厚又大的词典。休姆和父亲目瞪口呆地看着他,而我现在明白他要找什么了。我脑子飞速转动。HEJA……这些字母一定是连起来的,因为我想不出这两组字母单独有什么意义,所以它们一定是某个单词的一部分。HEJA……但我可以肯定,没有单词是这样开头的。

雷恩先生慢慢合上词典。"果然,"他温和地说,"不出我所料。"他紧抿嘴唇,开始在死者面前踱来踱去,眼神茫然。"从两部分合在一起的形状来看,"他喃喃地说,"我想……可惜现在第一截木盒不在手边。"

"谁说不在手边?"凯尼恩冷笑道,然后在我惊讶的目光中把手伸进口袋,掏出了第一截木盒,"虽说看上去莫名其妙,但我想这玩意儿也许会派上用场,天哪,就在来之前从警察总局的档案里把它翻了出来。"他带着漫不经心的神气,将那截木盒递给老绅士。

雷恩先生急切地抓住盒子,在桌前俯下身,把这两部分按顺序拼接起来。现在已经完全清楚了:这是一个小木盒,带有小金属搭扣之类的东西。上面的字母整齐地拼成一个单词:HEJA。我恍然大悟:这四个字母并不代表一个完整的单词,一定还有一个或多个字母,因为如果有人要在盒子上写一个单词,肯定会写在居中的位置。然而,单词中的字母A出现在中间的那截木盒上,倘若没有额外的字母,这个单词显然就不是写在居中的位置上了。

雷恩先生低语道："你们看，将两截木盒拼起来之后，只差一截就可以组成一个标准的木盒小模型。我刚才查阅了那本大词典，证实了先前的怀疑。英文词典里只有一个单词是以HEJA开头的。"

"不可能！"休姆厉声道，"我从来没听说过有这样的单词。"

"你没听说过不代表就不存在。"雷恩先生温和地微笑道，"我再说一遍：英语词典里只有一个单词是以HEJA开头的，而它根本不是英语单词，而是一个英语化了的外源词。"

"那是什么？"我缓缓问道。

"HEJAZ。"

听到这句话，我们都眨了眨眼睛，好像雷恩先生说了什么难懂的咒语。休姆咆哮道："好吧，先生，就算真有这单词好了，它到底是什么意思？"

"汉志，"老绅士平静地回答，"阿拉伯的一个地区。奇怪的是，汉志的首府是麦加。"

休姆愤怒地举起双手："然后呢，雷恩先生？您知道，这简直就是荒唐透顶的无稽之谈。阿拉伯！麦加！"

"无稽之谈，休姆先生？倘若有两个人的死亡都与此有关，那就很难称其为无稽之谈。"雷恩先生冷冷地说。"我承认，如果你认为这个单词只是字面意思，指阿拉伯半岛或阿拉伯人，那的确荒唐。但我认为不一定要从这方面去理解。我有一个非常特别的想法……"他突然停住，然后平静地补充道，"要知道，事情还没有结束呢，休姆先生。"

"没有结束？"

父亲眉毛一扬。"您是说，还会有一起谋杀？"他难以置信地问。

老绅士双手在背后交握："看上去会有，不是吗？第一桩案子里，被害者在死前收到了写有HE的一截木盒，后来发生的第二桩案子里，被害者在死前收到了写有JA的一截木盒……"

"所以，有人会收到最后一截木盒，然后被干掉，对吧？"凯尼恩粗鲁地笑道。

"未必。"雷恩先生叹了口气，"倘若过去的杀人手法是有规律的，那显然会有第三个人收到最后一截木盒，上面会写有字母Z，而这个人也将性命不保。换句话说，会发生一桩字母Z谋杀案。"他微笑起来。"但我认为，这次未必会重现过去的杀人手法。重要的是，"他突然提高嗓门，"我们现在知道，在福西特参议员和福西特医生之外，还有第三个人存在。而这个人，就是前两桩案子所暗示的三人组中的最后一人！"

"您怎么知道？"父亲问。

"非常简单。为什么木盒一开始会被锯成三截？显然是因为打算送给三个人。"

"第三个人就是道。"凯尼恩低吼道，"您说'送'是什么意思？他要把最后一截留给自己。"

"哦，凯尼恩，你完全是胡说八道。"雷恩先生温和地说，"第三个人不是道。"

接下来，雷恩先生再也没提起那个木盒。看大家的脸色，我知道凯尼恩局长和约翰·休姆都不相信雷恩先生对盒子的解释,就连父亲都满脸狐疑。

雷恩先生抿紧嘴唇,突然说道:"信呢,先生们,信在哪儿?"

"你怎么——"凯尼恩开口说,肥厚的嘴唇张得老大。

"快,快,伙计。别浪费时间。你找到了吗?"

凯尼恩无言地摇着头,从口袋里掏出一小张方形纸片,递给老绅士。"在诊疗桌上找到的。"他窘迫地嘟囔道,"你怎么知道有这东西?"

那就是我前一天晚上在福西特医生的桌上看到的字条,当时就放在中间那截木盒旁边。

"嘿!"休姆大喝一声,从雷恩先生手里抢过字条,"你在打什么算盘,凯尼恩?先前为什么不告诉我?"他咂咂嘴:"不管怎样,现在我们又有实打实的线索可查了。"

字条是用墨水笔手写的,纸很脏,好像被把玩过很久。休姆大声念道:

> 定于星期三下午越狱。修路时伺机出逃。看守已经打点妥当。食物和衣服放在上回字条中提到的棚屋里。躲在那儿,星期三晚上十一点半过来。我会准备好钱,独自等你。看在上帝的分儿上,小心点。
>
> I.F.

"落款是艾拉·福西特!"地方检察官大喊起来,"很好,很好！毫无疑问，这回铁证如山了。不知出于什么疯狂的原因，福西特那家伙竟然想帮助道逃跑，还买通了看守——"

"比对一下是不是福西特的笔迹。"父亲粗声粗气地说。雷恩先生看着这一切，有点儿被逗乐了，神情却哀伤而恍惚。

福西特医生的笔迹样本找来了。尽管现场没有笔迹鉴定专家，但只消粗略检查，也足以发现字条确实是福西特医生所写。

"道背叛了福西特医生。"凯尼恩局长语气沉重地说，"嗯，既然锁定了凶手，案子就好办了。休姆，我先前一直在等机会把字条给你看呢。道拿了钱，杀了福西特，然后逃走了。"

"而且，"父亲揶揄道，"他还把字条留在这儿，好让你发现。"

凯尼恩没听出父亲语带讥讽。地方检察官却面露忧色。自从调查这桩案子以来，他就经常愁眉不展。

凯尼恩继续笨头笨脑地说："休姆，你来之前，我已经给银行工作人员打过电话了。我做事从来不拖拉。嗯，先生，结果令人相当满意。昨天上午，福西特医生从他的账户里取了两万五千美元，而家里没有找到这笔钱。"

"你是说昨天上午？"雷恩先生突然叫道，"凯尼恩，你确定？"

"听着，"凯尼恩吼道，"我说是昨天，那就是——"

"噢，这一点极其重要。"老绅士嘟囔道。我从未见过他如此兴奋。他两眼放光，面颊泛起青春的红晕："你说的当然是星期三上午，不是星期四上午吧？"

"见鬼，没错。"凯尼恩一脸嫌恶。

"仔细想想，"休姆咕哝道，"这张字条上确实说，道应该在星期三越狱。结果他却在今天越狱，也就是星期四。奇怪，真是奇怪。"

"看看字条背面吧。"雷恩先生柔声建议道。他有一双异常敏锐的眼睛，注意到了我们其他人忽略的东西。

休姆立刻把纸片翻过来。上面是另一条消息，用铅笔写的印刷体大写字母——和我们很久以前在福西特参议员保险箱里发现的那张字条上的字体相似。内容如下：

星期三无法出逃。改在星期四。准备好小额钞票。星期四晚上同一时间。

阿伦·道

"哦！"休姆如释重负地说，"这下就全明白了。道在福西特寄给他的字条背面写字，又将字条偷偷传出阿尔贡金监狱。这样做八成是为了向福西特证明这条消息是真的。他推迟一天出逃的原因无关紧要——兴许是监狱里出了什么事，让他决定再等一天，或者他临阵退缩，需要多用一天来鼓起勇气。雷恩先生，您说福西特医生取款的时间是星期三这一点很重要，原因是不是这个？"

"完全不是。"雷恩先生说。

休姆瞪了雷恩先生一会儿，然后耸耸肩。"呃，毫无疑问，案情已经一目了然。道这次是逃不掉坐电椅的命运了。"他惬意地笑了笑，最初的疑虑似乎一扫而空，"您还相信道是无辜的吗，雷恩先生？"

老绅士叹了口气。"我相信道是无辜的,而我没有发现任何证据能动摇这一信念。"然后,他像突然想起什么似的,补充道,"所有证据都表明,凶手另有其人。"

"谁?"父亲和我同时喊道。

"我不知道……还无法确定。"

第十七章
扮演女英雄

如今回想起那紧张忙乱的几小时，我能看出，事态正不可避免地向令人震惊的高潮急速发展，只是当时我们还深陷绝望的迷雾之中。至少，父亲和我已经心灰意懒。我看着眼前发生的一幕幕场景，不明白彼此之间有何关联：警察搬走那具盖着白布的尸体，休姆地方检察官干脆利落地下达命令，与阿尔贡金监狱的马格努斯典狱长通电话，商讨抓捕失踪囚犯的计划。我们默默地离开，回家的路上，雷恩先生神情严肃，一言不发。

然后，第二天……一切都发生得太快了。我一大早就见到了杰里米。他同他父亲进行了一段剑拔弩张的对话，然后照例去采石场了。听到福西特医生遇害的消息，老克莱大惊失色。他自然责怪我父亲害他陷入如今的困境：他已经在参议员竞选名单上，而福西特兄弟之死让竞选形势陡然生变。

父亲说话向来鲁莽生硬，他直接劝老克莱退出竞选。"咱们的计划没有成功，事情就是这样。"他轻描淡写地说，"别怪我。你有什么好埋怨的,克莱?把记者叫来,如果你不介意将死人痛骂一顿的话,就告诉他们,你最初接受提名,只是为了查出福西特医生为非作歹的证据。告诉他们真相,这就够了。不过,也许这并不是真相。说不定你本来就想接受提名……"

"绝没有这回事。"克莱皱着眉说。

"那就好。去跟休姆谈谈吧,把我找到的所有关于福西特操纵合同的证据都交给他,然后按我刚才告诉你的那套说辞,在报纸上宣布退选。在没有对手的情况下,休姆无疑会当选州参议员,并感激你做出的让步。你后半辈子都将受到蒂尔登县民众的热爱和推崇。"

"呃——"

"我在这儿的工作也完成了。"父亲愉快地继续道,"我没帮上什么忙,所以除了调查所需的费用,我不会收取任何报酬,而你给的定金就足以支付这笔钱了。"

"别这样,探长!我可没那个意思——"

我默默走开,留下他们继续友好地争吵。因为管家玛莎叫我去接电话。是杰里米打来的,听得出他极度兴奋,第一个字一出口,就把我吓得打了个激灵。

"帕特!"他用低沉紧张的声音说,几乎是耳语,"你身边有人吗?"

"没有。看在上帝的分儿上,杰里米,出了什么事?"

"听着,帕特。事关重大。我是从采石场的工地办公室打来的,"他急匆匆地说,"十万火急。马上过来。马上,帕特!"

"可是为什么,杰里米,为什么?"我喊道。

"别问了。开我的跑车过来。别跟任何人说,听懂了吗?现在就来,帕特,快,看在上帝的分儿上!"

我立刻行动,放下话筒,抚平裙子,跑上楼去拿帽子和手套,又飞奔下楼,然后假装悠闲地走到门廊上。父亲和伊莱休·克莱还在争论。

"我想开杰里米的车兜一圈。"我若无其事地说,"可以吗?"

他们连我的话都没听见。于是我迅速跑到车库,跳进杰里米的跑车。车像摇晃的箭一样冲进车道,然后笔直地朝山下驶去,仿佛地狱里所有的魔鬼都在追我。我脑子一片空白,一心只想尽快到达大理石矿场。

我敢肯定,那疯狂的六英里,我只用了不到七分钟就开完了。我将车驶入工地办公室旁边的空地,扬起一阵厚厚的烟尘。杰里米跳到车身侧面的踏板上,冲我呵呵傻笑。所有小伙子看到有姑娘突然来访,都会是这样的反应。

我用余光瞥见一个意大利裔工人冲我咧嘴大笑,但杰里米的话没有他的动作那么愚蠢可笑。"好姑娘,帕特,"他说,表情毫无变化,但声音已近乎尖叫,"不要露出惊讶的表情,对我微笑。"我朝他挤出一丝微笑,看上去肯定很无力。"帕特,我知道阿伦·道藏在哪里!"他说。

"噢,杰里米。"我喘着气说。

"嘘!我说了,保持微笑……我的一个钻孔工,一个可靠的好人——绝对值得信赖,他会守口如瓶的——几分钟前偷偷跑来找我,说他在午餐时间出去转了一下,想到树林里找个凉快的地方,然后在深入林中大约半英里的地方，发现了一间废弃的旧棚屋，而道就躲在里面！"

"他肯定？"我压低声音问。

"非常肯定。他在报纸上见过道的照片，一眼就认出来了。我们该怎么办，帕特？我知道你认为道是无辜的——"

"杰里米·克莱，"我激动地说，"道的确是无辜的。我很高兴你打电话叫我来。"他穿着一件脏兮兮的工作服，上面满是灰尘，他看上去稚气十足、彷徨无助。"我们去那个地方，把道偷偷带出树林，送走……"我说。

我们对视良久，如同两个心惊胆战的共犯。

最后，杰里米一咬牙，匆匆说道："走吧，表现得自然点。我们去树林里散散步。"

他微笑着扶我下车，挽住我的胳膊，捏了两下，让我安心，然后开始陪我沿马路朝树林走去。他低着头，嘴里念念有词。在那些偷看我们的工人眼中，他肯定是在对我说甜言蜜语哩。我咯咯痴笑，深情地望着他的眼睛，脑子里却是一片混乱。我们即将去做一件可怕的事情。然而，我相信，要是这次阿伦·道被抓住，世上就再没什么可以将他从恐怖的电椅上救下来了……

经过一段似乎永无尽头的时间之后，我们进入了树林。遮蔽在头顶的树枝洒下一片凉爽，冷杉的香气沁入鼻孔，世界似乎一下子就离我们很远，就连采石场偶尔传来的爆炸声听起来也那么低沉遥远。我们不再傻兮兮地假装恩爱，发足狂奔起来。杰里米在前面领路，像印第安人一样轻松奔跑，我则气喘吁吁地跟在后面。突然他停了下来——害我一头撞到他身上。那张诚实年轻的脸上流露出警惕的表情,先是警惕,然后是恐惧,继而是绝望。

我也听到了。那是狗叫声。

"老天啊!"他低声说,"就差一点儿了。帕蒂,那些狗闻到他的气味了!"

"太迟了。"我嘟囔道,心里非常难过,紧握住他的胳膊。他抓住我的肩膀使劲摇晃,摇得我的牙齿咯咯作响。

"该死,别在这时候多愁善感!"他气呼呼地说,"来吧,也许还不至于全无希望!"

说完,他转过身,沿着昏暗的小路向树林深处飞奔。我也大步跟上去,茫然失措,无所适从,对他更是怒不可遏。他竟敢摇我?还骂我?

他又突然停下,用手捂住我的嘴,然后弯下腰,手脚并用,爬过一小丛落满灰尘的灌木。他拖着我前进。我咬着嘴唇,以免叫出声来。长裙被荆棘剐破,某种锋利的东西扎进手指,但我很快就忘记疼痛,与杰里米一同凝视着一小块空地。

太迟了!只见空地上有一间摇摇欲坠的小棚屋,屋顶都快塌了。犬吠声从空地另一头传来,越来越大。

有那么一小会儿,空地上一片宁静,一个人影也没有。但转瞬之间,身穿蓝色制服的看守就涌上来,枪口纷纷气势汹汹地瞄准棚屋。还有警犬——那些又大又丑的猛兽,闪电般穿过空地,扑到棚屋紧闭的门前,上蹿下跳,又抓又挠,发出无比可怕的吼叫……三个看守跑上前去,抓起拴狗绳,把狗拽了回来。

我们一言不发,绝望地注视着这一幕。

棚屋有两扇小窗户,这时一扇窗户中闪出一道红光,伴随着砰的一声巨响。我看见左轮手枪的枪管缩回了棚屋。与此同时，一只流着口水的凶猛警犬匪夷所思地向上一跃，然后跌回地面，死了。

"走开！"歇斯底里的尖叫声传来——那是阿伦·道的声音。"走开，走开！不然你们就会跟那狗杂种一个下场。你们休想活捉我。我告诉你们，走开！"他的声音尖厉到几不可闻。

我挣扎着爬起来，一个疯狂的念头在我的脑海里翻腾。我顾不得那么多了。我觉得道说得出做得到，他说不定真会杀人。我只有孤注一掷才能争取到机会，一个无比渺茫又疯狂至极的机会……

杰里米又把我拽了下去。"看在上帝的分儿上，你到底想干什么，帕特？"他压低嗓音说。我开始挣扎。他惊讶地张大了嘴……

在我来回扭动的过程中，空地上的情况发生了变化。我看见了矮胖冷静的马格努斯典狱长，他和他的手下全都退到了灌木丛后面。有些人开始渐渐朝我们挪动。举目张望，四面八方都是全副武装的看守，眼里闪烁着猎捕逃犯的热望……

典狱长走进空地。"道，"他平静地喊道，"别犯傻了。棚屋已经被包围了。我们一定会抓到你的。我们不想杀你——"

砰！就像做梦一样，我看见典狱长光秃秃的右手上神奇地冒出一条红色伤口，鲜血开始滴落到焦干的地面上。道又开了一枪。一名看守从树林里跑出来，把失魂落魄的典狱长拖了回去。

我拼命挣脱杰里米的手，跑进空地，心都跳到了嗓子眼儿。在那极其重要的一刻，时间仿佛停止了，我用余光瞥见一切都变得静止，好像典狱长、看守、警犬，甚至道本人，都被我跳入火力覆盖范围内的鲁莽行为吓呆了。但我因为过度兴奋而处于癫狂之中，而且我对自己疯狂的意图感到恐惧，因此我丧失了控制身体的能力。我默默祈祷杰里米不要跟着我跳出来。同一个瞬间，我看到杰里米被从他身后悄然逼近的三个看守抓住，奋力挣扎起来。

我抬起头，听到自己用响亮而清晰的声音说："阿伦·道，让我进去。你知道我是谁。我是佩兴丝·萨姆。让我进去。我必须跟你谈谈。"说完，我故作镇定地向棚屋走去，感觉却像是在云端漫步。

我的大脑完全麻木了，似乎丧失了所有的知觉。就算道在恐惧的驱使下向我开枪，我应该也感觉不到中弹。

尖锐的声波刺痛我的耳膜："其余的人，都给我退后！我已经瞄准了她。谁敢乱动，我就毙了她！往后退！"

我不知自己是怎么走到门口的。门在我面前打开，我跌跌撞撞地进入一个黑黢黢的屋子，潮湿的气息扑面而来。门在我身后砰的一声关闭，我靠到门上，吓得头晕目眩，浑身发抖，活像个得了疟疾不停抖动的老太婆……

那个可怜虫看上去非常凄惨——肮脏邋遢，口水直流，胡子拉碴，面目丑陋可憎，还畏畏缩缩的，好似卡西莫多[1]。但他眼神坚定，显示出他是一位勇士，在面对不可避免的死亡时依然冷静而坚毅。他的左手拿着一把冒烟的左轮手枪。

"快。"他用低沉刺耳的声音说，"如果你要我，我就要你的命。"他飞快地瞥了眼窗外："说话。"

---

1 法国文豪雨果的名著《巴黎圣母院》中的钟楼怪人。

"阿伦·道，"我低声说，"你这样什么也得不到。你知道我多么相信你是无辜的，还有雷恩先生，就是那位善良聪明的老绅士，他到你的牢房对你做过测试，还有我父亲，他曾经是探长，他们都相信……"

"他们都不可能活捉阿伦·道。"他嘟囔道。

"阿伦·道，你这样做等于自取灭亡！"我高叫起来，"投降吧，这是你唯一的生路……"我喋喋不休地说着，也不清楚自己在说什么。我好像含含糊糊地说我们在竭力帮他，说我们一定会救他……

我隐约听见道的声音，仿佛他的话从很远的地方传来，断断续续的，犹如耳语："我是无辜的，小姐。我没有杀他，绝对没有。救救我，救救我！"他跪下来，开始吻我的手。我感到自己的双膝在颤抖。冒烟的左轮手枪滑落到地板上。我扶起老人，搂住他瘦弱的肩膀，推开门，和他一起走了出去。我相信他应该安安静静地投降了。

然后我就晕了过去。恢复知觉后，我意识到杰里米的脸凑在我脸边，有人往我头上浇水。

高潮过后，是令人大失所望的苦涩结局。每每回忆起那个下午，我都会瑟瑟发抖。父亲和雷恩先生不知从什么地方冒了出来。我记得自己坐在约翰·休姆的办公室，听可怜的道自白。我还记得，他蜷缩在椅子里，不时转动那张饱受折磨的老脸，一会儿看看我，一会儿瞅瞅雷恩先生，一会儿望望我父亲，好似一个乞怜的奴隶。我过度悲痛，神志不清。雷恩先生也是一副悲戚的表情。在休姆办公室开会前一小时,我曾告诉雷恩先生,我在棚屋里向道做出了怎样的承诺。雷恩先生当时说的话和脸上的表情,我永远也不会忘记。

"佩兴丝,佩兴丝!"他痛彻肺腑地喊道,"你不应该做出那样的承诺。我还不知道真相。真的不知道。我追查到一些情况——十分惊人,但还不完整。恐怕救不了他。"然后我才意识到自己做错了。我让道再次燃起了希望,又再次……

道接受了地方检察官的讯问。不,他没有杀死福西特医生。他甚至没去过那座房子……约翰·休姆从抽屉里拿出道在棚屋里用过的左轮手枪。

"这是福西特医生的东西。"他严厉地说,"不要说谎。福西特医生的男仆昨天下午才见过,就放在医生诊疗室桌子的最上层抽屉里。你从抽屉里拿走了这东西,道。你去过那座房子。"

道崩溃了。是的,没错,他尖叫道,但他没有杀死福西特,他只是去赴约,十一点半的约。他进屋时发现福西特躺在地板上,浑身是血。桌上放着一把左轮手枪,他慌慌张张地抓起枪,跑出了屋子……是的,那截木盒是他寄的。怎么寄的?他露出狡猾的神色,不肯回答。那JA是什么意思?他紧闭双唇。

"是你发现尸体的?"雷恩先生紧张地问。

"我……是的,是我发现的。但我看到他的时候他就死了——"

"道,你确定他死了吗?"

"是的。是的,先生,我确定!"

地方检察官随后出示了在福西特医生诊疗桌上发现的那张字迹潦草的字条。我们所有人——除了哲瑞·雷恩——都对道的反应感到十分惊讶。他强烈否认字条跟自己有关,而且明显发自真心。他尖叫着说他从没见过那张字条。字条正面是福西特用墨水笔手写的消息,他从未读过;字条背面是用铅笔写的、由印刷体大写字母组成的、署名"阿伦·道"的消息,他更是从未写过。

老绅士快速问道:"道,最近几天你有没有收到福西特医生的任何消息?"

"有啊,雷恩先生,收到过,但不是这一条!星期二,我收到一张福西特的字条,让我星期四逃跑。我说的是实话,雷恩先生。星期四,字条上是这么写的!"

"你身上带着那张字条吗?"雷恩先生慢悠悠地问。

但道把字条扔进监狱下水道了,至少他是这么说的。

"我不明白为什么福西特要骗这个人,"休姆嘟囔道,"莫非……"

老绅士似乎想说点什么,但他只是摇摇头,没有出声。至于我,我开始——一点儿一点儿、极其缓慢地——看到一线希望。

接下来发生的一切非常可怕。约翰·休姆再次采取了简单的方法——再次委派助理地方检察官斯威特负责起诉。被告被指控犯有一级谋杀罪,这个过程毫不费力,进行得非常迅速。我们还没来得及喘口气,审判的日期就到了。最大的困难在于防止利兹市民无视法律擅自惩处罪犯。对同一个人的第二次谋杀指控似乎激怒了民众,警察必须在严密防护和高度保密的情况下,迅速将道从利兹监狱送到法院再送回来。

马克·柯里尔的内心想法令人费解。这位律师拒绝了雷恩先生提供的辩护费。从他那张自鸣得意的胖脸上,我什么也猜不出来。尽管这次依然希望渺茫,他还是全力以赴地投入了辩护。

哲瑞·雷恩先生默默地坐在旁听席上,深感绝望,但又无能为力。阿伦·道接受了审判,经过四十五分钟的讨论,陪审团认定一级谋杀罪成立,法官宣判将他电刑处死。而就在一个多月前,这位法官刚刚判处他终身监禁。

"阿伦·道……将在×月×日开始的一周内,按法律规定的方式被处死……"

阿伦·道被两名副警长戴上手铐,在全副武装的看守的护卫下,押往阿尔贡金监狱。降临在他头上的是死囚牢房里的一片死寂,就像冬天坟墓上的冻土。

第十八章
黑暗时刻

我们心灰意懒,无精打采,如同困在赤道无风带里的船,只能祈祷刮起一丝希望的微风。强烈的阳光炙烤着我们,我们在水波不兴、平滑如镜的海面上渐渐沉没。我们所有人都已经筋疲力尽——厌倦了战斗,厌倦了思考,厌倦了在永远不会起风的地方张开风帆。

父亲和伊莱休·克莱之间的矛盾已经解决。我和父亲都无心挑起争端,便顺从克莱父子的意思,继续住在他们家。我们只是晚上回去睡觉,别的时间很少在那儿。父亲躁动不安,举止狂乱,像一个高大的幽灵,在城里四处游荡。至于我,我常到山上缪尔神父家去,也许是心怀愧疚,觉得自己应该离那个死囚近一些吧。我们的神父朋友每天都去看阿伦·道,但出于某种原因,他拒绝告诉我们这个人过得怎样。从矮个子神父满脸的痛苦可以看出,道在诅咒我们所有人。但就算知道了这些,我心里也依然不好过。

能做的事都做了。这期间,发生了几件小事。我得知哲瑞·雷恩曾在道关押在利兹县监狱等待判决时偷偷见过他。我未能了解到他们之间谈了什么，但那肯定是一次不同寻常的会见，因为打那之后，老绅士的恐惧表情一连好多天都没有抹去。

有一次，我曾询问雷恩先生，他们到底说了什么。雷恩先生沉默良久才开口："他拒绝告诉我HEJAZ是什么意思。"然后他就一个字也不肯多说了。

还有一次，雷恩先生失踪了，我们手忙脚乱地找了他整整四小时。然后他神不知鬼不觉地再次现身，坐在缪尔神父家门廊上的摇椅里，好像从未离开过。他一脸疲惫，神情严峻，一面忧郁地摇着椅子，一面陷入深思。很久以后我才知道，出于某种常人难以理解的原因，他拜访了鲁弗斯·科顿。我当时并不明白，他希望通过这次神秘的见面达成什么目的。但根据事后他的言谈举止来看，无论他想做什么，显然都以失败告终。

还有一次，在沉默不语数小时之后，他一跃而起，大叫德洛米奥过来，载他去利兹。那辆豪华轿车扬起一片烟尘，朝山下飞驰而去。他们很快就回来了。几小时后，一个信使骑自行车上山，送来一份电报。雷恩先生用蛇怪般的眼睛读了一遍，然后将电报扔到我大腿上。

> 您打听行踪的联邦探员目前正在中西部执行任务。请务必保密。

电报上有美国司法部一位高级官员的签名。我毫不怀疑，雷恩先生始终抱着一线希望，想找卡迈克尔询问某些情况，但显然徒劳无功。

毋庸置疑，老绅士是真正的殉道者。很难相信，就在几个星期前，陪我和父亲来利兹的是同一个人——那仿佛已经过去了很久。那时候，哲瑞·雷恩先生衰老的脸颊上泛着红晕，看起来那样兴奋和快乐。而如今，他的内心似乎已经干涸，即将沦为一片没有生命的荒漠。他又变成了那个体弱多病的老人，除了偶尔会精力充沛地蹦跶两下，他和缪尔神父总是默默对坐，消磨无尽的空虚时光，天晓得他脑子里装着什么古怪的念头。

时间缓缓流逝，然后又好像突然向前跃进。平淡无奇的日子一天接一天，步履蹒跚。但有天早上，我疲倦地从床上爬起来，惊恐地意识到今天是星期五，顿时头晕目眩，浑身僵硬。按法律规定，从下周一开始的一个星期内，马格努斯典狱长必须确定阿伦·道的处决日期。但这只是走个形式而已。阿尔贡金监狱的习惯是在星期三晚上执行死刑。除非出现奇迹，否则阿伦·道将在一周内变成一具烧焦的尸体……意识到这一点，我不禁惊慌失措，想立刻找人帮忙，向当局求情，竭力营救监狱围墙后的那个可怜虫。可我该去找谁呢？

那天下午，像往常一样，我拖着沉重的脚步来到缪尔神父家，发现父亲正在那里，与雷恩先生和神父热烈地商量着什么事。我悄悄坐下，闭上眼睛，然后又睁开。

雷恩先生说："看来没希望了，探长。我要去奥尔巴尼找布鲁诺。"

友情和职责的冲突在戏剧中并不罕见。换作更适宜的场合，我一定会饶有兴趣地欣赏这出好戏。

父亲和我巴不得抓住这个采取行动的机会。我们坚持要陪老绅士去奥尔巴尼，他似乎也乐得有我们陪伴。德洛米奥一路不停地驾驶，如同不知疲倦的斯巴达人。到达那个位于丘陵地带、城市规模不大的纽约州首府时，我们——至少是父亲和我——已经筋疲力尽了。可是，雷恩先生根本不接受停下来歇息的建议。他在利兹的时候就给布鲁诺州长发了电报，州长这会儿正在等我们。于是，雷恩先生让德洛米奥带我们直接前往州议会大厦，没有停下来吃点心或休息一小时。

我们在州议会大厦的行政办公室里找到了州长——棕发稀疏、眼神坚毅、身体壮实的老布鲁诺。他热情地欢迎我们，让秘书按铃叫人拿来三明治，还同父亲和雷恩先生愉快地打趣、闲聊……但他的眼神始终严厉而机警，嘴上挂着微笑，眼里却没有笑意。

"言归正传，"在我们恢复了精神，舒畅惬意地坐定之后，布鲁诺说，"是什么风把您吹到奥尔巴尼来了，雷恩先生？"

"阿伦·道的案子。"老绅士平静地说。

"我猜也是。"布鲁诺州长在书桌上轻快地敲了几下，"把情况都告诉我吧。"

于是，老绅士介绍了案情的全部，语言冷静简明，实事求是，不留任何想象的余地。他不厌其烦地解释，为什么阿伦·道不可能杀死第一个被害者福西特参议员。布鲁诺先生闭目倾听，他有可能对雷恩的推理叹为观止，但无论如何他的脸上没有显露出来。

"因此，"雷恩先生总结道，"鉴于道的罪行确实存在可疑之处，我们来到这里，州长，请求你下令暂缓执行死刑。"

布鲁诺州长睁开眼睛："雷恩先生，您的分析一如既往地精彩。在一般情况下，我十有八九会说这个分析很正确。但是——您没有证据。"

"听着，布鲁诺，"父亲气冲冲地说，"我知道你现在处境艰难，但你不应该丧失自我。我知道你以前是什么样子！见鬼，你现在被责任感绑住了手脚，一点儿也不懂变通！你一定得推迟行刑日期！"

州长叹了口气："这是我上任以来最艰难的工作之一。萨姆，老伙计，还有雷恩先生，我只是法律的工具。没错，我发过誓要伸张正义，但我们法律体系的构建原则是：正义依赖于事实。而你们没有事实，老兄，没有事实。全都是推理——美妙的、漂亮的推理，但仅此而已。我不能在陪审团定罪、法官宣布判决后干涉死刑执行，除非我不仅在道德上而且在证据上也确信那个死囚是无辜的。给我证据，证据！"

房间里陷入一阵尴尬的沉默。我在椅子里扭来扭去，感觉茫然无助。然后，雷恩先生站了起来。他身材高大，神情严肃，疲惫的老脸上露出一条条大理石纹路般的苍白皱纹："布鲁诺，关于阿伦·道的清白，我带来的远不止单纯的推理。根据福西特兄弟俩的谋杀案的情况来看，可以做出一些无法否认、足以判定凶手的推论，可谓逻辑清晰，一目了然。但是——如你所说——除非有证据支持，否则推理不具备决定性，而我没有证据。"

父亲瞪大了眼睛。"您是说您知道谁是凶手？"他叫道。

雷恩先生不耐烦地打了个奇怪的手势："我几乎什么都知道。不是全部，但也很接近了。"他靠在州长书桌上，紧盯着布鲁诺先生的眼睛："布鲁诺，过去曾有许多次，我要求你相信我。你现在为什么不相信我呢？"

布鲁诺垂下眼帘:"亲爱的雷恩……我做不到。"

"好吧,"老绅士直起腰,"那我就说得更明白些。到目前为止,我的推理还没有指出究竟谁是杀害参议员和福西特医生的凶手。但是,布鲁诺,我的分析已经到达接近真相的阶段,我可以明确地说:凶手只可能是三个人中的一个!"

我们——父亲和我——惊诧莫名地盯着雷恩先生。三个人中的一个!这种说法听上去太惊人,太匪夷所思了。我已经将怀疑对象锁定到几个人身上,但是——三个人!我不明白,根据现有的事实,怎么可以将嫌疑人数量削减到这么少。

州长喃喃地问:"阿伦·道不是这三个人中的一个?"

"不是。"

雷恩先生带着平静的自信从口中吐出这两个字。我可以看到布鲁诺先生写满忧虑的眼睛里闪过一道光。

"布鲁诺,相信我,给我时间。时间,你懂吗?这就是我需要的,也是我想要的。时间一定能揭示一切……推理链条还有一环缺失,重要的一环。我必须有足够多的时间才找得出来。"

"也许那一环根本不存在。"州长咕哝道,"那种东西本来就诡秘莫测,难以把握。要是您找不到怎么办?我身为州长,处境会非常尴尬,难道您不懂吗?"

"如果找不到,我就认输。但是,在我确定那一环不存在之前,你没有在道德上主宰道命运的权利,让他为没有犯下的罪行被处决。"

布鲁诺州长突然站起身。"那好,"他说,抿了抿嘴,然后坚定地说,"我只能为您让步到这个程度:如果到行刑那天您还没有找到最后一环，我就将行刑日期推迟一个星期。"

"啊，"雷恩先生说，"谢谢你，布鲁诺，谢谢你。你真是太好了。这是好几个星期的阴霾中出现的第一缕阳光。萨姆、佩兴丝——我们回去吧！"

"等一下。"州长摸着桌上的一份文件，"我一直犹豫该不该告诉您这件事。但我想只要我们是盟友，我就没有权利不告诉您。这件事可能非常重要。"

老绅士猛地抬起头："什么事？"

"你们不是唯一希望取消阿伦·道死刑的人。"

"是吗？"

"还有一个利兹来的人——"

"你是想站在这里告诉我，"雷恩先生用骇人的声音低吼道，眼中火光熊熊，"我们认识的某个人，某个与这桩案子有关的人，在我们之前来这里请求你推迟行刑，布鲁诺？"

"不是推迟。"州长低语道，"而是赦免。她是两天前来的，但她不肯告诉我，凭什么认为道是无辜的——"

"她是谁？"我们异口同声地惊呼道。

"是范妮·凯泽。"

雷恩先生呆呆地盯着州长头顶上方的那幅油画。"范妮·凯泽。嗯，原来如此。我一直——"他握拳砸了下书桌，"当然是她，当然是她！我怎么会这么瞎，这么笨！她不想透露为什么要求你赦免道，对吧？"他大步跨过地毯来到我们面前，一把抓住我们的胳膊，捏得生疼："佩兴丝、探长——回利兹去！告诉你们，有希望了！"

第十九章
走投无路

我们回利兹的行程就像做梦一样。雷恩先生穿着厚重的长大衣蜷缩在座位里——天越来越冷了——眼睛依然炯炯有神。我感觉仿佛是他的意志在驱动豪华轿车的轮子。他只是偶尔挺起身，吩咐德洛米奥开快点。

但我们的身体吃不消，只好停下来吃饭睡觉，第二天早晨又继续赶路。我们把车开进利兹时，已经快到中午了。

街上似乎爆发了前所未有的骚动。报童们举着皱巴巴的报纸高声叫嚷，头版上用粗体字印着大标题。我突然从年轻小贩嘴里听到一个名字：范妮·凯泽！

"停车！"我对德洛米奥喊道，"出事了！"

父亲和雷恩先生还没来得及反应，我就跳下了车。我向报童扔了枚硬币，抓起一张报纸。

"找到了！"我尖叫着爬回车里，"看这个！"

《利兹观察报》上的这篇报道把赤裸裸的事实挖掘出来，简直痛快淋漓。文章说，范妮·凯泽"多年来在本市臭名昭著，已被地方检察官约翰·休姆下令逮捕，罪名是……"。下面列了一长串罪名：逼良为娼、贩卖毒品和其他不法行为。根据报道，休姆似乎充分利用了调查第一桩谋杀案时在福西特家找到的文件，对范妮·凯泽名下的几处"据点"进行了突袭。腐败罪行大量曝光，丑恶被揭露，流言四起。报纸毫不掩饰地指称，利兹的许多社会、工商和政界名流都与范妮·凯泽暗中勾结。

文章还说，范妮·凯泽的保释金是两万五千美元，她立即支付了这笔钱，获释回家，等待被起诉。

"这真是个好消息。"雷恩先生沉吟道，"我们太走运了，探长，我无法告诉你我们有多走运。既然我们的朋友范妮·凯泽有麻烦了，或许……"他认为逮捕和指控这个女人于事无补，只会让她稍稍收敛嚣张气焰罢了："这点风浪是难不倒她那种人的……德洛米奥，开车去休姆地方检察官办公室！"

我们发现约翰·休姆坐在办公桌前，无拘无束地抽着雪茄，兴致勃勃地欢迎我们。那个女人在哪儿？保释出去了。她的老巢在哪儿？他笑着把地址给了我们。

我们急匆匆赶到那里——市郊的一座大宅子。警察已经把每个角落都翻了个底朝天。宅子装饰豪奢，金碧辉煌，还挂着许多笔触热烈但艺术价值可疑的裸体画。范妮·凯泽不在。她被保释后就没去过那里。

我们开始疯狂搜寻那个女人，我们的脸因为紧张而再次僵硬。三小时过去了，我们面面相觑，绝望得说不出话来。那个女人不见了，哪里都找不到她。

难道她放弃保释金，离开了纽约州——也许离开了美国？考虑到她面临的严重指控，选择出逃是完全有可能的。就在我们五内俱焚时，那位老演员却像冷酷的死神一样敦促着约翰·休姆和警察去找人。电话联系不断，所有已知的范妮·凯泽常去的地方都遭到搜查。探员四处寻找她的下落，火车站也受到监视。我们还请求纽约警方协助。但一切都徒劳无功。那个女人消失得无影无踪。

"该死，"约翰·休姆嘟囔着，我们精疲力竭地坐在他的办公室里等待报告，"三个星期后，也就是从这个星期四算起的两个星期之后，她才会被起诉。"

听到这里，我们同时呻吟起来。就算布鲁诺州长推迟了行刑日期，范妮·凯泽也可以等到阿伦·道被处决的第二天才现身——如果她会现身的话。

随后的痛苦日子里，我们仿佛一下子老了好几岁。这个星期很快就过去了……我们没有放弃搜寻。雷恩先生精力充沛，如同一台永不停止的发电机。借助警方的合作，他得以通过当地广播电台发布召唤和呼吁。所有与那个女人庞大罪恶的非法组织关系密切的已知人员，都受到了监视。她的雇员——妓女、律师、随从、利兹黑社会的枪手——全被火速带到警察总局接受审问。

星期六，星期日，星期一……星期一，我们从缪尔神父和报纸上得知，马格努斯典狱长已正式把道的行刑日期和时间定在星期三晚上十一点零五分。

星期二……范妮·凯泽仍然下落不明。警方给所有开往欧洲的轮船都发了电报，但所有轮船上的女乘客都不符合她那特征明显的长相。

星期三早上……我们浑浑噩噩，如同活在梦中，只是机械地吃着饭，偶尔说一句话。父亲已经四十八小时没有脱衣歇息。雷恩先生的脸颊像死人一样苍白，眼里充满病态的忧虑和不安。我们拼命想进入阿尔贡金监狱与道会谈，但遭到拒绝，因为那是违反监狱严格规定的。不过，这种事总是会传出一些风声，这次也不例外：道出奇平静，除了简短的几个字，几乎不会发出任何声音。他不再咒骂我们，实际上似乎已经忘记了我们的存在。我们了解到，随着行刑时间一分一秒地逼近，他明显颤抖起来，在牢房地板上摇摇晃晃地走来走去。但缪尔神父眼里噙满泪水，微笑着对我们说："他一直坚守信仰。"可怜的神父！阿伦·道所依赖的并非精神上的信仰。我敢肯定，鼓舞他的是一种世俗得多的希望。因为直觉告诉我，哲瑞·雷恩不知通过什么手段给他捎了信，说他今晚不会死。

星期三，是一个充满恐怖和意外的日子。早餐……我们几乎没怎么咽下去。缪尔神父已经出门，拖着疲惫而老迈的双腿，匆匆赶往四方形监狱的死因牢房。然后，他焦躁不安地返回来，进入楼上卧室。再次出现时，他手里紧握着祈祷书，看上去平静一些了。

我们那天自然都聚集在缪尔神父家。我模模糊糊地记得，杰里米也在那儿，年轻的脸上写满羞愧，在外面的小门前徘徊，一支接一支地抽烟。有一次，我去找他谈话，他说他父亲接受了一个可怕的任务。伊莱休·克莱似乎收到典狱长的邀请，要他去见证行刑，而他接受了邀请——这正是让杰里米痛苦的地方。我想不出该说什么才好……就这样，上午悄然逝去。雷恩先生脸上长满斑点，形容消瘦。他已有两晚没有睡觉,旧病复发,痛苦在那张脸上刻出深深的皱纹。

不知怎的,我们就像是聚在濒死之人的病房外的一群亲人。大家只有万不得已时才会开口。即使有人说话,也是轻声细语。偶尔会有人走上门廊,一言不发地盯着灰扑扑的监狱围墙。我自问:为什么我们都那么在乎那个可怜虫的死亡呢?他对我们来说什么人都不是——完全就是个毫无瓜葛的陌生人。但不知何故,他的生死——他,或者说,在他身上具体化的某种抽象观念——却牵动了我们的神经。

上午快十一点的时候,雷恩先生收到了信使送来的最后一份来自利兹地方检察官办公室的报告。所有的努力都付诸东流,找不到范妮·凯泽,也查不到她最近的踪迹。

老绅士挺起胸膛。"事已至此,"他低声宣布,"唯一的办法就是提醒布鲁诺州长履行承诺,宣布推迟处决。在推迟到的那个日期之前,我们必须找到范妮·凯泽——"

就在这时,门铃响了。从我们惊讶的表情中,雷恩先生立刻意识到发生了什么事。缪尔神父匆匆走进门厅,然后我们听到他喜极而泣的哽咽声。

我们呆呆地注视着客厅门口,注视着那个倚门而立的人。

那正是看上去死而复生的范妮·凯泽。

第二十章
Z的悲剧

那个曾经叼着雪茄、一脸镇定、装扮奇特的亚马孙女战士,那个曾经对约翰·休姆态度冷漠、公然反抗的女人,如今已经踪影全无。眼前的范妮·凯泽与先前判若两人。原来的深红色头发染上了粉红色和灰色的污渍。她那男性化的衣服脏兮兮、皱巴巴的,有几处还撕破了。她的脸颊上没有涂脂粉,嘴唇上也没有抹口红。她面部松弛,嘴角耷拉,胸部下垂。她的眼睛里……流露出赤裸裸的恐惧。

她是个被吓坏了的老妇人。

我们一起跳上前去,把她连拖带拽地弄进房间。缪尔神父沉浸在纯粹的狂喜中,在我们周围手舞足蹈。有人给范妮·凯泽搬来一把椅子。她一屁股坐上去,发出一声空洞、奇异而苍老的叹息。雷恩先生刚才的痛苦表情一扫而空,恢复了往日的平静。但这一次,他无论如何也掩藏不住急切的心情,手指微微颤抖,太阳穴也跳个不停。

"我——离开了一阵。"她用嘶哑的声音说,舔了舔干裂的嘴唇,"然后……我听说……你们在找我。"

"哦,原来是这样!"父亲喊道,脸涨得发紫,"你去哪儿了?"

"躲在阿迪朗达克山脉[1]的一个小屋里,"她疲惫地答道,"我想……想离开这儿,明白吗?这些——利兹这些肮脏龌龊的事……让我有点儿厌倦了。在山上……见鬼,我已经远离文明了。没有电话,没有乡村邮递,什么都没有,甚至连报纸都没有。但我有一台收音机……"

"那是福西特医生的小屋!"我脑子里突然闪过一个念头,不由自主地叫了起来,"他弟弟被谋杀的那个周末,他肯定就待在那儿!"

范妮·凯泽沉重的眼皮抬起来又落下去,双颊下垂得更厉害了。她看上去酷似一头忧郁的老海豹。"没错,亲爱的,就是那儿。那小屋……我是说,那小屋是艾拉的。可以说,那是他的爱巢。"她苦笑两声,"他总是把女伴们带上去。乔死的那个周末,他就同一个婊子待在那儿——"

"这些现在无关紧要了。"哲瑞·雷恩平静地说,"夫人,你回利兹是为了什么?"

她耸耸肩。"很可笑,不是吗?我从来不知道自己也有良心。照这样下去,我说不定会哇哇大哭起来的。"她挺直腰板,一脸挑衅的神色,用深沉的嗓音对他说,"我的良心,就是这东西让我回

---

[1] 位于纽约州东北部。

来的！"她说这话的时候，似乎已经料定我们会嘲笑她，至少会怀疑她。

"说真的，我很高兴听到这个消息，凯泽小姐。"雷恩拉过一把椅子，坐在她对面。

范妮·凯泽眨了眨眼。我们默默旁观。雷恩先生继续说："阿伦·道在受审之前，从县监狱将最后一截木盒，也就是上面有字母Z的第三截木盒，寄给了你，对吧？"

范妮·凯泽张开嘴，如同甜甜圈上的大洞，红肿的眼睛疯狂地瞪着雷恩先生。"天哪！"她倒吸一口冷气，"你是怎么知道的？"

老绅士不耐烦地挥了挥手："很简单。你去拜访州长，请求赦免你应该并不认识的道。为什么偏偏是你范妮·凯泽去做了这件事呢？那是因为道的手上有你的把柄。我推测，福西特参议员和福西特医生也有同样的把柄握在他手上。所以，很明显，他把最后一截木盒寄给了你。那个有字母Z的……"

"我就知道你猜得出来。"她嘀咕道。

雷恩先生轻轻拍了拍她肥腯腯的膝盖。"告诉我吧。"他说。

她沉默不语。

雷恩先生喃喃地说："你知道，凯泽小姐，我已经掌握了一部分内情。那艘船……"

她大惊失色，大大的手指深深地陷进垫料厚实的扶手里。她向后一靠。"好吧！"她说，短短地笑了两声，样子很难看，似乎有点儿可怜，"你到底是何方神圣，先生？看来再隐瞒下去也没用了。不过，你到底是怎么发现的……该不会是道说的吧？"

"不是。"

"那个可怜的杂种，竟然打算坚持到最后一口气。"她咕哝道，"唉，先生，这就是罪人的下场。罪行总有一天会败露的。那些道貌岸然地歌唱赞美诗的家伙最后总会抓住你。原谅我用宗教术语打比方，神父……没错，道手上有我的把柄，我试图救他，不让他泄露秘密。但事情进展得并不顺利，我只好撒腿就跑，逃离这里……"

老绅士的眼里闪过一丝奇异的光芒。"你害怕他泄密的后果，对吗？"他柔声说，但看上去并不认为这是她逃跑的主要动机。

范妮·凯泽挥舞着胖乎乎的手臂："不，不是，我还没有害怕到那种程度。不过，我最好先告诉你那个该死的儿童玩具是什么意思，还有这些年来道握着我和福西特兄弟的什么把柄。"

这是一个令人无比震惊、难以置信的故事。很久以前——距今二十年或二十五年，她已经记不清到底是多久之前了——福西特兄弟是两个年轻的美国流氓，在世界各地游荡，不择手段地捞取钱财，尤其喜欢诈骗，因为这样通常不费力气。当时两人用的是别的名字，到底是什么无关紧要。范妮·凯泽是一个美国海滩拾荒者和一个偷鸡摸狗的英国侨民的女儿，当时在西贡[1]拥有一家酒吧。尽管她野心勃勃，却寂寂无闻。西贡那会儿还是越南的首都，风气开放，繁华兴旺。福西特兄弟流浪到那个港口，如范妮·凯泽所说，到处寻找"捞钱"机会，于是她认识了他们。她"喜欢他们的行事风格，他们是两个聪明的年轻骗子，胆子够大，做事不束手束脚"。

---

[1] 越南南部沿海港口城市，胡志明市的旧称。

247

在光顾酒吧的水手中，既有道德败坏的渣滓，也有相对正直的人士。身为酒吧老板，范妮·凯泽听到了许多本应是秘密的事情。那些男人在海上几个星期没沾酒，一旦畅饮起来，常常会借着酒劲说出一些不该说的话。她从停泊在港口的一艘不定期货船的二副那里，得知了一个颇有价值的秘密。那人喝得烂醉如泥，又对她心存不轨，她就设法从那人口中套出了惊人的消息：那艘货船将沿海岸线驶往香港，船上载着数量不多却价值连城的钻石原石。

"搞到那些钻石就如同探囊取物一般。"她用沙哑的声音说。回忆到这里，她不怀好意地笑了笑。我不寒而栗地看着她。这个呆头呆脑的老太婆，竟然也曾是个楚楚动人的姑娘！

"我把这消息告诉了福西特兄弟。我们做了笔交易。当然，他们休想骗我范妮·凯泽。我信不过他们。就算抛下酒吧的生意，我也要盯着他们。于是我就跟去了，我们三个人假扮乘客登上了那艘船。"

夺取钻石的过程出奇简单。船员大多数都是无精打采的可怜虫，他们三言两语就将船员震慑住了。福西特兄弟在武器室里抢走了一些武器，杀死正在睡觉的船长，打伤或杀死高级船员，射杀半数的普通船员，劫走货物，凿沉货船，然后带着范妮·凯泽乘货船携带的大划艇逃走了。福西特兄弟一直很确定，船员中无人生还。在夜幕的掩护下，他们三人在一片荒凉的海岸登陆，分了战利品，然后分道扬镳，几个月后在数千英里外再次聚首。

"阿伦·道是谁？"雷恩先生急忙问。

范妮·凯泽痛苦地皱起眉："他就是那个醉酒的二副，我当初就是从他嘴里得知钻石的秘密的。天知道他是怎么死里逃生的,但他确实活了下来。他没有淹死,该死!我猜他虽然受了伤,但还是游上了岸!这些年来,他始终怀着对福西特兄弟和我的刻骨仇恨,想报仇雪恨。"

"他为什么不到最近的港口报警呢?"父亲喃喃地问。

她耸耸肩。"或许他从一开始就想勒索我们。反正,我们听说那艘船被官方认定为'在海上失踪'。虽然海运保险公司进行了调查,但没有任何结果。我们在阿姆斯特丹将钻石卖给一个大'掌柜',拿到了现金。然后,福西特兄弟和我来到美国。打那以后,我们三个人就一直在一起。"她那刺耳的声音变得冷酷起来,"我的意思是,我无论如何都要确保我们三个人在一起。我的视线从未离开过那两兄弟。我们在纽约待了一段时间,然后不知怎么就搬到纽约州北部来了。那两兄弟都很圆滑精明,尤其是艾拉。他一直是两兄弟中出主意的那个——他让乔去学法律,他自己则去学医。我们都成了有钱人……"

我们沉默了。海盗、越南、沉船、抢劫钻石、谋杀船员——这血腥的故事仿佛天方夜谭。这一切都是那么遥远,那么梦幻。然而,范妮·凯泽这个恬不知耻的故事听起来却真实可信……突然,哲瑞·雷恩先生那深沉平静的声音把我拉回了现实世界。

"一切都说得通了,"他说,"除了一点。我从一些无关紧要的迹象中得知——道曾两次说过只有水手才会说的话——整件事的背景和海洋有关。还有那只小盒子——我敢肯定,那是一个航海储物箱的模型。然后是'汉志',这可能是一匹赛马的名字,或者是一款新游戏的名字,或者是一种东方地毯的名字——你看我想得有多远！但事实很简单，这是一艘船的名字。可我查阅了海事法庭的旧记录，找不到任何叫'汉志'的船——"

"你当然找不到，"范妮·凯泽疲倦地说，"那艘船的名字是'汉志之星'。"

"啊！"雷恩先生惊呼，"怪不得我始终找不到。'汉志之星'，对吧？那些钻石肯定就装在船长的储物箱里，而道做了这个被盗箱子的模型，分成三截寄给你们，因为他知道你们会立刻明白这一举动的意义！"

范妮·凯泽点点头，叹了口气。这时我想起了老绅士在过去几个星期里的行动——他一直在循着"船—海—箱"的线索进行推理……他站起来，走到范妮·凯泽近旁，后者正小心翼翼地蜷缩在椅子里，好像很害怕即将发生的事。我们糊里糊涂地站在那里，一言不发。接下来会发生什么？我看不出任何迹象。

雷恩先生的鼻翼微微翕动："凯泽小姐，你说你上周逃离利兹不是出于对自身安全的担忧，而是出于良心。[1]你这话到底是什么意思？"

疲惫的老亚马孙女战士用红彤彤的粗大手指做了个绝望的手势。"他们要把道送上电椅，是不是？"她用沙哑的声音低声问。

"他被判了死刑。"

"哎呀，"她嚷道，"他们要处死一个无辜的人！阿伦·道没有杀福西特兄弟！"

---

[1] 上文雷恩问的是范妮·凯泽"回"利兹是为了什么，此处疑为作者笔误。——编者注

我们一齐探出身子,仿佛被同一根无法抗拒的绳子拉住了一样。

老绅士弯下腰,脖子上青筋暴起。"你是怎么知道的?"他用雷鸣般的声音问。

她突然往椅子里一沉,双手捂脸。"因为,"她抽泣着说,"艾拉·福西特咽气前——他是这么告诉我的。"

第二十一章
最后的线索

"啊。"雷恩先生平静地说。我知道,奇迹发生了——他已经洞悉了一切,以一种不为外人所知的、不可思议的方式。他露出一个安详的微笑,这是备尝艰辛之人终于如愿以偿之后的微笑。他什么也没说。

"这是他亲口告诉我的。"范妮·凯泽重复道,低沉的声音里透着一丝兴奋。啜泣停止了,她茫然若失地盯着墙壁,仿佛勾起了藏在心底深不可测之处的回忆。"我一直和福西特兄弟保持着联系。私下联系,你懂的,打着做生意的幌子……乔·福西特被刺死的那天晚上,我来到他家,休姆给我看了乔死前写给我的信,我知道我们有麻烦了。我们——艾拉和我——一直盯着卡迈克尔。乔收到第一截木盒的时候,他、艾拉和我——我们聚在一起讨论过。那是我们第一次知道阿伦·道还活着。嗯,我们决定不动声色。乔——亏他还是参议员!"她嗤笑道,"他有点儿胆小。他想收买那个卑鄙小人,艾拉和我不得不给他打气。"她顿了顿,然后快速说道:"乔被杀那晚,我本想去他家把道吓走。我确信道会来,我也知道乔·福西特会临场退缩,给道五万美元。"

那女人在撒谎。她眼神飘移不定。这家伙什么事都干得出来。我毫不怀疑,在福西特参议员被谋杀那晚,她是抱着明确的目的到参议员家的:如果阿伦·道不肯罢休,她就要杀了他。我毫不怀疑,参议员心里也有这样的计划。

"我真的很倒霉,"她用沙哑的声音继续道,"在艾拉·福西特遇害那晚,我又去了那座房子。艾拉告诉我,道给他寄来了第二截木盒,并在当天下午打电话约他晚上见面。艾拉向来胆大妄为,那次也吓得全身发抖。他前一天从银行取了钱,还在犹豫要不要付钱。于是——我去那里看看会发生什么。"我知道她又在撒谎。那笔钱被取出来,是为了制造出他们"打算付款"的假象。艾拉·福西特和范妮·凯泽其实打算当晚杀死阿伦·道。

她眼神灼热:"我到了那座房子,发现艾拉已经死了,像条死鱼一样躺在诊疗室地板上,胸口插着一把刀。"

老绅士一脸在意,说道:"但我记得你说他——"

"是啊,我知道我说了什么。"她嘟囔道,"我以为他死了。我也不想看到那一幕。可怕啊——可怕极了。"她哆嗦起来,庞大的身躯如同波涛起伏的海面。"所以我转身就逃,就在这时……就在这时,我用余光瞥见他的一根手指在动……于是我走回去,扑通一声跪在他身边,问道:'艾拉,艾拉,是道捅了你吗?'他张开嘴,我听到他喉咙深处发出咯咯的声音,低得几乎听不见:'不,不,不是道。不是道。是——'"她停一下,握紧了大拳头,"然后他浑身抽搐,死了。"

"该死!"父亲嘟囔道,"这种事我都不知道碰到过多少次

253

了。那些家伙还没来得及告诉你是谁杀了他们，就蹬腿翘辫子了。你确定你没有听他说——"

"他死了，真的。然后我就从那该死的房子里逃出来，一溜烟跑走了。"她的声音弱下去，然后提高了嗓门，"我当时处境尴尬。如果我说出真相，休姆会把杀人的罪名推到我头上……所以我只能迅速开溜。但是，躲在山上的这段时间，我心里很清楚，道是无辜的。我不能，我不能让他们——我敢说，有个魔鬼在利用那个可怜虫，利用他！"她声音尖锐，几乎快要叫起来。

缪尔神父快步上前，用苍白的小手握住她粗壮的大手。"范妮·凯泽，"他温柔地说，"你这些年来一直都是罪人。但今天，你又得到了上帝的恩宠。你救了一个无辜的人，使他免于一死。愿上帝保佑你。"他转头看向哲瑞·雷恩，那双暗淡的眸子在厚厚的镜片后面闪闪发光。"我们赶紧去监狱吧，"他说，"一刻也不能耽搁！"

"放轻松，神父。"老绅士淡淡一笑，"我们有的是时间。"他声音平静，充满自信，然后他咬住下唇，嘟囔道："还有一个问题，相当微妙……"

雷恩先生态度的明显变化使我大吃一惊。显然，范妮·凯泽的故事给了他最后一条重要线索。但那是什么呢？我看不出她说的那些情况对破案有什么意义——当然，除了能证明道的清白。可雷恩先生却像变了一个人似的……

他平静地说："凯泽小姐，你刚才告诉我们的情况让我破解了这桩疑案。一小时前，我知道杀害福西特兄弟的凶手是三个人中的一个，而你的故事排除了其中两个。"他挺起胸膛："那么，请允许我暂时告退。我还有事要办！"

第二十二章
最后一幕

雷恩先生朝我勾了勾手指:"佩兴丝,你可以帮我个大忙。"我急忙走到他身边,大口喘着粗气。"请接通布鲁诺州长的电话。我有点儿不方便……"他摸了摸自己的耳朵,笑了。当然,他完全聋了,全靠读唇能力与外界保持沟通。

我给奥尔巴尼的州长官邸打了个长途电话,等待接通的时候,心脏狂跳不止。

老绅士看上去若有所思:"凯泽小姐,你在诊疗室看到尸体的时候,没有碰他的手腕吧?"

"没有。"

"你注意到他手腕上的血渍了吗?"

"是的。"

"在福西特医生死前或死后,你都没碰过他吧?"

"看在上帝的分儿上,没有!"

他微笑着点点头,这时接线员接通了电话。"布鲁诺州长吗?"

我问，深吸了一口气，然后我不得不等待六七个秘书转达我的名字，最后我说道，"我是佩兴丝·萨姆，代表哲瑞·雷恩先生讲话！请稍等……您有什么话要对州长说，雷恩先生？"

"告诉他案子已经破了，他必须马上到利兹来。告诉他，我们有无懈可击的新证据，可以证明阿伦·道完全是无辜的。"

我传达了这句话——帕特·萨姆，伟大名侦探哲瑞·雷恩的传声筒——然后听到电话另一头传来倒吸一口冷气的声音。我想，并不是每个人都能听到州长倒吸冷气的声音。州长说："我马上就来！你在哪儿？"

"在阿尔贡金监狱围墙外的缪尔神父家，布鲁诺州长。"

我挂断电话，看见雷恩先生弯下身子坐到椅子里。"佩兴丝，好孩子，请安排凯泽小姐好好休息一下。你不介意吧，神父？"然后他闭上眼睛，脸上浮现出平静的微笑，"现在我们要做的就是等待。"

于是我们等了八小时。

九点钟，离指定行刑时间还有两小时，一辆黑色大轿车停在缪尔神父家门外，两旁有四个骑摩托车的州警护卫。州长下了车，匆匆走上台阶，满脸倦容，神情严峻，忧心忡忡。我们在门廊上等他，那里只点着两盏昏黄的灯，样子颇为怪异。

缪尔神父几小时前就离开了。雷恩先生一再告诫他，务必举止如常，以免暴露即将发生的事。他是去死囚牢房给死囚做临终圣事的。就在矮个子神父离家之前，雷恩先生吩咐了两句。我由此推断，神父会告诉阿伦·道要保持希望。

范妮·凯泽梳洗、休息、用餐过后，一声不吭地坐在门廊上，红彤彤的眼睛里写满忧虑，看上去就是一个孤独的老妇人。我们见证着这次历史性的会面，心中五味杂陈。州长神情紧张，略显粗鲁，如同一匹躁动的雄驹。范妮·凯泽战战兢兢，低眉顺眼。雷恩先生静静地注视着事态的发展。

我们听着他们谈话。范妮·凯泽又讲了一遍她的故事。在说到福西特的临终遗言时，州长非常仔细地盘问了她。但她还是坚持先前的陈述。

范妮·凯泽讲完后，布鲁诺先生擦了擦额头的汗水，坐下来："哎呀，雷恩先生，您又胜利了。您真是缔造奇迹的现代梅林[1]呀……我们马上到阿尔贡金监狱去阻止这场错误的行刑吧。"

"哦，不，"老绅士轻声说，"哦，不，布鲁诺！在这桩案子上，咱们必须出其不意，才能从心理上打击凶手。因为你知道，我没有确凿的证据。"

"这么说，您知道这两桩谋杀案的幕后真凶是谁了？"州长慢悠悠地问。

"是的。"然后，老绅士道了个歉，和布鲁诺州长一起退到门廊一角，平静地说了一会儿话。布鲁诺不停地点头。他们重新回到我们身边时，表情都很严肃。

"凯泽小姐，"州长干脆利落地说，"请你留在这里，我的州警会保护你。探长、萨姆小姐，我想你们希望参与进来。雷恩先生和我已经就行动方案达成一致。这样做难免有一点儿风险，但很有

---

[1] 亚瑟王传奇中帮助、支持亚瑟王的魔法师。

必要。现在——我们等着吧。"

我们继续等待。

十点三十分，我们静静地离开了缪尔神父家，将蜷缩在椅子里的范妮·凯泽留在屋内，由四名身穿制服的高大年轻人护卫。

我们一行人默不作声地大步走向阿尔贡金监狱的大门。这时天已经黑了，监狱里的灯光在夜幕下仿佛怪物的一只只眼睛。

接下来的半小时里发生的事，清晰地烙印在我的脑海里，我永远不会忘记。我不知道州长和雷恩先生在想什么，所以一直提心吊胆，生怕出什么岔子。但从我们穿过拱门进入监狱大院的那一刻起，一切就像上了油的链条一样，运转得非常顺利。州长的出现令值班看守大惊失色。州长的权威自然不容置疑，我们立刻被带了进去。在四方形监狱的远端一角，死囚牢房亮着灯。从坚固的灰色墙壁背后，传出了准备执行死刑的可怕声响。关押普通囚犯的牢房里一点儿声音也没有，看守紧张不安地走来走去。

州长严厉命令领我们进来的看守留在我们身边，不许把我们到来的消息告诉监狱的其他工作人员。尽管我看到几道好奇的目光，那些看守还是毫无疑问地服从了命令……就这样，我们站在灯火通明的监狱大院的阴暗一角，默默等待着。

我手表上的分针缓缓转动。父亲不停地用气声喃喃自语。

我从雷恩先生的紧张表情中察觉到，这个计划的关键是等到行刑前最后一刻才采取行动。当然，由于州长的出现，道面临的危险已降到最低，但我还是放心不下。随着时间一分一秒地过去，那致命的时刻越来越近，我越来越按捺不住内心的冲动，真想尖叫着发出抗议，不管不顾地穿过监狱大院，奔向对面那座寂然无声的庞大建筑……

差一分十一点的时候,州长身子一僵,对看守厉声说了些话。然后我们发足狂奔,飞快地穿过监狱大院,朝"死屋"跑去。

我们赶到行刑室时,正好是十一点。十一点零一分,布鲁诺州长像命运之神一样冷酷无情地推开两个看守,打开行刑室的大门。

我永远不会忘记,当我们冲进行刑室时,房间里那一张张惊恐万状的脸。在那些人看来,我们简直就是一群亵渎当代维斯塔贞女[1]神庙内殿的汪达尔人[2],或者是践踏至圣所[3]祭坛布的非利士人[4]。当时的情景……我的记忆断断续续,似真似幻,仿佛每一个瞬间本身就有一生那么长。在这漫长的一瞬,每个面部表情、每个手头动作,甚至每个点头,都被凝固在时空之中。

我兴奋得快要窒息了,以至于忘记了眼前这一幕在合法行刑过程中多半前所未有。我们正在创造行刑史上最有戏剧性的时刻。

我看清了室内的每个人和每件东西。电椅上坐着阿伦·道那个可怜虫,他的眼睛紧紧地闭着。第一个看守正在绑他的腿,第二个绑他的躯干,第三个绑他的手臂,而第四个看守正要给阿伦·道的眼睛蒙上布,却被我们这群人吓得手悬在半空。四个人都停下了正在做的事,张大了嘴,惊呆了,好似一尊尊雕像。马格努斯典狱长站在离电椅几英尺远的地方,手里拿着表,纹丝不动。缪尔神父激动得差点儿昏过去,靠在另外三个看守中的一个身上。至于其他

---

[1] 守护灶神维斯塔祭坛圣火的处女祭司。
[2] 于五世纪侵犯西欧、掠夺罗马的日耳曼人的一支。
[3] 以色列人在旷野所建帐幕的内室,被认为是耶和华的住所。
[4] 古代巴勒斯坦南部非闪族人,公元前十二和前十一世纪同古以色列人发生冲突。

人……有三个显然是法庭派来的官员，还有十二个见证人——我看见目瞪口呆的伊莱休·克莱赫然在列，不由得心头一惊，立刻想起杰里米说过他父亲要来见证行刑。另外还有两个监狱医生。而行刑官就站在那个致命凹室里，左手忙着摆弄什么器械……

州长厉声说："典狱长，停止行刑！"

阿伦·道睁开眼，几乎有点儿惊讶，眼神呆滞而茫然。舞台上齐齐定住的演员仿佛收到信号一样，再次活动起来。电椅周围的四名看守一脸困惑，转头向典狱长投去询问的目光。典狱长眨眨眼，面无表情地看着手表，不知所措。缪尔神父发出一声含糊的轻呼，苍白的双颊泛起红晕。其他人都张口结舌，面面相觑，然后交头接耳，窃窃私语起来。马格努斯典狱长上前一步说："可是——"他刚一开口，嗡嗡的议论声就戛然而止。

哲瑞·雷恩赶紧说："典狱长，阿伦·道是无辜的。我们得到了可以让他完全免罪的新证词，可以证明对他的谋杀指控子虚乌有，死刑判决自然也不再成立。州长……"

然后发生了一件事，我相信这在法律悲剧中是史无前例的。通常情况下，如果州长在行刑前下令停止执行，死囚会被立刻送回牢房，见证人和在场的其他人也都会立即解散，一切到此结束。但这一次非常特殊。一切都经过精心安排。我现在十分肯定，谜底必须在这个房间揭开。可是，州长和雷恩先生安排这一场惊心动魄的大戏，到底希望达成什么目的呢……

所有人都无比惊愕，不敢提出异议。就算在场官员中有谁想质疑此举是否得体，布鲁诺州长那牙关紧咬、严峻冷酷的面容，也会让他们立刻闭嘴……然后，所有人都忘记了刚才的震惊与困惑，因为老绅士静静地站到了电椅旁边，站到了那个刚被人从死神手中救出来、畏缩着动也不动的小老头儿旁边，开始说话了。而他甫一开口，全场就鸦雀无声，如同置身威严的大教堂一般。

哲瑞·雷恩的推理简洁而迅速，比我当初多次阐述推理时所能做到的更加清晰明白。他重复了从福西特参议员谋杀案出发得出的最初推论，说明阿伦·道惯用左手，不可能行凶，而真正的凶手惯用右手。

老先生用动人心魄的浑厚声音说："因此，我们可以合理推测，凶手明明平时惯用右手，却在行凶时故意用左手，让犯罪行为与阿伦·道的特征相吻合。换言之，凶手是在'陷害'阿伦·道，将他没有犯下的罪行推到他身上。

"现在请各位听仔细。为了陷害阿伦·道，凶手必须知道阿伦·道的什么信息呢？从事实来看，有三点：

"第一，他必须知道，道在进入阿尔贡金监狱之后丧失了右臂功能，现在只能使用左臂。

"第二，他必须知道，道实际上打算在参议员被谋杀当晚去拜访福西特参议员，因此，他也必须知道，道会在那天正式出狱。

"第三，他必须知道，道有杀害福西特参议员的动机。"

"以上三点，我们按顺序加以讨论。"老先生流畅地接着说，"谁能知道，道在阿尔贡金监狱时丧失了右臂功能？马格努斯典狱长告诉我们，这个人入狱后的十二年里，从未收到过信，也没有人来探访。而且，他也没有通过正规渠道寄过信。通过监狱助理图书管理员塔布的非法传信通道，道只寄过一次信：寄给福西特参议员的勒索信。我们已经知道那封信的内容，信中只字未提他的手臂。此外，道从十年前右臂瘫痪到被正式释放，从未出过监狱。他没有家人，也没有朋友。事实上，在这段时间里，只有一个外界的人见过阿伦·道，那就是福西特参议员自己。他来参观监狱木工车间——在那个地方，道认出了参议员。但从证词来看，我们有理由相信，参议员那次并没有认出道。车间里有几十个囚犯，参议员几乎不可能注意到他，更不用说记得他右臂有残疾了。所以，我们可以排除参议员自己掌握第一点儿信息的可能性。"雷恩先生微微一笑："换句话说，我们完全有理由假设，唯一可能知道道右臂瘫痪的人，是监狱内部人员——同狱囚犯、模范囚犯、看守，或者经常为阿尔贡金监狱工作的平民。"

灯火通明的行刑室里一片死寂。我的推理也进行到这一步——或许不像雷恩先生这样逻辑清晰，但我已经看到了许多迹象。我也知道雷恩先生接下来将往什么方向推理。其他人全都站在原地，寸步不移，好像双脚都嵌入了水泥地里。

雷恩先生继续道："还有另一种解释。那个陷害道的人，也就是那个必然知道道在阿尔贡金监狱变成惯用左手的人，是从监狱中的同伙那里，得知这一信息和其他与道有关的信息的。"

"以上两种解释中，只有一种是正确的。是哪种呢？我将向各位证明，逻辑上更有力的那个推论——陷害道的人本身就是监狱内部人员——才是正确的。

"请仔细听我说。福西特参议员被刺死时，书桌上有五个密封的信封，其中一个信封提供了重要线索。若没有听到佩兴丝·萨姆小姐对第一桩谋杀案的介绍，听到她那令人钦佩的如照片般忠实详尽的描述，我是不可能追查这条线索的。信封上有一个回形针的印痕——不，准确地说，不是一个，而是两个。因为信封正面的两端都有明显的回形针印痕，一个在左，一个在右。然而，地方检察官打开信封后，却发现里面只有一个回形针！但是，一个回形针怎么会在同一个信封的左右两端留下不同的印痕呢？"

有人长长地吸了一口气，发出了一阵啸声。老绅士身体前倾，挡住仍静静坐在电椅上的阿伦·道的身体。"我来告诉各位是怎么回事。福西特参议员的秘书卡迈克尔看见他的雇主把附件匆匆塞进信封，又匆匆封好。那么，根据常识判断，参议员在封信时会压下封盖，在信封表面留下信封内回形针的一个印痕。但我们在不同的地方发现了两个印痕。这只能有一种解释。"他停顿片刻，"有人打开了密封的信封，取出了附件，然后在把附件放回去的时候，无意中放反了位置，也就是左右颠倒了。接着，在重新封信并压下封盖时，又形成了一个回形针印痕，但这次是在信封另一端，因为这次回形针处在完全不同的位置。"

老绅士干脆利落地继续道："那么，是谁打开了那个信封呢？我们知道，只有两个人可能做到：一个是参议员本人，另一个就是卡迈克尔看到的那个在谋杀期间唯一进出过房子的人——正如刚才证明的那样，这个来访者肯定既是凶手，也是烧掉那封信的人。我们在壁炉里发现了信的灰烬。"

"在卡迈克尔离开之后、来访者到来之前，参议员本人又打开了他自己写的信吗？我承认，理论上存在这种可能性。但是，我们也必须考虑到通常的可能性。我问你们：他为什么要重新打开自己写的信呢？是为了改正吗？但信上没有改正的痕迹，四封信的内容都与记录在复写纸上的副本完全一致。是忘了什么东西，所以要重

263

读一遍自己口授并让人打出来的内容？荒谬！书桌上明明就有副本可看。

"但抛开副本不谈，就算参议员想打开信封，也只需将它切开，然后把信装进新信封就行了。更何况，他已经告诉卡迈克尔，这些信可以第二天早上再寄。但那个信封显然不是新的，因为上面有两个回形针印痕。如果是新的，就只会有一个回形针印痕。因此，信封不仅被打开过，而且最后装信的信封，依然是原来就封好的同一个信封。那信封是怎么打开的呢？书桌旁边有一台电咖啡壶，谋杀案发生后，咖啡壶还是温的。那么，显而易见——在没有其他证据表明信封是如何被打开的情况下——信是用蒸汽溶解了信封口的胶水后再打开的。啊，问题到了最关键的地方了！福西特参议员会利用蒸汽拆开他自己写的信吗？"

老绅士的听众像人体模型一样机械地摇着头。他们紧张地屏息聆听老绅士的逻辑推理，并深感认同。老绅士微微一笑，继续说下去。

"如果福西特参议员没有打开信封，那它一定是被来访者打开的，因为那个来访者是谋杀期间唯一进出过房子的人。

"那么，信封里究竟装了什么东西，引起了来访者，也就是凶手的注意，使他抛下谨慎，在犯罪现场就打开了信封？信封上的收信人是阿尔贡金监狱典狱长，并注明随信附有一份'阿尔贡金监狱人事晋升名单'。请注意，这一点极其重要。"

我瞥了一眼伊莱休·克莱。他脸色铁青，正用颤巍巍的手指抚摩下巴。

"各位应该还记得，关于凶手的身份，一直存在两种可能性：

第一，凶手是监狱内部人员，这种可能性较高；第二，凶手是监狱外部人员，但在监狱里有一个同伙，后者向凶手提供了所需的一切情报，这种可能性较低。现在，假设后一种情况成立，假设凶手是监狱外部人员，但监狱里有人给他通风报信，那他怎么会对打开一封含有参议员推荐的'阿尔贡金监狱人事晋升名单'的信感兴趣呢？如果他是监狱外部人员，那么，从自己的利益出发，他无论如何都不会对那种东西感兴趣。你们也许会说，他也许是考虑到了监狱里的同伙的利益。但他何苦要操这个心？如果同伙得到晋升，凶手本人不会受益；如果同伙没有得到晋升，凶手也不会有损失。所以，我们可以断言，就算存在这个监狱外部人员，他也不会打开那个信封。"

"啊，可是凶手的确打开了那个信封啊！因此，凶手肯定是可能性较高的那种人——大体上说，凶手对阿尔贡金监狱人事晋升名单感兴趣，忍不住打开信封一探究竟。因此我敢说，凶手一定是监狱内部人员。"他顿了顿，表情严肃，脸色阴沉，"事实上，等我告诉你们谁是凶手时，你们会发现推断出凶手的另一个理由，这个理由也更加有趣。不过，目前我只想做出一般性的判断，即凶手是监狱内部人员。"

"基于第一桩谋杀案的事实，还可以得出一个推论。我曾从马格努斯典狱长那里了解到，监狱里的日常规定十分严格，例如，看守的排班都是固定的，从不改变。我们现在已经证明，凶手是阿尔贡金监狱内部人员，那他是在什么时候杀害福西特参议员的？在晚上。因此，无论他在监狱里担任什么职务，显然都不是值夜班的，否则就无法及时离开那里，去福西特参议员家行凶。因此，他要么值白班，要么没有固定工作时间。这些都是凶手的基本特征，请各位牢记。接下来，我会从另一个角度进行推理。"

随着时间的流逝，雷恩先生的声音越来越尖锐，脸上的线条也越来越冷酷。他环顾房间。我看到有几个见证人在坚硬的长凳上微微瑟缩了一下。严肃、洪亮、不带任何感情的声音，明亮刺眼的灯光，电椅和坐在上面一动不动的囚犯，穿着制服的看守……置身于这样的场景之中，他们感到坐立不安也是理所当然的吧。我自己都起了一层鸡皮疙瘩。

老绅士用清脆而急促的声音继续道："现在来谈第二桩谋杀案，这两桩谋杀案应该是相互关联的：两桩案子中都出现了同一个盒子的某一个部分，道与两桩案子都有牵连，两名被害者之间存在血缘关系……现在，既然道在第一桩谋杀案中是无辜的，那就可以推定，他在第二桩谋杀案中也是无辜的。既然他在第一桩谋杀案里遭到了陷害，那他在第二桩谋杀案里也遭到了陷害。我们能证实这一点吗？可以。道从未收到艾拉·福西特医生让他星期三逃离阿尔贡金监狱的消息。但他确实收到了一张字条，它被伪造成福西特医生所写，指示他星期四逃跑。这很简单，意味着有人截获了福西特医生原来发出的消息——我们在福西特医生遇害现场的诊疗桌上找到了那张字条——然后给道发了一条不同的消息，指示他星期四逃跑。这个截获福西特医生字条的人会是谁呢？这个从一开始就将自己的罪名转嫁给阿伦·道的神秘人物，换言之，这个陷害道的家伙，他到底是谁？"

"分析进行到这里，我们有什么收获？我们证明了凶手是监狱内部人员的推论是正确的。这张被截获的字条是一个强有力的推定证据，证明这件事是监狱内部人员干的。此人知道监狱的地下传信通道，他截获了福西特的字条，扣下来，换成了自己伪造的字条。"

"各位，现在我们遇到了破解本案需要解决的最重要问题。为什么凶手要把道逃跑的时间从星期三改到星期四呢？既然凶手打算将谋杀艾拉·福西特医生的罪名转嫁给道，而道本来是无辜的，那么，真正的凶手——请注意——就必须在道逃脱后那个晚上杀死福西特！如果凶手把逃跑的日子从星期三改到星期四，那只能是因为他自己无法在星期三杀死福西特医生，而可以在星期四杀死他！"哲瑞·雷恩紧绷着瘦削的面庞，挥舞着食指。"啊，你们会问，凶手为什么没空？从第一桩罪案中我们知道，凶手不值夜班，本应在无论哪天晚上都有时间作案，当然也包括星期三晚上。唯一可能的答案是，"他直起身子，停顿了一下，"监狱里发生了一件不同寻常的事，让凶手在星期三晚上走不开！但星期三晚上，也就是艾拉·福西特遇害前一天的晚上，监狱里发生了什么事呢？这件事在惯常进行的工作之外，会占用那个不值夜班的监狱内部人员的时间。各位，我要告诉你们，这个问题就是本案的核心所在。其结论就像自然法则一样不可更改。在那个星期三的晚上，在这个恐怖的房间里，进行了一场处决，一个叫斯卡尔齐的人被电刑处死。我还要告诉你们，这个结论就像审判日[1]的到来一样不可避免：杀害福西特兄弟的凶手肯定是斯卡尔齐被电刑处死时在场的人！"

---

1 又称最后审判。基督教谓耶稣将于世界末日，审判古今全人类，分别善人恶人，善人升天堂，恶人下地狱。——编者注

房间里如同太空般阒寂无声。我不敢呼吸，不敢转头，不敢移动视线。所有人都定住了，一动不动，犹如蜡像馆里的藏品。那位精力充沛的老人站在电椅旁，用炽热的眼神审视着我们，逐字逐句地分析着真凶的行动。谜底即将揭晓，悲剧也注定要到来。

"我来列举一下成为本案凶手的必备条件吧。"他终于开口道，表情平静，声音像钟乳石一样冰冷，"这些条件是从两桩案子的事实中推导出来的，如同凶手的犯罪行为本身一样清晰明确。"

"第一，凶手惯用右手。

"第二，凶手是阿尔贡金监狱内部人员。

"第三，凶手不值夜班。

"第四，在斯卡尔齐被电刑处死时，凶手在场。"

沉默再次降临，但这次的沉默是可感知的，如同脉搏的跳动。

老绅士微微一笑，突然开口继续道："我看得出，各位都深受震动。更何况，那些斯卡尔齐被电刑处死时在场的监狱内部人员，今晚都在这里，在这个行刑室里！因为我从马格努斯典狱长那里得知，阿尔贡金监狱执行电刑的人员从没有更换过。"

一个看守像受惊的孩子一样，发出一声空洞的低呼。所有人都机械地转头看向他，然后把视线移回哲瑞·雷恩身上。

"下面，"老绅士慢慢地说，"我们来逐个排除吧。在斯卡尔齐被电刑处死时，谁在场？记住，凶手必须符合我前面列出的所有四个条件……法律要求'十二位声誉良好的成年公民'做死刑见证人。"他对长凳上那些身子僵硬的人说："你们不必害怕。你们当然都不是监狱内部人员。你们是平民见证人，不符合第二个条件，可以被排除。"

坐在两条教堂式长凳上的十二个人不约而同地叹了口气，其中几人小心翼翼地掏出手帕，擦了擦汗涔涔的额头。

"接下来是法庭派来的三个官员，他们是按照法律要求，到场监督死刑执行的。出于同样的理由，他们也可以被排除。"

这三个人放松下来，挪了挪脚。

"接下来是七个看守。"哲瑞·雷恩用梦呓般的语调继续说，"如果我没听错典狱长所说的话，斯卡尔齐被电刑处死时，这七个人也在场。"他顿了一下："排除！你们都值夜班——因为在执行死刑时，你们总在场，而死刑又总是在夜间进行——这明显不符合第三个条件。所以，你们都不是凶手。"

七个穿蓝色制服的看守中，有一人惊恐地咒骂了一句什么。空气中的紧张感越发让人难以忍受，人们的情绪绷到了极限，只要来一个火花，就能立刻点燃爆炸。我偷偷瞥了眼父亲，他的脖子涨得通红，好像他马上就要中风似的。州长雕像般静立不动。缪尔神父目光呆滞。马格努斯典狱长屏住了呼吸。

"行刑官也可以排除！"老绅士那平静无情的声音继续说道，"斯卡尔齐被电刑处死时——幸好那次我也在场——我看到他用左手按了两次开关。可是，根据第一个条件，凶手是惯用右手的人。"

我闭上眼睛，狂乱的心跳声撞击着耳膜。老绅士说话的声音停下来，然后重新响起，尖厉而洪亮，在这恐怖房间的光秃秃的墙壁间回荡："接下来是两个监狱医生。他们是按照法律要求，到场确认被电刑处死的囚犯确实已经死亡的。"他冷冷一笑。"你们两位,我起初是无法排除的,"他对那两个拿着黑皮包、定在原地的医生说,"所以我没能更早破案。但是今天,范妮·凯泽提供了一条可以将你们明确排除的线索。请容我略做解释。"

"凶手想要将杀害福西特医生的罪名转嫁给道,而他也知道,自己离开现场后不久,道就会来到诊疗室。因此,对凶手来说至关重要的是,必须确保被害者在他离开时已经死亡,不能说话,不能将真凶的名字告诉道或者任何不速之客。福西特参议员的谋杀案也是如此。凶手刺了参议员两刀,第一刀没有致命,于是他又刺了一刀。你们知道,他这样做是为了以防万一。"

他的声音震耳欲聋:"在福西特医生的手腕上,我们发现了三个血指印。有理由认为,凶手在击倒被害者之后,肯定检查了后者的脉搏。凶手为什么这么做?显然是为了确认被害者已经死亡。但是,请注意下面这个显著的事实!尽管凶手非常警惕,检查了被害者的脉搏,但当凶手离开时被害者仍然活着。因为范妮·凯泽几分钟后到达现场,看到福西特医生动了一下,听到他说凶手不是道,只是他还没来得及说出真凶的名字就死了……你们会问,这怎么就能排除斯卡尔齐被电刑处死时在场,而且今天晚上也在场的两个监狱医生呢?原因如下——"

"假如这两个医生中有人是凶手。谋杀发生在一个诊疗室里,在离尸体只有几英尺远的诊疗桌上放着医疗箱,那是被害者自己的,而所有医疗箱里都有各种医疗工具,比如听诊器。没错,如果只是把脉的话,即使是医生也有可能检查不到微弱的生命迹象。但是,如果这个医生在医务室里,手边有一切必要的工具,他又必须确定被害者是否已经死亡,那我敢说,他肯定会用工具检查清楚!

用听诊器，或者镜子[1]，现场有一大把医生通常用来检测人死亡的工具……

"因此，我们可以说，如果凶手是医生，手边又有各种工具可以检查被害者是否已经死亡，那么这个凶手离开现场时，肯定不会让被害者活着。他会察觉到被害者身上残留的生命气息，然后再补一刀，让对方彻底咽气。但凶手并没有这么做。因此，凶手不是医生，这两个监狱医生也可以排除。"

我紧张得就快尖叫起来。父亲紧握大拳，肌肉暴突。众人脸色苍白，如同戴着一张张面具。

"至于缪尔神父，"哲瑞·雷恩低声继续道，"谋杀福西特兄弟的凶手是同一个人，但福西特医生是在十一点刚过的时候遇害的，而那天晚上从十点开始，善良的神父就和我待在他家门廊上，不具备实施犯罪的条件。因此，他也不可能谋杀福西特参议员。"

我眼前漫开一片红晕，那些苍白的面孔模糊起来。我听到雷恩先生那令人血脉偾张的洪亮声音说："这个房间里的二十七个人中，有一个是谋杀福西特兄弟的凶手。我们已经排除了二十六个。现在只剩下一个了，而他就是……喂，你们快抓住他呀，别让他跑了！萨姆，小心他开枪！"

房间里立刻炸开了锅，喊叫声、咒骂声、搏斗声汇成一片，而那个人就处在这混乱场面的中心，被父亲钢铁般的双手牢牢扼住。那个五官扭曲、面色青紫、眼中燃烧着疯狂的红色火焰的人，就是马格努斯典狱长。

---

1 拿镜子对着被害者的口鼻，如果被害者还活着，就会呼出气体，使镜子起雾。

第二十三章
最后的话

　　回头去看本书前面的章节,我不知道自己是否在什么地方给读者留下了这样的印象:杀害福西特参议员和福西特医生的凶手不是马格努斯典狱长。我认为没有,尽管这很难确定。有时在我看来,真相虽然骇人听闻,但在本书的很多地方,真相都明明白白地摆在读者面前。

　　我已经掌握了不少创作侦探小说(无论这部小说是基于事实还是纯属虚构)的技巧,足以让哲瑞·雷恩——还有我这个雷恩先生的谦卑学生——在破解疑案的不同阶段发现的每一个事实和做出的每一个推论,都可以在文中找到。我们破案的过程,说白了就是收集并分析信息的过程。更进一步地讲,读者在阅读小说的过程中,也可以通过收集并分析文本中的信息,像我们一样破案……我已经尽量真实全面地重现了这一惊人的案件,其效果如何,最适合做出评判的是各位读者。我将哲瑞·雷恩先生硬拉进本案的调查当中,而这位智力超群的老绅士在缜密分析的过程中所采用的材料,无一不是我们所有人都知道的事实。我们只是不像他那样机敏练达，可以迅速领悟并运用材料罢了。

我知道，这桩案子还有许多细节没有阐明。为了保证故事的完整性，我必须向大家交代清楚。不过，如大家所见，知道这些细节对破案并无本质上的帮助。例如，马格努斯典狱长的犯罪动机。有人会说，他是最不可能禁不住诱惑的人，也是最没有必要去犯下血案的人。然而，也有人告诉我，只要翻翻档案，就会发现别的曾任典狱长，如今却身陷囹圄的囚犯。你很难想象，他们那样的人，见识了形形色色的犯罪，又跟五花八门的罪犯打过交道，怎么会到头来犯下那样的罪行。

根据马格努斯在自白书中的供述，这个不幸的家伙之所以杀人，不过是出于一个司空见惯的动机——缺钱。马格努斯勤勤恳恳地工作了许多年，积累了一笔小小的个人财富，结果在股市中赔得血本无归。于是，虽然事业刚过鼎盛期，他却已经身无分文了。就在这时，福西特参议员找到他，对道表现出可疑的兴趣，还暗示自己遭到了道的勒索。如前文所述，在道获释那天，参议员打电话给马格努斯，说他已经决定向道支付五万美元勒索金，并且准备好了这笔钱。可怜的马格努斯！对于极度缺钱的他来说，这种诱惑是难以抗拒的。那天晚上，马格努斯来到参议员家，并没有杀人的打算，只是隐约觉得，说不定只要吓唬两句，就可以骗参议员将勒索金交给自己。要知道，先前就有人这么干过！这时他还不知道道手上握着福西特兄弟的把柄。可是，在见到参议员，也许是看到现金之后，他就立刻丧失理智，做出了鲁莽的决定。那一刻，他的命运便已注定。他决定杀掉参议员，偷走钱，然后将罪名转嫁给道。于是，他从书桌上抓起裁纸刀，犯下了令人难以置信的罪行。然后，他检查现场，发现信笺簿的最上面一页，是参议员写给他哥哥福西特医生的信。马格努斯突然认识到，道的勒索对象不只是福西特参议员，还有福西特医生。信中提到了那艘船的名字——"汉志之星"。以此为出发点，他后来很容易就追查到相关记录，知晓了道与福西特兄弟之间的恩怨纠葛。他烧毁那封信，以防止其落入警方手中。一旦真相大白，他就无法勒索福西特医生了。但如果只有他和道知道真相，那么，在道作为杀害参议员的凶手被处决之后，典狱长就可以随心所欲地勒索福西特医生了。

这似乎是一个完美无缺的计划。但阿伦·道并没有因为谋杀福西特参议员被处死，而是被判处无期徒刑。这在某种程度上让马格努斯很高兴，因为他也许又可以利用这个家伙了。他静待时机。一段时间以来，他都知道足智多谋的塔布创建了监狱地下传信通道，囚犯借此与外界偷偷传递消息。马格努斯不动声色，耐心等待。终于机会来了。他一直在监控这些秘密通信。有一天，他在缪尔神父的祈祷书里截获了一张福西特医生写给道的字条。他背着塔布看过字条，得知了道的逃跑计划，发现这又是一个大好机会。但是，越狱计划定在星期三，而星期三晚上，他必须主持对斯卡尔齐的处决，于是马格努斯伪造了一张给道的字条，将越狱日期改为星期四——这天他就有空了。他在已截获的福西特医生给道的字条的背面，用印刷体大写字母伪造了道的回信，偷偷传递给福西特医生，以解释为什么道不会在星期三逃跑。正如大多数此类犯罪一样，马格努斯欲壑难填，为达目的，只能在犯罪的泥潭中愈陷愈深。传出这张给福西特医生的字条时，马格努斯认为万无一失，结果这张字条反而成了他的致命伤。

除此之外，我没什么好说的了。不过，我记得真相大白后的第二天，我们都坐在缪尔神父的门廊上。伊莱休·克莱问，为什么马格努斯典狱长要打开福西特参议员桌上那封写给他自己、注明随信附有"阿尔贡金监狱人事晋升名单"的信。

老绅士叹了口气："这个问题很有趣。你还记得吧，在昨晚的分析中，我针对这个问题，提出了一个会引发争议的解释。不过，我其实知道马格努斯为什么会打开那封信。在我的一般性分析中，我认为任何监狱内部人员打开这封信都是可以理解的——除了典狱长，因为这封信是写给他的，'阿尔贡金监狱人事晋升名单'当然不可能影响他的地位。因此，当接下来的分析不可避免地指向马格努斯时，我问自己：他为什么要打开那个信封？因为他认为，信封里的东西可能与信封上注明的内容不一样！参议员在监狱同马格努斯会面时曾经暗示，道手上有参议员的把柄。马格努斯觉得信里可能提到了那次会面，倘若这封信落到警察手里，就会把他牵扯进去。他的推理过程当然是有缺陷的，但当时他情绪失控，无法清晰地思考。总而言之，无论他打开信封的真实原因是什么，'任何监狱内部人员打开这封信都是可以理解的'这一一般性判断都依然成立。"

"那么，"父亲问道，"是谁把第二截木盒寄给艾拉·福西特，把第三截木盒寄给范妮·凯泽的呢？道不可能做到这一点。这个问题我一直想不通。"

"我也是。"我沮丧地附和道。

"我想我知道是谁在背后施以援手。"哲瑞·雷恩微笑着说，"就是我们的朋友马克·柯里尔律师。虽然无法断定，但道在候审期间，肯定向柯里尔律师提出了请求，让律师以一定的时间间隔，把剩下的两截木盒寄出去。我猜，道事先把盒子和信件一起放在了寄存邮件的信箱里，或者类似的地方。在我的印象中，柯里尔不是一个谨小慎微的人。他也许是想，倘若能帮助道实施勒索，自己也可以从中赚到一点儿钱。但这只是猜测，切勿外传。"

"在证明阿伦·道无罪之前，"缪尔神父怯生生地问，"让这可怜的家伙濒临死亡的边缘，这样做是不是有点儿危险呢？"

老绅士的笑容顿时消失了。"我非这样做不可，神父。请记住，我没有任何确凿的证据可以把马格努斯告上法庭。我必须在他精神紧张之时出其不意地指控他。我精确地计算好展开分析的时机，巧妙地掌控了现场环境和紧张气氛。结果你也看到了。不出我所料，马格努斯发现自己无力辩驳，情急之下，精神崩溃，做出了愚蠢而盲目的选择：试图逃跑。他居然想逃！可怜的家伙。"他沉默片刻，"他后来坦白了所有的罪行。如果我们按照通常的程序行事，马格努斯也许有时间冷静下来，把事情想清楚，用诡辩之词否认所有的指控。在没有证据的情况下，我们要给他定罪，即便可能，也会相当困难。"

后来发生了很多事。约翰·休姆从蒂尔登县当选为州参议员。伊莱休·克莱发现他的大理石生意略有萎缩，但更合法合规了。范妮·凯泽则在联邦监狱长期服刑……

我突然想起来，我还没有交代阿伦·道的结局如何。他是这一切纷扰喧嚣的起因，也是一个蒙受贪婪之徒陷害的无辜牺牲品。我一直没有提到可怜的道，恐怕是刻意为之。我想，他悲惨的结局是他卑贱人生的应得惩罚吧。命运之神借此告诉我们，不管他在这两桩谋杀案中是否清白，都不过是一个对社会毫无用处的人。

总而言之，那天晚上，雷恩先生结束了推理，马格努斯典狱长被制服了。老绅士迅速转过身，满眼关切地看向坐在电椅上的那个可怜虫。当雷恩先生试图把道从那个法律所指定的可怕刑具里拉起来的时候，我们看到，那家伙依然一动不动地坐在电椅里，嘴角居然带着一抹微笑。

道已经死了，医生说他死于心力衰竭。我为此惶悚不安了好几个星期。难道是我们害他过于兴奋，以至于激动而死吗？真相永远无从得知。不过，监狱档案中的健康状况表显示，道在十二年前被关进阿尔贡金监狱时，心脏就已经非常虚弱了。

还有一件事。

就在第二天，雷恩先生为我们做补充说明之前不久，年轻的杰里米挽着我的胳膊，带我外出散步。我必须表扬他，他选择的时间点非常恰当。前一天晚上发生的事搞得我有点儿神经衰弱，或许丧失了平常那种自制力。

总而言之，杰里米战战兢兢地握住我的手，然后——我尽量长话短说——用灌了许多威士忌才会出现的沙哑男高音问我，愿不愿意成为杰里米·克莱的太太。

多好的小伙子啊！我看着他的卷发和谷仓门一样宽大的肩膀，心想，知道有个人看得上你，想娶你，是多么甜蜜舒心的事呀。这个年轻人体形高大，身体健康，这无疑要归功于他的素食主义。这倒无妨，因为就连萧伯纳先生那样的智者也相信素食有益健康——虽然我自己偶尔也喜欢吃一顿烟熏牛排……但接下来，我脑子里冒出了他在他父亲的采石场里扔炸药的画面，这显然非同小可。因为一想到下半辈子都要担心丈夫晚上下班回来是完好无损，还是像拼图一样七零八落，我就不禁毛骨悚然。当然，他不会永远都在扔炸药……

我这无疑是在寻找借口。我不是不喜欢杰里米，而且从小说的角度看，如果男女主人公最后在夕阳下紧紧相拥，女主人公深情款款地说"哦，亲爱的杰里米，我愿意，我愿意！"，那将是多么美好啊！

但我握住他的手，踮起脚尖，吻了吻他下巴中间的竖缝，说："哦，亲爱的杰里米——不。"

要知道，我说得非常甜蜜。他那么好，让人不忍伤害。但佩兴丝·萨姆不适合婚姻。我告诉杰里米，我是一个对自己的人生非常认真的姑娘。我可以隐约看到我多年以后的样子：

我身穿浆洗过衣领的衬衫，脚蹬实用却不时髦的鞋子，站在那位给我指明人生道路的伟大老侦探的右边——哈利路亚！而我将成为他的女搭档，与他联手破解世界上的所有疑案……很傻，不是吗？

不过，说真的，如果不是因为父亲——他很可爱，但脑子不怎么灵光——我会把自己的名字改得更加干净利落、超凡脱俗一些，比如哲瑞亚·雷恩小姐。这听上去就像个聪明绝顶的人。

读客
悬疑文库

认准读客读悬疑,本本都是大师级。

专注出版中、英、美、日、意、法等世界各国各流派的顶尖悬疑作品。

为读者精挑细选,只出版两种作品:
经过时间洗礼,经典中的经典;口碑爆表、有望成为经典的当代名作。

跟着读客悬疑文库,在大师级的悬疑作品中,
经历惊险反转的脑力激荡,一窥人性的善恶吧。

扫一扫,立即查看悬疑文库全书目,
收集下一本精彩悬疑!